ハヤカワ文庫JA
〈JA684〉

暗闇の教室

I　百物語の夜

折原　一

4883

目次

II　悪夢、ふたたび／目次

暗闇の教室

Ⅰ　百物語の夜

本文のページ下にある記号は、ＣＤのデジタル・オーディオ・システムの表記に従っています。

〔例〕

DDD ：左D　録音、デジタル

中D　ミキシング・編集、デジタル

右D　マスタリング、デジタル

ADD ：左A　録音、アナログ

1 ：トラック番号

序――（片岡雄三郎先生・特別授業講義録）

　あの大事件から一年、緑深い山々に秋が訪れようとしています。

夏の大旱魃《かんばつ》と嵐が嘘のように、緑山は本来の緑をとりもどし、鳥たちは楽しそうにさえずっています。荒れ狂った大自然は、山を愚弄した人間たちへの復讐だったのでしょうか。

　しかし、今は梅雨以降の慈雨が山を潤し、緑山湖は周囲の山々の緑を映し、青々とした水を満々とたたえています。人間への報復に満足した自然が、怒りを鎮めたのでしょう。

　さて、旧緑山中学校の跡地は、深い緑の自然の中にひっそりと佇んでいます。

緑山中学の校長をつとめ、退職後は郷土史家として地元史の研究に心血を注ぎ、志半ばにして斃《たお》れた片岡雄三郎先生の特別授業の講義録がようやく出来上がりました。

これほどまで遅れたのはただただ編集者の怠慢のなせるわざです。先生、ならびにご協力をいただいたみなさまにこの場を借りて深くお詫び申し上げます。

……（中略）……

この本は、片岡先生の輝かしい経歴の紹介と、先生ご自身の講義録をメインに構成しております。先生のあの熱のこもった名調子を覚えている教え子の方々もいらっしゃるでしょう。講義録をひもとけば、たちまち先生の生の声がみなさんの耳元に甦り、現実に教室の椅子に座り、先生の講義を聴いているような錯覚を覚えるものと信じています。付録のテープは、特別講義の一部を伝えるもので、先生の厳しい授業の一端が窺えるでしょう。

……（中略）……

編集作業を終えた今、私は先生の厳しさの背後に見える慈悲深いお心に接して、ただただ感動しております。その感動がこれを読むみなさまに少しでも伝わってくれれば、編集者としてこれ以上の喜びはありません。

序を閉じるにあたって、先生の名調子をひとつ。

「諸君、ようこそ、緑山中学校へ！」

編者

緑山中学校校歌

みどりしたたる　山のなか
静かにたたずむ　わが学びの舎《や》
希望に燃える男《お》の子と女《め》の子
共に学ばん　明日《あした》のために
ああ　緑山　緑山中学校

〔Sample Disc 1〕——百物語の前に

1

その夏はいつになく渇いていた。

何週間も前から空には一片の雲もなく、太陽が大地をじりじりと照りつけた。空気は乾燥し、山の木々は生気を失って、白茶けている。いつもなら蟬たちが上空から降るようにして鳴く谷も今は干からび、生きるものの気配すら感じられない。

山麓では水不足が深刻になり、水を大切にしましょうというステッカーが町の至るところに貼られていたが、あまり効果はないようだった。

カメラマンは山道をひたすら歩いた。汗が干上がって、肌には塩分の結晶がこびりついているようだ。時々立ち止まって、ミネラルウォーターのボトルをらっぱ飲みするが、水分は汗腺から出ると、たちまち乾いた空気に吸収されていった。背中のリュックサックには予備用にあと一本の一リットル入りのボトルがあるが、こんなことなら麓の店でもっと仕入れておくべきだった。

だが、今から引き返すには、山中深く入りこみすぎていた。あと数時間で日没だ。それまでに現地に入り、仕事を終えなくてはならない。

木陰の道を歩いていても、いっこうに涼しくならなかった。上空を覆う森の木々は立ち枯れ状態で、葉の隙間を通して紫外線が容赦なく下界に降り注いでくるのだ。車一台がやっと通れるほどの未舗装の道路は、車の轍がかちかちに乾いていた。雨の降ったのが一ヵ月ほど前だから、その時につけられた跡だろう。水を求めて地中から這い出てきた無数のミミズがタイヤの跡に入りこんで無残な死にざまを見せ、すでに乾ききった死骸は粉となって大地に回帰している。

勾配の急な道をようやく登りきり、下りに入った時、木の間越しに湖が見えてきた。いや、湖というのは正確な表現ではない。そこはかつて谷川だったところをダムで堰き止めてできた人造湖だが、今は水が涸れ、水底がすっかり露わになっているのだ。

異様な眺めだった。かつてダム湖があったところは赤茶けた層がいくつも重なっていて、水面がどこまであったのかは、はっきりしている。

彼は水面下の道をダム底に向かって降りていった。かつての道は水の下にあったにもかかわらず、道の形を残しており、車でも降りていけそうだった。足を踏み出すごとに土埃が濛々《もうもう》と舞い上がる。スニーカーは、まるできな粉をまぶした大福餅のようになっている。

山麓の町の水需要をまかなうためにダムの建設計画が起こり、集団で移転した村が今廃墟として眼前に現れていた。さすがに木は枯れているが、家の土台は残っていて、かつてそこが村だったことが偲ばれる。

もともと四百戸ほどの集落だった。ダム計画の進行とともに、半分ほどの世帯は中腹に移ったが、ダムの完成後に中腹部に移転した家もいつしか人は麓のほうへ移り、八十歳の独居老人が死んでから、緑山の集落は完全に無人と化していた。

目指す建物は、そんな谷底の集落跡の中に、奇跡的に残っていた。

「こいつは驚いた」

カメラマンの口から嘆息とも呻きともつかない吐息が漏れた。彼は何十年に一度とも言える記録的な水不足の状況をカメラに収めようと、わざわざこの地を訪れたのだ。過酷な自然のシンボリックな存在として、麓の町々の水資源としての役目を果たしてきた緑山ダムが干上がって無残にダム底を見せている様子を全国民に伝えたかった。これはカメラマンとして名前をあげるチャンスだったのだ。

乾ききった大地には、ところどころクレバスのような大きな溝が刻まれていた。彼はその一つのひび割れの中をのぞいてみた。生き物の痕跡はない。まるで半世紀前のＳＦ映画に出てくるような地底世界だ。

そして、その中に忽然と現れた時代錯誤的な木造二階建ての校舎——。

石門が残っていた。中学の名前が墨書されていたであろうプレートには泥土が付着している。指先で表面の泥をこそぎ落としてみると、「緑山中学校」の文字が炙《あぶ》り出しのように浮き上がってきた。これだと思った。完全に干上がった貯水ダムの象徴として、この学校は視覚的に見ても効果的だ。読者は一目で水不足の深刻さを知るだろう。

地面には泥が数センチ堆積しており、彼の踏み出す足は塵のように細かい泥にすっぽりと埋まった。溝に足を取られないように注意して校庭に入り、あらゆる角度から建物の全景が収まるようにシャッターを切っていった。

校舎が建てられたのは昭和の初めだという。日の丸を掲揚したとおぼしきポールは緑色の錆を生じ、かなり腐食は進んでいるものの、当時のまま残っていた。朝礼台の上で校長が児童たちに訓示を垂れている様子が見えてくるようだ。

「諸君、お国は鬼畜米英を倒すために日夜戦っている。畏れ多くも天皇陛下の赤子たる諸君は、共に戦う気構えを忘れずに……」

金鵄《きんし》輝く　日本の
栄《は》えある光　身にうけて
いまこそ　祝《いは》へ　この朝《あした》

紀元は二千六百年
ああ　一億の胸は鳴る

熱風が校庭を吹き抜ける中、カメラマンは奇妙な節回しの合唱を聞いたような気がした。一語一語が彼の意識にしっかりと入りこんでくる。まるで戦時中にもどって校長の訓話を聞く小学生になったような不思議な感覚だった。まだ三十代のカメラマンはそんな歌を知らないのに、旋律が自然に耳に飛びこんでくるのだ。これはどうしたことだろう。

彼は首をふって、妄想を追い払う。早く校舎の中を見てまわらなくては。こんなところで夜を明かすことになってはたまらない。

一階と二階にはそれぞれ六つくらいの部屋がありそうだ。正面の階段を登ったところは踊り場になっていて、二階に通じている。

熱せられた外気から日陰に入ると、急にひんやりとする。

だが、カメラマンは涼気の中に立って安堵するより、説明不可能な違和感を覚えた。恐怖が足元から風に揺れる稲穂のように波打ちながら脳天まで這い上がってきた。

足跡がある。泥に覆われた床に一筋の足跡が刻印されていたのだ。

誰かがいるのか。まさか、校庭には足跡は一つもなかったのに。

いや、からからに乾いた死の谷を吹く風は、校庭の足跡を即座に埃で埋めてしまうだろう。彼より先に誰かが来ているにちがいない。

「誰かいますか?」

彼は恐怖心を打ち消すために、大声を出した。返答はなく、深い沈黙が耳朶《じだ》を打った。蟬の鳴き声もしない、鳥もさえずらない。ここは生物のいない地獄の砂漠だ。

足跡が左手へ向かっていたので、彼はつられるように歩いていった。どこもかしこもペンキを丹念に塗ったように床一面を黄土色の泥が覆っている。泥を足でこそぎ落とすと、その下から水没以前の色が浮かび上がってくる。

足跡は左へ折れた。ガラスがはずれた廊下の窓から熱風が吹きこんでくる。最初の部屋はドアの上の表示によれば三年の教室だった。誰もいない。中はがらんどうだ。

そして、次は理科室だった。足跡はそこで途切れていた。カメラマンは誘いこまれるように理科室の中をのぞきこんだ。

足跡の先に白いものが倒れている。

恐怖がカメラマンの心臓をわしづかみにする。彼は思わず口を押さえて、悲鳴を飲みこんだ。部屋の中央に白骨化した死体が倒れていたのだ。まるで、階下から苦労して歩いてきて、たった今そこで息絶えたかのように。

その時、彼の耳に強い調子の声が聞こえてきた。

「諸君、ようこそ、緑山中学校へ」

カメラマンは柱にもたれかかり、息を喘がせていた。これは夢なのか、現実なのか。声の余韻が消えると同時に、また砂塵を大量に含んだ熱風が吹きこんでくる。来るべきではなかった。

こんな呪われたところに足を踏み入れるべきではなかったのだ。全身を熱風で包まれる中、カメラマンは脂汗を流しながら、冷気に当たったように震えていた。

2

少女はチャリッというかすかな金属音に目を覚ました。助かったと思った。それまで見ていた夢がとんでもなくひどいものだったからだ。

彼女は微熱のせいで、眠りに落ちると必ず夢を見た。森の中で誰かに追われている夢だ。

少女は裸で走っていた。ふくらみかけた乳房が揺れるのを意識する。裸足に触れる地面の冷たさがはっきりと伝わってきた。

ただひたすら怖かった。彼女を追跡している人物は姿を見せないが、全身から危険な

ADD
2

においを発散していた。それが冷気を通して彼女にびんびんと伝わってくるのだ。

捕まったら殺される。そんな予感がした。

森は尽きなかった。どこまで走っても、同じ景色が展開している。日の出まであとわずか。東の空がぼうっと明るくなっていた。かすかな光が密集した落葉樹林の木々の一本一本にあたり、縦縞の模様を描いている。靄《もや》が闇の底に流したミルクのようにたなびいていた。

露を含んで濡れた下草が、草の葉先でできた擦り傷だらけの彼女の裸の足を濡らした。

もう少しで助かる。明るくなれば、後方の人物が追跡をやめることを彼女は知っていた。

なぜ、あいつは光が嫌いなのだろう。なぜ暗い時だけ現れて彼女を苦しめるのか。少女には答えを見つけることができなかった。

とにかく学校が見える辺りまで走ろう。明るいほうが東だから、その反対方向に走っていけば、学校が見下ろせる位置に達することができるはずだった。開《ひら》けた場所に立てば、恐怖は撃退できるにちがいない。

あと少し、あと少し。そう自分に言い聞かせるが、前方の景色は白黒写真のように冷たく、動きがなかった。

ふと人の気配が消えていることに気づいた。朝の光に恐れをなして、あいつは追跡をあきらめたのだ。

彼女は安堵感に包まれて、足を止める。ふり返ったが、木々の中に動くものはなかった。鳥や獣、虫たちも今は動きを止めていた。

助かったと思った。樹齢百年はたったと思われるブナの大木にもたれかかり、溜息をついたその時、彼女は全身をずたずたに切り裂くような悪意に包まれた。はっとしてふり返る暇もなく、彼女は背後に引きずり倒されていた。獣のようなにおいが彼女の鼻孔に押し入ってくると同時に、首筋を強く吸われていた。ひどく痛かった。蛭《ひる》に嚙みつかれたって、こんなに痛くないのに。…………

カチャリという物音に目覚めた時、悪夢は雲散霧消していた。

「目が覚めたかい？」

母親の声だった。「すごい汗だね。まるで森の中で鬼ごっこをしてたみたいじゃないか」

虚ろな気分で、彼女はうなずく。

「だって、ほんとに駆けてたんだもの」

母親が窓を全開すると、ひんやりした空気が入ってきた。それと同時にどこかで「君が代」のメロディーが聞こえる。学校のほうからだ。風に乗って、校長の声も聞こえてきた。

「諸君、緑山小学校へようこそ」

「あれ、これは何なの？」

彼女の額の汗を拭いていた母親が奇声を発した。「この傷、まるで……」

母親は彼女の首筋に指で触れた。

「痛い！」

彼女は錐《きり》を刺しこまれたような痛みに悲鳴をあげた。

「おまえ、まるで血でも吸われたみたいじゃないか」

彼女は自分で首筋に触れてみた。痛みのひどい場所は、腫れあがっていた。そこは夢の中で誰かに嚙まれたところだった。

指先を見ると、うっすら血が滲んでいた。

3

ADD
3

林の中の小道をポニーテールの若い女が歩いていた。

赤いシャツに白のジーンズ。バックパックを背負っていた。腰のくびれ、尻のぴんとした張り具合を見ると、年齢は二十代半ばぐらいだ。

彼の頭の中で蜂の羽音のような不安なざわめきが聞こえた。

頭を万力で固定し、旋盤で頭皮を削るような不快な感覚だ。この現象が起こる時、きまって彼の精神に異変が起きた。

羽音が女のささやき声に変わった。

「清、聞こえるか?」

女が耳元で彼に呼びかける。

若い女のポニーテールが、メトロノームが拍子をとるように右へ左へ規則正しく揺れていく。カチッ、カチッ、チン。カチッ、カチッ、チン……。彼の内面に発した暴力的な怒りが野火のように次第に範囲を広げていく。

「ねえ、清。清ってば」

耳元の女の声のテンションも、彼の怒りに比例して高くなっていった。

「何だよ」

罵声を返す。ハンドルを持つ手が怒りで震え、それにつれて車が右へ振れた。車がやっと一台通れるほどの狭い山道だった。彼は立木に衝突しそうになって、左へハンドルを切った。

「俺の耳元でぐじゃぐじゃ言うな。運転に神経が集中できないだろうが」

「おや、そうかい。あの女が気になって、運転に身が入らないんじゃないのかね」

「ばか言うな」

「おっと、おまえ。そのズボンのふくらみはどうしたんだい？」

彼は何も言い返せなかった。

「ほうほう、認めたね」

「やかましいや」

彼はサイドウインドーを下ろして、クマザサの茂みの中に勢いよく唾を飛ばした。

「もっと素直になれないのかねえ。いいんだよ、体は正直なものなんだから、そんなに抑えつけなくてもさ。体が健全な証拠さ。『健全な体に健全な魂が宿る』っていうじゃないか、おまえ。気持ちを内に閉じこめたら、体にさわるよ。そんな時は思いっきり外へ吐き出すのさ」

「うるせえ」

怒りがクレシェンド記号で指示されたように次第に高まっていく。

「あらあら、そんなに大声を出すと、あの女に聞こえてしまうよ」

実際、前を歩く女は彼の車に気づいて、時々背後をちらっとふり返っていた。彼は深呼吸して、車のスピードを時速二十キロほどに落とした。

カーステレオのボタンを押すと、まるで今の天候を象徴するような激しい曲想の旋律が流れてきた。上空を覆う雲も厚くなっているようだ。それとともに、耳元の雑音が聞こえなくなった。

ふん、くそ野郎め。彼を支配していた女の呪縛から逃れ、彼は独り立ちした。口許が笑みで割れていく。さあ、これからが俺の出番だ。

「お嬢さん、こんな山の中を一人で歩いちゃ危ないよ」

実際、このところ、不審な失踪事件が相次いでいるのだ。それを知らない人間はいないはずなのに、あの若い女はなんて無防備なんだろう。寂しい山道を一人で歩くこともないのに。お気軽なヒッチハイクかね。だったら、拾ってやろうか。

彼は車を停めて、ドアを開ける。

「もしもし、お嬢さん」

彼は若い女に声をかけた。自分でも驚くほどの柔和な声だった。女の足が止まり、ゆっくりふり返った。後ろ姿もけっこうよかったが、前のほうも充分及第点をやることができる。いや、目はきつそうだが、かなりの上玉だ。

彼はベレー帽に手をやり、暗唱している大好きなランボーの詩の一節を口ずさんだ。今時、ランボーなんて言っても、名前さえ知らない若者が増えた。昔は詩を暗唱するだけで、女は尊敬の眼ですり寄ってきたものなのに……。嘆かわしいかぎりだ。

「もしもし、お嬢さん」

再び声をかける。女は立ち止まったまま、彼が近づくのを待った。その目には、なぜか感情がこもっていない。

「お嬢さん、お困りのようですが、どちらへ行かれますか?」

女は黙って林道の前方を指差した。

「緑山の村のほうですか?」

女はうなずいた。

「どうです、乗っていきませんか?」

女が口許に薄笑いを浮かべた。肯定の印なのだろう。

「じゃあ、どうぞ。狭くて恐縮ですが、私も向こうに行きますので」

そう言いながら、彼のうちで興奮が高まっていった。

「清、やれ、やるんだよ」

耳元でまた例の声が聞こえた。「上玉じゃないか。やれ、やるんだよ。いつものように女がぼろぼろになるまでやっちまうんだよ」

彼は「うるせえ」という言葉をかろうじて飲みこむと、王女さまを迎える王子のように頭をさげて車のドアを開けた。あとは俺の出番だ。おまえは引っこんでろってんだ。

にやりと笑って、ポケットに手を入れた時、彼の首筋にひんやりしたものがあたった。

彼は一瞬、何が起こったのか理解できなかった。フフフと低く抑えた声が頭上で聞こえた。まさか、あの女。

「さあ、乗せていってよ」

若い女は刃先の鋭い包丁を彼の首につけていた。「さあ、案内してくれよ、おにいさん。緑山へ。わたしは急いでるんだから」

彼は何が起こったのかわからず混乱していたが、とんでもなく悪い籤《くじ》を引き当ててしまったことだけは確かだった。いつもの女たちとは違っていた。

形勢は逆転している。女には一分の隙もなく、劣勢をはね返すことは困難のようだった。

どうしよう。耳元でさっきまで「清、やれ！」と彼をけしかけていた女は、今は完全に沈黙していた。

全身に鳥肌が立つことは、生まれて初めての経験だった。彼は今、服従する悲哀を肌で感じていた。

〔Disc 1〕凍りついた夏

ADD

一・開講

諸君、ようこそ、緑山中学校へ。諸君は知っているかどうか知らないが、緑山中学校はもともと緑山の集落にあった。それがダム建設で水没することになり、一時的に中腹に移転することはあったものの、結局、過疎化などのさまざまな要因が重なり、最終的に作田《さくた》町の山麓に移ったのだ。（中略）

だが、現在もかつての緑山中学校の精神は脈々と受け継がれている。これもすべて教職員たちの努力の賜物であり、彼らにはいくら感謝してもしきれない。

さて、今回、緑山中学校の旧校舎で夏期の特別講義を行なうことになった。来たれ、諸君。短い時間だが、限られた時の中で、自然豊かな緑山の新鮮な空気を吸いながら、共に学ぼうではないか。

第一時間目は、社会の授業からだぞ。

………

1

（片岡雄三郎先生講義テープ１・サイドＡから）

1――（私）

2

　あの夏の暑さは異常だった。全山、深い緑に覆われていて、その名の由来にもなっている緑山が全体的に赤茶けていたことを見ても、その夏の異常気象の様子がわかるだろう。あの夏を思い出す時、私は締めつけられるような胸の痛みを覚える。あまり多くのことがいちどきに起こったので、頭の中はいまだ整理しきれておらず混乱しているのだ。それでも、得体の知れない恐怖と苦々しさのまじった悲しみだけは生々しく覚えている。

　中学三年生だった私にとってその夏休みは、翌年の高校受験のためにラストスパートをかける大事な時期だった。夏休みをいかにうまく乗り切るかで、学力の差が出てしまうというわけだ。

　私は全校で常に二番目以内におり、その地区の最難関校の合格が確実視されていたが、勉強にはまったく興味がなかった。勉強などしなくても、ある程度の成績を残す自信があったからだ。両親は二人とも高校教師で、リベラルというと語弊があるが、子供の自主性を尊重するのを教育方針にしていたので、私と妹に好き勝手をやらせていた。二人とも、受験に成功するか、失敗するかは本人の努力、すべて自己責任をとらせるという進歩的な（ある意味で放任主義的な）考え方の持ち主だった。

私の遊び仲間は決まっていた。杉山弘明、進藤満男、そして辰巳裕介（ユースケ）の三人で、幼稚園の時以来の悪友だった。遊ぶ時はたいてい四人一緒に行動したものだ。

彼らの家庭環境は決して恵まれたものではなかった。杉山弘明の家は両親がかなり前に離婚して、個人タクシー運転手の父親と二人で暮らしていた。父親は仕事が忙しくて、めったに家にもどらないので、息子のほうはいつも同じ薄汚い恰好をしていた。長身で、もやしのように青白く、不健康な感じの奴だ。

進藤満男の家は工務店で、羽振りはいいが、父親が浮気性でよそに女を作っていた。母親のほうもそれに対抗したわけではないのだろうが、従業員と関係ができて駆け落ちしてしまっていた。当然、性格はすさんで、万引きや盗みを平然とやっていた。体が学年で一番で牛のように大きかったし、学校のボス的な存在、「教師公認」のワルだった。

ユースケと呼ばれている辰巳裕介の家は、ホテルを経営していた。県境付近の旧街道沿いにあって昔は繁盛していたが、街道が寂れるとともに客足が少なくなり、今はお忍びのカップルがラブホテル代わりに利用し、何とか食いつないでいるような状況だった。

父親と祖母でホテルを切り盛りし、ユースケは母親と作田町の自宅で暮らしていた。臆病で暗い性格の奴だ。体が小さくて、いつも満男に顎で使われている、いわゆる使い走り役の「ぱしり」だった。それでも、満男がユースケをいじめていたかというと、そうでもない。いじめられっ子だったユースケを庇っていて、ユースケがいじめられると、必ずいじめた奴に仕返しをしていたほどだ。

性格も生活環境もまるで違う四人がどうしていつも一緒だったかというと、やはり親の存在が稀薄だったことにもよるのだろう。みんな強がりばかり言っているが、本当は寂しがり屋で、話し相手がほしかったのだと思う。本人たちは愛情に飢えていると指摘されれば、顔面を紅潮させてそんな事実を否定するだろう。

私以外の連中の成績は惨憺たるものだった。勉強もろくにしないで、放課後には中学校の近くの野山で遊び、自転車に乗って佐久《さく》市に出かけて本屋やスーパーマーケットをひやかしたりしていた。ずいぶん悪さも働いた。店の商品をくすねては、その戦果を得意になって比べ合ったものだ。補導されかかったこともあるが、持ち前のチームワークで何とか追手をふり切ったりした。

だが、一番楽しかったのは夏の川遊びだった。沢渡《さわたり》川の上流に緑山ダムができて、川の水量が減ったことで、川原に大きな岩が表面に現れて、隠れる場所に事欠かなかったのだ。我々は二人ずつに分かれて戦争ごっこを楽しんだ。かんかん照りの中、本気で石を投げ合い、流血騒ぎになったこともあった。

他愛ないことで笑い、他愛ないことで喧嘩した。いじめ、いじめられながら、私たちはくっつき合い、腐れ縁で固く結ばれていたのだ。

それも、あの忌まわしいことが起こるまでだった。

「あれ」が起こった夏休み——。

その年は数十年に一度起こるかどうかの記録的な空梅雨《からつゆ》で、私たちの町とその周辺の市町村は飢饉に見舞われた。社会の教科書でしか知らない「飢饉」という古めかしい言葉を、老人たちがしきりに口にしたのを私ははっきり記憶している。

「三十年前の飢饉の時もひどかったが、今度はもっとひどいずら」

煙草屋のシゲばあさんは、遠い昔を偲ぶように目を細めた。五十八歳の女性を今の感覚でばあさんと言ってしまうと違和感を覚えるが、昔の田舎では五十歳をすぎると、女の人はみな急激に老けこみ、老人っぽくなってしまったのだ。山国的な風土のせいかもしれないが、産後の無理な農作業で、腰が曲がったりしている人が本当に多かった。

シゲばあさんは農家ではなくて雑貨屋兼煙草屋をやっていた。髪を丸髷《まるまげ》にし、分厚い老眼鏡をかけていたので、よけいに老けて見えた。彼女の孫で私の同級生の赤沢厚子が「うちのばあちゃんは五十八だよ」と言った時は本当にびっくりしたものだ。厚子が数少ない女友だちだった関係で、私はシゲばあさんの赤沢商店にはよく一人で遊びにいった。満男や弘明にもこのことは内緒だった。

四十年前、シゲばあさんが娘の頃、梅雨時から降雨がなく、沢渡川の水がほとんど涸れてしまったことがあった。上流にダムを作ろうという話が現実味を帯びだしたのはその時だった。それ以前からも、水瓶《みずがめ》用の貯水池が必要だという話はあったが、予算不足から実現は見送られていた。

江戸時代から、この地では何度も大飢饉が発生し、餓死した者は数知れず、百姓一揆が何度も起こっている。そんな土地柄であるにもかかわらず、ダムができなかったのは、地元出身の有力な代議士がいなかったからだとシゲばあさんは憤慨気味に語った。

「山向こうの県は総理大臣になった代議士がいるから、道路もみんないい。うちの選挙区の先生は当選と落選を繰り返してるんで、中央では力がないだに」

ろくに学校教育を受けていないはずなのに、博識のばあさんだ。村のことは彼女に聞けば何でもわかるというのが地元の評判だった。

「お役所が本腰を入れて動きだしたのは、あの時の大飢饉のせいだ。どこかにダムでも作っておかなくちゃなって言うんで、目をつけられたのが緑山さ。沢渡川の上流を堰き止めれば、かなりの水が貯められるってわけだ」

だが、上流の緑山集落には、約四百戸の家があり、千五百人もの住民がいた。

「もちろん、集団移転させた。今みたいに補償金は高くねえ。安く叩かれて、どの衆《しゅう》も谷から追い出されてしまったのさ」

多くの人は中腹に移ったが、過疎化で次第に人が減り、今では緑山の山中に住んでいる者はいない。

ダムを作ったものの、この夏の未曾有の大渇水でダム底まで完全に干上がってしまったという話だ。私が涸れてしまったダムを見てみたいなと何となく思ったのはその時だった。子供は大人ほど事態を深刻に考えていない。ちょっとおもしろい見せ物、例えば巡業サーカスかカーニバルをのぞきにいくといった気楽な感覚だったのだ。

「厚子、ちょっとハイキングに行かないか？」

たまには悪友たちと別行動をとって、女の子とすごしてみたい気もあった。

「どこへ？」

厚子は店の裏手の物置の中で、商品の入った段ボールに背中をもたせかけ、荒い息を吐きながら言った。私たちが会うのは、いつも決まってその物置の中だった。そこなら家の者にも見つからずに二人だけで話をすることができたのだ。戸を閉ざせば、そこは薄暗く、秘密の隠れ場所にふさわしかった。

戸にできた小さな穴から一筋の光が差しこみ、段ボールに庭の柿の木を逆さまに写している。幻想的な像の中に、厚子の顔が白く浮かび上がる。彼女の少し肉厚の唇がかすかに開き、そこからチューインガムのペパーミントのにおいがした。逢い引きといっても、肉体関係があったというわけではない。関係は唇だけだ。究極まで求めるのは私の本意ではなく、節度をちゃんと心得ていたのだ。プラトニックが少し発展しただけのこと。今思うと、最後まで行きつくのは恐かったのだと思う。私にも、そんなうぶな中学時代があったのだ。今考えると、笑っちゃうけれどね。

私は彼女のおかっぱの頭に手を突っこみながら言った。

「ダムに行こうと思ってるんだけど」

「いつ？」

厚子の口から吐息と言葉が同時に出る。

「明日。厚子も行かないか？」

「明日はだめよ。先生と約束しちゃったもん」

「先生？」

「高倉先生よ」

高倉千春は音楽の教師で、我々の担任だった。年齢は二十七、八。どこまで本当なのか知らないが、山向こうで婚約していた男に捨てられて、傷ついた心を抱いてこっちへ流れてきたという噂だ。シゲばあさんがそう言っているくらいだから、まず間違いないだろう。いつも暗い色調のパンツルックで、宝塚の男役のようにぴしりと決め、男を寄せつけない雰囲気を漂わせているが、案外、それは昔の反動なのかもしれない。隠し子がいるという疑惑もあるが、さすがに誰もそこまでは信じていなかった。

「高倉とどこかに行くの？」

「そう、真知子のお見舞いに行くの」

「桂木の？」

「うん、真知子、療養所に夏いっぱい入院してるって話」

「ああ、そうだった」

桂木真知子のことを考えるたびに、私の胸は苦く、切なく疼く。彼女はこの四月に東京から転校してきた。隣町に精密機器の会社の工場があり、その研究者として東京から転勤になった父親や母親と一緒にこの村に越してきたのだ。彼女の登場で、私はそれまで保っていた成績トップの座から転げ落ちた。

桂木真知子は、都会的な洗練された女の子だった。モデルにしてもいいと思うほど、すらりと背が高く、肩までかかる長い黒髪が魅力的だった。白人とのハーフみたいな異国的な顔だち、黒目がちの大きな目、鼻筋がすっと通っている。映画雑誌のグラビアから飛び出したような美少女だった。中学三年生の少女というより、もうすでに成人した女のようだった。私は村の中で何度か私服の彼女を見かけているが、赤いミニのスカートから伸びる長くて白い足に思わず目が釘付けになった。そして、彼女の白いブラウスを盛り上げるよう突き出た胸が、ひどくエロチックで刺激的だった。

田舎育ちで肉付きのいい厚子は、それはそれで魅力的なのだが、真知子とは根本から比較の対象にならない。違う星の住人なのだ。私は桂木真知子に嫉妬とともに羨望の念を覚えた。成績トップの座を明けわたしたことは少しも悔しくなかった。

彼女は転校してくると、たちまちクラスの人気者になった。中でも厚子とはうまが合うようで、よく一緒に行動していた。私は厚子とは気楽に話せるのに、真知子の前に立つと、緊張で体が萎縮し、まともに口をきくことができなかった。

真知子は、級長をしている私に何度か声をかけてきたが、私は聞こえないふりをした。それは四人組にしても同じだった。ふだんは女子更衣室をのぞいたり、階段の下から女子のスカートのぞきをしている悪童どもが、桂木真知子の前に立っただけで体が硬直してしまうのだ。彼女のまわりにはオーラのようなものが取りまいていて、近寄りがたい雰囲気があった。仲間うちで好んでする猥談の中に神聖な彼女を含めることはもっての他だった。彼女は、我々にとって侵すべからざる聖女のような特別な存在だったのだ。

その桂木真知子が夏休み前に風邪をこじらせて、軽い肺結核になってしまったのだ。そして、緑山の向こう側の療養所に入院しているという話だった。

「ねえ、ねえ」

厚子が唐突に言った。「真知子、ずいぶん気にしてたわよ」

「何を？」

「あなたが真知子を避けてるって」

「嘘、そんなことはないよ」

私は少し狼狽気味に言った。暗がりの中で厚子に顔色を見られなくてよかったと思った。私の顔色を見たら、勘の鋭い厚子は私の気持ちを察しただろう。

正直言って、私は桂木真知子が好きだった。意識しすぎていたのだ。

「ふうん、そうかなあ」

厚子は疑わしげに私の体に鼻を近づけて、嗅ぐような仕草をした。「でも、まあいいや」

厚子は私の手を握ってきた。

「だからさ、せっかく誘ってくれて嬉しいんだけど、先生とゆきえと三人で真知子のお見舞いに行くから、わたしはパス」

「わかったよ、他の連中を探すから」

寄りかかってくる厚子を押し返す時、掌が偶然彼女のやわらかな胸に触れた。厚子は健康的で明るい女だ。顔だって、この辺では上玉の部類に属するし、事実クラスの男どもに絶大な人気があった。だが、それも真知子が転校してくるまでだった。桂木真知子の前ではすべての女の存在が霞んでしまうのだ。比較の対象にすること自体、真知子に対して失礼だった。

目をつむると、真知子の裸身が私の脳裏に浮かんでくる。妄想する私の手は、厚子の固くなった乳首を真知子のそれと見立ててTシャツの上からつまんでいた。

たちまち「だめっ」と厚子の手が飛んできて、私の手の甲をぴしゃりと打ったが、彼女はそんなに嫌がっているふうでもなかった。もう少し私が強気で迫ったら、厚子は体を許してくれるかもしれない。でも、桂木真知子の存在が私の心のかなりの部分を占めるようになっていた。赤沢厚子はあくまでも代用品なのだ。

「ダムは怖いところよ。やめといたほうがいいんじゃないの？」

厚子は心配そうに言った。

「どうして？」

「おばあちゃんが言ってた。死人の呪いがあるから、近づかないほうがいいって」

「ばかだね。そんなの、年寄りの迷信さ」

「ううん、違うの。あそこに昔村があって、墓場も全部水の底に沈んじゃったから、浮かばれない死者の霊がうじゃうじゃいるんだって。幽霊が出るって話もあるのよ」

厚子の声には、不安がまじっていた。「祟《たた》られたらどうするの？　あそこって、迷ったら出られなくなるっていうじゃない」

確かにそんな噂はあった。いったん山に迷いこんだ人間が何日も外に出られなくなったという話や、動物でさえダムを避けて通るという話がまことしやかに伝わっていたのだ。数年前にセスナ機が失跡した事件もそうだ。

「それにさ、浦田清の事件があるじゃない」

「浦田、清か」

楽天家の私もさすがに溜息をついた。

「あいつが緑山に逃げこんだって噂よ」

「噂だよ。あいつはとっくによそへ逃げてるさ」

「浦田清は、女の人を何人も殺して、山に埋めてたって話じゃないの」

「話が大げさに伝わってるのさ」

浦田清というのは、女を自分の車に誘って殺す極悪人で、警察の捜索の目をかいくぐって逃げていた。今のところ、殺された女の数は五人だが、それはあくまでも判明している数で、まだ他にも犠牲者がいるらしい。

「ううん、あいつ、緑山に潜伏してるのよ」

厚子の話は真剣みを帯びた。「おばあちゃんがそう言ってるもの。清は頭がいいから、どこかに潜んで、警察の目を逃れてるんだって」

「そんなに言うんだったら、おまえら、真知子の見舞いに行くの、やめたら？」

「あたしたちは山の下をまわっていくの。先生の車で行くから、大丈夫よ。それに、ゆきえも行くし、三人いたら安心でしょ？」

「ふうん、ゆきえも行くのか」

梓ゆきえは町会議員の娘で、親父の権威を笠に着ているところがある。鼻っ柱の強い、横柄で生意気な女だった。

「ゆきえが行くなら、まあ安心かな」

私は変なところで安心した。「あの浦田清だって、ああいう気の強い女は敬遠するだろう」

そう言っている間に、私の脳の片隅で何かがちりちりと音を立てて燃え始めた。それはたちまち具体的な形をとりだしたのだ。

そう、肝だめしだ。

とっさの思いつきだが、考えているうちに、それがなかなかいい案に思えてきた。そして、それが我々の運命を決めることになったのだ。

「いっそのこと、暗くなってから、肝だめしでもやってさ」

私は本気でそうしようかなと思っていた。私の悪乗りはエスカレートした。ダムには廃校になった中学校があるのだ。あそこに泊まって……。

考えれば考えるほど、素晴らしい案だった。満男は私の案にきっと賛成するだろう。誰かが反対しても、「おまえ、怖いのか。弱虫め」と脅しをかければ、しぶしぶ反対案を撤回するにちがいない。

「じゃあね、厚子」

私は何事もなかったかのように装って、赤沢家の裏の物置を出た。店番のシゲばあさんは胡散臭そうに私を見た。

結局、ダムには満男たち悪友連と行くことにした。あの夏の私は何か刺激がほしかったのだ。受験勉強は無視していたが、私を取り巻く環境の鬱陶《うっとう》しさに反旗を翻したかったのだと思う。閉塞する状況を打破するために、溜まりに溜まった鬱憤を吐き出せるような何か大きな刺激がほしかった。体の中に溜まったエネルギーを途轍《とてつ》もないことにふり向けたかったのだ。受験勉強なんか、くそ食らえだった。

緑山の山深くには秘密がたくさん詰まっていた。失踪した殺人鬼浦田清、廃村となった旧緑山に残された廃屋群、旧緑山中学校、消息を絶ったセスナ機、そして干上がったダム……。それは海賊船の埋めた宝箱のように私を魅了した。

何かが起こるような予感がしていた。

2――（私）

台風3号が小笠原諸島の南に発生した。大型の雨台風で、このままの進路をとれば本州中部を通過する可能性が大になってきた。かなりのスピードで北上していて、今夜遅くには静岡県の御前崎あたりに上陸するだろう。

いつもは嫌われている台風も、この時ばかりはからからに乾いた大地を潤すためにも、誰もが来てほしいと心から願っていた。しかし、私たちにとっては、干上がったダム底を見ることが大事であり、まとまった雨が降る前に迅速に行動を起こさなければならなかった。

その日は、忘れもしない八月二十二日。全校登校日の翌日だった。

朝のうち、南のほうの山の端に入道雲が見えた。昨日までの一片の雲さえなかった状況に比べれば、少しはすごしやすい。台風が接近しているためだろう。盆地を南から北へ吹き抜ける風にも湿気が感じられるが、今日一日は何とか持ちそうだった。

私の住むN県作田町は、南北を千熊《ちくま》川という第一級河川が貫いている。東に緑山、さらにその奥に荒岩山《あらいわやま》連峰が連なり、旧街道を経てG県の松井町に通じている。西は丘陵のような低い山々が千熊川に並行し、作田の町並みは通廊のような平地に沿って広がっていた。

緑山湖は千熊川に注ぎこむ沢渡川を遡っていくこと十数キロ、上流を堰き止めてできたダム湖だ。谷にはかつては戸数四百余の集落があったが、今は水底に沈んでいる。私たちが目指すのは、干上がったダム底探検だった。

何年か前、埼玉県から富山方面に向かうセスナ機が県境付近で消息を絶ったことがある。無線の最後の連絡があったのが緑山あたりらしく、作田町側とG県側から大々的な捜索が行なわれたが、飛行機の残骸すら見つからなかった。緑山ダムに落ちたのではとの観測も流れ、県警による大々的な湖面の捜索が行なわれた。飛行機の破片のような浮遊物はあったものの、落ちたと断定することはできなかった。その年のダムはアオコが異常発生し、透明度が低かったので、潜水して調べることは不可能だった。

ジープのような四輪駆動の車があれば、一時間ほどで我々の間で今や神秘の湖として伝説と化した緑山湖へ到達することができるが、中学生の我々には山道を歩いていくしか方法がなかった。自転車を使う手もあるけれど、勾配が急なので、かえって足手まといになってしまう。

集合場所は緑山の麓にある通称「一里塚」だった。昔の山越えの旧街道の道標としてあったもので、今では表面の磨滅した石と道祖神だけが残っている。道祖神だけは、最近誰かが塗り直したらしく、カップルの神様が赤と白できれいに化粧され、仲良く抱き合っていた。それが江戸時代の春画を見るように妙にエロチックだった。

集合時刻は午前八時。私が約束の十分前に到着した時、まだ誰も来ていなかった。朝早いのに、気温はすでに三十度近くまで上がってきていた。太陽の光線がきついうえ、湿気があるので、よけい暑さを感じた。汗で眼鏡がずり落ちそうだ。

家を自転車に乗って出たが、さすがに勾配が急で、途中から転がしてきた。五段変速の愛車を茂みの中に倒し、草をかぶせてカモフラージュすると、私は杉の大木の根方に腰を下ろし、他の連中の到着を待った。

リュックサックの中には、万一のことが起きるのを想定して二日分の食糧と非常食、真水一リットルを詰めこんだ水筒を入れてある。他の三人にも、少なくとも水と食料だけは多めに持ってくるように指示していた。

その時、クマザサの茂みの向こうから「おーい」と声がかかった。進藤満男の声だ。

「こっち、こっち」

私は声を張り上げた。肥満気味の満男はゆで蛸のように顔を真っ赤にしながら上がってきた。Tシャツの下で中年女のような胸が息づいている。満男はつばの広い麦わら帽子を脱ぐと日に焼けた腕で額の大汗を拭った。坊主頭から湯気が立ちのぼっている。

「歩いてきたの？」

私は聞いた。

「だって、おまえがそうしろと言っただろ？」

「ばかだな。ここまで自転車で来て、あとは歩いて登るんだ」

私はくさむらの中に倒した自転車を満男に見せた。「ここに草をかぶせておいて、見つからないようにしてるんだ。少しは頭を使ったら？」

「ちぇっ。秀才はこすいなあ」

満男は、自転車のほうに唾を吐いた。私はクラスの中でも身長は低いほうだし、体だってがっしりしていない。満男が本気になったら、私なんかべこべこにやっつけられてしまうはずだ。満男がそうしないのは、ろくに勉強しないのにクラスのトップにいる私に敬意を払っていることもあるだろうし、級長の私と親しくすることで担任によく思われたい下心もあるにちがいない。彼は私を「秀才」となれなれしく呼んだし、私は彼を親しみをこめて「満男」と呼んでいた。満男と私は、イソギンチャクとその繊毛の中を住処《すみか》にしている小魚のように、ある種、相互依存の関係にあったのだ。

満男は大きな頭陀《ずだ》袋を道に放り出すと、草の上に大の字になって、大きく喘《あえ》いだ。

「やれやれ、最初からそんな調子だと、先が思いやられるよ」

「うるせえや。休憩だ」

その時、下の木立のほうから、甲高い不安そうな声が響いてきた。

「おーい、みんな。どこにいるんだよ」

「おんな男が来たぞ」

満男は起き上がると、にやりと笑い、素早い身のこなしでくさむらの中に隠れた。やがて、自転車を転がして上がってきたのは辰巳裕介こと「ユースケ」だった。彼は小柄な体を押しつぶすほど大きなリュックサックを背負って、息も荒い。白いTシャツが汗で肌に貼りつき、真っ赤になった肌を浮き上がらせていた。天然パーマの髪が上方《かみがた》漫才の横山ノックのように額にぴったりくっついている。

「やあ、待った？」

中学三年になるのに、まだ声変わりもせず、ボーイソプラノの持ち主だった。

「ねえねえ、満男の奴、まだ来てないの？」

ユースケはおどおどした目を周囲に向けて、満男の姿がないのを確かめると、ホッとしたような顔をした。そこへ背後から満男がこっそり迫ってきて、ユースケをはがい締めにした。

「ホーホッホ。残念でした。俺はいるぜ」

満男はおどけながら、ユースケの胸をもむまねをした。

「痛いから、やめてくれよ」

「おうおう、やめてやるぞ。おんな男」

満男がユースケを前方に思いきり突き飛ばすと、ユースケは頭から草の中に突っこんだ。それを見て、満男は腹を抱えて笑った。

「満男君、ひどいじゃないか」

ユースケは、恨みがましい目で満男を見返す。涙をぬぐい、鼻をすすりながら立ち上がりかけた。

「五分遅刻だ、泣き虫野郎。時間は厳守するものだぜ」

満男は祖父の形見だという金色の懐中時計をポケットから取り出し、ユースケに誇らしげに見せつけた。彼はユースケの手を取って、立ち上がらせると、その肩を抱いた。

「よーし、仲良くしようぜ」

「あ、ああ」

ユースケはぎごちなく苦笑いして、うなずき返す。これがいつもの二人の挨拶、儀式のようなものだった。子供ながらに、あいつらが「ホモだち」だということを私は知っていた。

「よし、これで三人。あと杉山君だけだね」

私は父親に買ってもらった防水性のスポーツウォッチに目を落とす。すでに八時十五分になっていた。「彼、時間にルーズだからね」

「置いて行くか?」

気の短い満男が舌打ちして言った。「弘明があと十分待って来なかったら、出発しようぜ」

私たち三人は、カリンの木の下に腰を下ろした。日陰にいるのに、暑さはまったく変わらなかった。八時すぎでこの気温だと、日中はどのくらいまで上がるのか想像するのも怖い。私はちょっぴり後悔していた。

いやな予感を覚えていた。やめるのなら、今のうちだぞ。私の内面の声が警告を発していた。

「やめるなら、今のうちだよ」

ユースケが私の不安を代弁したように言ったので、私はどきりとした。「みんな、台風も近づいていることだし、今日は中止にしない？」

だが、軟弱なおんな男のユースケに言われると、逆に反発心がわき起こる。

「ここまで来て、引き返せないよ」

私は必要以上に強い調子で言い、心に巣食いだした不安を無理やり追い出した。

「そうだ、ユースケ。怖じ気づいたか」

満男がユースケの頭をひっぱたいた。「日が暮れないうちに、セスナ機を見つけるんだ」

今回の冒険は、二年前ダム付近で消息を絶ったセスナ機を探すのを表向きの目的としていた。悪友たちの興味を引くため、私が考えだした案だ。昨日、満男と弘明に電話すると、二人ともやろうぜと乗り気だった。ただ、ユースケだけが気乗り薄だった。

「セスナ機を見つけてどうするの？」

ユースケが珍しく突っかかった。「何かいいことがあるの？」

「いいことって、俺たち、金持ちになれるぞ」

満男が鼻をふくらませた。

「どうして？」

「どうしてって、飛行機は大金を運んでたんだ」

「嘘だ。そんなこと、聞いてないよ」

「機密情報を運んでたかもしれない」

満男はテレビのスパイドラマの影響を受けていた。「おまえが聞いてなくても、秀才が聞いてる。な、そうだろ？」

満男は私に助け船を求めた。

「いや、テスト飛行だったらしい。埼玉から北アルプスを越えて富山へね」

「なんだ、そんな飛行機見つけたって、ちっともいいことなんかないよ」

ユースケが珍しく不満を露わにした。

「うるせえや。見つけることに意義があるんだ。見つけたら、俺たち、有名人になれるかもしれないぜ」

満男はユースケの頭を小突いて、異論を封じこめた。

「これは冒険旅行なんだ。平凡な日常生活に飽き足らない我々の挑戦なんだ」

私はユースケに懇々と説明した。私自身、今回の冒険の意義を真面目に考えたことはないが、今さら引き返すわけにはいかなかった。

「そうだそうだ。秀才の言うことに間違いはない」

「ああ、わかったよ」

ユースケはこれ以上逆らっても仕方がないと思ったのか、ハンカチで天然パーマの髪の毛が貼りついた額の汗をぬぐうと、うつむいて黙りこんだ。

「それにしても、弘明の奴、遅いな」

満男が苛立ちながら立ち上がり、麓のほうを見た時だった。

「おーい、おまえら。そんなとこで何やってんだ?」

突然、山のほうからからかい気味の声が降ってきた。東からの光にあたって、長い影が我々のほうに伸びてきた。杉山弘明は薄汚いジーパンに、この暑いのに黒いヤッケを着ていた。どんなに暑くても汗一つかかない不思議な男だった。ひょろ長くて不健康そうに見えるが、どことなく危険なにおいを体から発散していた。満男でさえ、弘明には一目置いているほどだ。

「さあ、出発だぜ。みんな」

弘明は、にやにやしながら坂道を降りてきた。

「何やってんだよ。おまえが遅いから、待ってたんじゃないか」

満男が声を荒らげた。

「俺はずっと前に着いてたぞ。早く着きすぎたから、その辺を散歩してたんだ」

それが嘘であるのをみんなは知っていた。弘明には虚言癖があって、真実の中に巧みに嘘をまぜるので、奴の話は真実と嘘の境目がわからない。私が思うに、弘明の父親がタクシーの運転手だから、別ルートで乗せてもらってきたにちがいなかった。

「さあ、みんなそろったから、出発するぞ」

私は険悪になりかけたその場のムードを抑えるために声をかけた。

こうして、我々四人組は緑山の奥深くへ乗り出していったのだが、実際歩いてみると、山は思いのほか深く、険しかった。最初は軽口を叩き合っていた我々も次第に口数が少なくなり、寡黙になっていった。道は水源地関係者の車両が通行するので簡易舗装はされているものの、補修が追いつかず、ところどころ路肩のアスファルトが崩れているし、ひび割れがかなり進行している。

三十分たっても、最初の休憩予定地点の狼煙《のろし》台には到着しなかった。狼煙台とは、文字通り、戦国時代の昔に狼煙を出す場所に使われたことから、その名がついている。そこだけ林が開けて、見晴らしがよくなっているのだ。

「秀才、道を間違えたんじゃないか」

満男が不安そうに言った。

「いや、間違ってはいないよ。舗装されてるから大丈夫」

私は地図をバッグから取り出し、確認してみた。ところどころに細い山道があるらしいのだが、春の山菜とりや秋のキノコ狩りに使われる程度で、今は雑草に覆われて見えなくなっている。

道の両端には、落葉樹の林がつづくだけだ。普通なら、青々とした葉をつけて日陰になるはずの道は、葉が黄色く変色していて、太陽の強烈な光線をそのまま受けている。くそ暑くなければ、紅葉間近の山道を歩いているような錯覚に陥ってしまうくらいだった。

道はこの先、狼煙台を経て下り道になる。そして、何度かアップダウンを繰り返しながら、高度を上げ、峠を越えて、谷底へ向かう下り道に入っていくのだ。目的地まで約三時間の道のりのはずだった。

その時、どこかで低い振動音が聞こえた。

「おい、下から車が来るぞ」

弘明が両耳に手をあてながら叫んだ。

満男がとっさに道のわきの茂みの中に身を隠した。後ろめたいことをしているわけではないのに、私たちもそれにつづいた。

我々が上がってきた道から、車のエンジン音が近づいてきた。そのまま歩いていたら、轢《ひ》き殺されていたかもしれないような猛スピードで、赤い車が通過していった。

タイヤがはね飛ばしたアスファルトの破片が勢いよく飛んできて、満男の目の前の立木にぶつかった。カーンという音に驚いて、満男が尻に火がついたように飛び上がった。

「おいおい、あいつら、俺を殺す気かよ」

満男は車の消えた方向をにらみつけながら舌打ちし、幹にめりこんだアスファルトの破片を抜こうとした。よほどのスピードで飛んできたらしく、抜けなかった。

「おまえら、あの車に見覚えないか？」

「知ってるよ。高倉の車だ」

弘明が即座に言った。そう言われてみると、確かに高倉教師の車に見えた。赤い四輪駆動車を颯爽《さっそう》と乗りまわす担任教師を我々生徒はいつも羨望の眼で見ていた。私は前日、赤沢厚子の口から担任たちの今日の行動を聞いていたが、ここにいる連中は知らないはずだった。だが……。

「桂木真知子の見舞いに行くのさ」

ユースケが、秘密をしゃべりたくてうずうずしている小学生のように目を輝かせながら言った。「僕、何でも知ってるんだぜ」

3——（高倉千春）

「ねえ、先生。車を停めてください」

後部座席の梓ゆきえが、突然声を張り上げた。

「どうしたの？」

高倉千春はバックミラーをのぞきこんだ。ゆきえが車の後部座席から身を乗り出すようにして背後を見ていた。

「今、あそこに人がいたんです」

「こんな山の中に？　まさか」

高倉千春はスピードを少し落としたが、車を停めることはしなかった。なぜなら、この道が危険この上ないことを熟知していたからだ。勾配の急な道で停めたら、エンジントラブルを起こしかねないのが一つ。それから、彼女自身、何よりもこの山にとりついている禍々《まがまが》しいものに襲われるような恐怖感を覚えていたのだ。

今日は、緑山の向こう側にある療養所に結核で入院している生徒の桂木真知子の見舞いにいく予定で、同行したいという梓ゆきえと赤沢厚子の二人の生徒を連れて向かうところだった。

当初、緑山の北側を山麓の道路に沿って迂回するつもりだったが、台風接近のニュースを聞いて、急遽、最短距離の山越えのルートを通ることにしたのだ。途中、事故に遭わなければ、目的地には一時間以上も早く着けるはずだった。

「でも、見えたんです。くさむらの中に人間の頭が三つくらい、見えたような気がしたんです」

ゆきえは上気した顔で執拗に言い張った。ポニーテールにした彼女の髪が、開け放った窓から入る風を受けて右へ左へ揺れている。

「誰かがハイキングしてるんじゃないの」

ゆきえの隣に座っている赤沢厚子が言った。こちらはゆきえと違って、髪をショートカットにしている。二人とも、示し合わせたわけではないのだろうが、白いTシャツとジーンズを身につけていた。

「この暑いのに、山道をハイキングする人がいると思う?」

高倉千春は、口元にひきつった笑みを浮かべた。

厚子は、埃と熱風に早くもげんなりしている様子だったが、急に青ざめた。

「ねえ、先生、急ぎましょう」

厚子はせき立てるように言った。「もし浦田清が隠れてたら、どうするの。取り返しのつかないことになるのよ」

厚子の言うことももっともだった。千春自身、口に出して言わなかったが、この山の中に凶悪非道の浦田清が潜んでいる可能性が大きいのだ。

通りがかりの女性を言葉巧みに車に誘い、暴行と殺人を繰り返した稀代の殺人鬼浦田清は、山向こうのG県の人間だが、警察の網をくぐり抜けて今なお逃走していた。最後に目撃されたのが一ヵ月ほど前で、場所は荒岩山の山中だった。松井町在住の男性が車で林道を走行している時、道端でヒッチハイクをしている中年男を見かけた。髪が乱れ、髭も生え放題、おまけに薄汚い恰好をしていたので、そのまま通りすぎたが、後でそれが浦田清であることに気づいたという。指名手配の写真の目とそっくりだったからだ。

その後、荒岩山中で車の中で若い女性ドライバーの絞殺死体が発見され、車の中から浦田清の指紋が見つかっていた。浦田清を目撃したという情報はその後、跡絶えているが、荒岩山に連なる緑山に潜伏している可能性は大きかった。

高倉千春は、荒岩山の向こう側の町には苦い思い出があった。最初赴任した青葉ヶ丘中学校で婚約までした同僚と悲劇的な別れをして、失意のうちにG県の教員を辞めたのだ。その後、何とか生まれ故郷のN県の教員試験に合格し、赴任したのが現在の緑山中学校。隣接県とはいえ、青葉ヶ丘中と山を挟んだ対の位置にあったのが、偶然とはいえ、皮肉な運命のめぐり合わせを感じるのである。彼女はこの学校に赴任してから、別の人間に生まれ変わったのだ。

高倉千春は妄想をふり払うと、前方に注意を集中してアクセルを踏んだ。車がやっと一台通れるほどの狭い道だ。脱輪したら、女三人の力で車を元にもどすのはたいへんだ。こんな山中では電話もないし、だいいち、レッカー車が来てくれるとは思えない。三人が立ち往生している時に、浦田清と遭遇すれば、どんな運命が彼女たちを待ちかまえているのかわかっている。運転は慎重にしなければならなかった。

もし上から車が来たら、狼煙台以外にすれ違える場所はなかった。早めに林道を抜けて、緑山と荒岩山をつなぐ鞍部に入りたかった。そこまで行けば、道路幅が広くなり、道がきれいに整備されているからだ。

狼煙台は、もう間もなく見えてくるはずだった。

「先生、浦田清って、あの浦田清？」

ゆきえは大きな目をさらに丸くして、不安そうに背後をふり返る。「いやだ、どうしよう」

いたずらに生徒たちの恐怖を煽りたくなかったので、浦田清のことは話題にしたくなかったのだが、知れてしまっては仕方がない。

「でも、彼、死んでると思うわ。もう一ヵ月も消息を絶ってるし、このからから天気では、とうてい生きてるとは思えない」

千春はそう言ったが、自分でも確信はない。ただ、今は生徒たちの不安を払拭しておくことが必要だった。「生きてるにしても、こんなところにぐずぐずしてないで、長野のほうに逃げてしまったんじゃないかしら」

「ううん、あいつは絶対生きてるって」

赤沢厚子が自信満々に言った。

「赤沢さんはどうしてそう思うの？」

千春は聞き返した。

「だって、うちのおばあちゃんがそう言ってたもの」

厚子の祖母のシゲは、煙草屋の店番をしているだけあって情報通だった。煙草や雑貨を買いにくる客たちが店にさまざまな噂や情報をもたらすからだ。千春自身、家庭訪問の時、シゲばあさんと何度か言葉を交わした覚えがあるが、田舎に住んでいるにしてはなかなか博識な女だった。人の心の中を見抜くようなその視線に接すると、彼女は自分の青葉ヶ丘中学時代の秘密を知られてしまうような恐怖さえ覚えたものだ。山向こうのことだから、シゲばあさんはとっくに彼女の秘密をつかんでいるのかもしれなかった。佐久市の実家に預けている娘のことは誰にも知られていないはずだが、もしかして……。

「ふうん、厚子さんのおばあちゃんが言うくらいだから、確かな筋から情報を仕入れたのかしら」

「そうだと思うよ。駐在さんや消防の人がよく来て、頼みもしないのに、浦田清のことをいろいろ話していくんだって」

林が急に途切れて、開けた場所に出た。狼煙台だ。

不思議なことに、森を抜けると、危険のにおいが消えていた。千春をとらえていた恐怖感は、病的に変色した深い森が生み出していたにちがいない。明るい空間になると、千春の気持ちはすっかり晴れていた。彼女は車を立て看板の前で停めた。「狼煙台」の名前の由来を記した看板を支える棒が朽ちて傾き、文字は読めないほどかすれていた。

「ちょっと休憩しましょう」

千春が降りると、二人の女生徒もホッとしたように車の外に出た。

木で簡単に柵をつけただけの展望台は、荒れ放題になっていた。柵はほとんどが崩れ柵の近くまで行ってみると、緑山の山麓までのなだらかな樹海、その先に南北に広がる作田平がつづいていた。深刻な水不足でなければ青々とした山麓の風景が広がっているはずだが、森全体が悲痛の色に覆われ、断末魔の叫び声をあげていた。三人が束の間、味わっていた解放感が急速に萎んでいった。

南の空の入道雲がさっきより大きく育っていた。台風の影響か、青空の占める領域が狭まりつつある。

「先生、台風はほんとに来るんでしょうか？」

梓ゆきえが顔を曇らせて上空を仰いだ。

「たぶん来るでしょうね。今度ばかりは台風が待ち遠しいわ」

千春はこの時点で、台風に関して楽観的だった。本州の中央部にあるこの地域は、過去何度も台風が通り抜けたことがあるが、たいていは雨台風だった。台風は高い山にぶつかることでエネルギーを奪われ、急速に力を弱めてしまうのだ。台風は熱帯低気圧に変わり、盆地に慈雨をもたらすことが多かった。だから、今回も水不足に困っている盆地に待望のお湿りになるはずだと誰もが考えていたのだ。

「本降りになる前に、桂木さんをお見舞いしてしまいましょう」

ここまで来れば、あと三十分ほどで療養所に着けるはずだった。

高倉千春は、緑山の頂上のほうを仰いだ。下界と同じような樹海が狼煙台のさらに上へつづいている。からからに乾燥した森を見ると、彼女をまたぞろどす黒い不安が襲ってくる。それは台風とは別のところから来た。

何かいやなことが起こるような予感がする。千春の脳の襞《ひだ》がちりちりと焦げるようなきな臭いにおいを発していた。

4——(私)

5

頭上を覆う森の葉は黄色く変色し、森の中を黄土色の世界にしていた。枝の隙間から見える空は、いつの間にか、薄い雲に覆われていた。登山帽のつばを上げ、眼鏡ごしに空を見上げる私の顔に、ぽつりと大粒の雨滴が落ちてきた。火照った肌に、それはひどく冷たくて気持ちがよかった。そして、雨はまた一滴、また一滴と落ちてくる。

雨よ降れ、雨よ降れ。

私の祈りが天に通じたのか、雨の間隔が短くなったような気がした。私たちは、台風3号がスピードを速め、今夜半に本州中部を直撃することをこの時まだ知らなかった。私は生まれてからこの方、大型の台風を経験したことがなかった。あの恐怖の一夜を経験すると知っていたら、私は天に祈らなかっただろう。

「よう、秀才。大丈夫かなあ」

満男が珍しく不安そうな顔をする。「台風が来たら、やばいことになるぞ」

「大丈夫。いくら雨が降っても、地面にしみこむまでに時間がかかる」

これだけからからに乾いた大地を潤すには、一週間も大雨が降りつづかないかぎり無理だ。今、大地は枯れ、山をねぐらにする動物や植物は瀕死の状態だった。慈雨が降れば、すべての生きとし生けるものが息を吹き返す。

「いいか、みんな。今日の予定をもう一度話しておくよ」

私は三人の意気が萎えないように、次の休憩の時、改めて今日のコースを説明した。あくまでも私がリーダーであることをみんなに再認識させておく目的もあった。

「まず、狼煙台で休憩してから、背負《せおい》峠の分岐点で下りに入る。大体二時間でダムの底に着くはずだ。そこでセスナ機の探索をしてから、中学校で泊まる」

「中学校に泊まる？ そこってダム底だろう？ そんな話、僕聞いてないけど」

ユースケが甲高い声を張り上げる。「話が違うじゃないか」

「最初から決まってる話だよ。ねえ、進藤君？」

私は満男を見た。

「あ、ああ、そうだ」

満男と弘明だけには本当のことを話してあった。満男や弘明の親は子供がどこへ外泊しようが無関心だが、ユースケだけは母親が少しうるさいので、私の家にみんなで泊まりこんで受験勉強するということにしてあった。心配したユースケの母親は私に確認の電話をよこしたが、私は本当ですと答えた。「お母さん、うちの両親も教師ですし、責任を持って裕介君の面倒を見ます」と言うと、母親は安心して、それ以上追及することはなかった。

「私は嘘をついてないよ。勉強するのは本当だもの」

「でも、廃校って電気がないんだろ？」

「その辺は抜かりないよ。蠟燭を持ってきたからね」

私は背中のリュックサックを振ってみせた。じゃらじゃらとたくさんの蠟燭が触れ合う音がした。「みんなで校舎で夜を明かすんだ」

「やだ、怖いよお」

「ばかやろう。怖じけづきやがって」

満男がユースケの頭を小突いた。

「だってさ、話が違うんだもの」

半べそをかくユースケの肩を私は叩いた。

「学校で人生勉強をするんだよ、辰巳君」

それまで薄ら笑いを浮かべて状況を見ていた弘明が、口を挟んだ。

「精神を鍛えれば、おまえ、志望校に入れるぞ」

何も知らないのはユースケだけだった。廃校に泊まって、夜を徹して肝だめしをする計画だった。昨日、電話でセスナ機探索後のイベントの話を持ち出した時、満男は大乗り気だったし、ふだん感情を表に出さない弘明も珍しく興奮して賛成した。ただ、肝だめしをする場合、怖がる者が必要だ。その生贄《いけにえ》として選ばれたのがユースケだった。怖がるユースケを見て、三人で楽しみたかった。もちろん、セスナ機探しも目的の一つだが、それは刺し身のツマ的なものだ。昼間の明るいうちにダム底の探検をして、それから学校に入る予定だった。

ただ、気がかりなのは、長い間、水底にあった校舎がちゃんとした形で残っているかどうかだった。もしなかった場合、代わりの建物を見つけなければならず、その時間も必要だった。

「それとも、おまえ、今から帰るか？」

満男がうつむくユースケの顔をのぞきこむ。「いいんだぞ。ただし、ここから一人で帰るんだ」

「いやだ、一人は怖いよ」

ユースケはぶるっと身震いして、首を振る。

「そうさ、森には浦田清がいるものね」

私の放った言葉が、ユースケの気持ちを決定づけた。浦田清の名前には泣く児も黙らせるほどの効果があったのだ。ユースケは「わかったよ」と泣き声で言った。

こうして、私たちは混迷の森の奥深くへ突き進んでいったのだ。私が先頭に立ち、ユースケを挟むように満男がつづき、しんがりを弘明がつとめた。

だが、後で考えると、その時帰るべきだったのだ。

5 ——（私）　6

勾配の急な坂を登り終えると、森が急に開けて明るくなった。狼煙台だった。

「休憩！」

私が号令をかけるともなく、みんな広場へ散っていった。満男は柵の前から堂々と小便をしている。雨はぽつりぽつりと降っているが、地面が濡れるまでには至らず、乾いた埃に吸いこまれるように消えていくばかりだ。私は木陰に入って小便をした。

真新しい轍の跡が乾いた狼煙台の地面に残っていた。私たちを追い抜いていった担任の高倉の車にちがいない。

「おおっ、見っけ」

目敏いことが取り柄の弘明が、長身を折り曲げるようにして何かを拾い上げた。「おい、見ろよ。女物のハンカチだぜ」

弘明はピンク色の花柄のハンカチを広げると、鼻に持っていった。薄地の布が光線に透けて、眼前の作田平が見えた。

「まだ新しいぜ」

「俺にもよこせ」

小便を終えた満男が、弘明の手からひったくるようにハンカチを取り、団子鼻でくんくんと嗅いだ。

「これは香水のにおいだぜ。高倉のものだな」

満男はヘヘッと下卑た声で笑うと、ハンカチをズボンのチャックのところに持っていって、卑猥な恰好で腰を突き上げた。それから、ユースケの顔に押しつけると、鼻をねじりあげた。

「やめろよ」

ユースケは真っ赤な顔をして、ハンカチをひったくると、地面に放り投げた。

「あ、いいのか。愛しの担任のハンカチをそんなにして」

満男がからかった。

「うるさいよ」

「おまえ、いつも女の裸を見てんだろ？」

満男は樫の木の根方に腰を下ろし、せせら笑った。「高倉の奴、おまえんちのホテルに男の教師と来ねえのか？　あん？」

「高倉先生は、そんなことはしないよ」

ユースケは首がちぎれるほどの勢いで頭を振った。ユースケの父親は、旧街道沿いでホテルを経営しているが、ホテルとは名ばかりで実質的にはラブホテルだ。数代前は街道の旅館をやっていたらしいが、先代が戦後まもなく旅館をホテルに一新した。最初は物珍しさも手伝ってはやっていたものの、旧街道に並行して国道ができるに及んですたれてしまい、今ではお忍びのカップルを相手のラブホテルと化してしまったのだ。

ユースケはラブホテル経営者の息子だから、泊まり客の極秘情報にくわしいだろうと満男は探りを入れたのだ。彼は客の中に高倉千春がいるのではと勘繰っているにちがいない。

「でもさ、高倉は品行方正だって話だぜ」

弘明が口を挟んだ。「昔、婚約破棄になって、自殺未遂したって噂さ。それから、男はもうこりごりなんだってさ」

「誰がそんな話してるんだよ」と満男。

「そんな噂、聞いたことがあるのさ」

作田は昔ながらの閉鎖的な風習が残っている町だ。平気で人を傷つけるようなデマや風聞が、けっこう飛び交っていた。だから、担任の高倉の過去がどんなものだったのか、たいていの者は知っている。噂が広がっているのを知らぬのは当事者くらいのものだった。そんな町の体質が私は嫌いだったが、その反面、高倉教師の隠された情報を知りたがっている自分がいるのも事実だった。

「さあ、休憩終わり。出発」

私は会話を断ち切るように声を出し、三人を促した。「今度は杉山君が先頭だよ」

弘明は「おう」と言って、先に立ってすたすたと歩きだす。満男とユースケが遅れてはならじと立ち上がり、慌ててついていった。私は捨てられた高倉のハンカチを拾い、満男やユースケが触れたところを折り返して、こっそりにおいを嗅いでみた。成熟した女の体臭が伝わってきて、わけもなく興奮した。私はハンカチをそのまま丸めると、こっそりジーンズのポケットに突っこんだ。

雨の降りは大したことはないが、湿気をたっぷり含んだ不快な熱風が吹きだし、枝を揺らし始めていた。

勾配はゆるやかになったが、登りはまだつづいている。もう十時になるというのに、まだ道のりの半分も来ていなかった。満男たちは、さすがに軽口が減り、黙々と登っている。

とその時だった。突然、弘明が立ち止まった。満男が弘明の背中にぶつかり、「おい何やってんだよ」と怒鳴りつけた。

「あそこに人がいた」

弘明は前方を指差した。そこは道の分岐点で、右へ進めば荒岩山へ抜ける県境、左へ進めばダム底へ向かう。だが、誰の姿も見えなかった。

「赤い服を着てた。もしかして、女かもしれないな」

弘明はそう言い張るが、現実味に乏しかった。

「こんな人里離れた山の中で、女がのんびり一人でハイキングか？」

満男はそんなことはありえないと主張した。

「だけど、俺、見たんだからな」

弘明は不満そうに口を尖らせ、応援を求めるように私を見た。

私は列の最後だったので、誰かがいたとしても前の連中の陰に入っていて、何も見えなかった。

「いいや、見てないけど」

私は首をふった。ユースケも怯えた顔で私に同調した。私は先頭に出て、森に向かって声をかけてみた。

「おーい、誰かいるのか」

谺《こだま》が返ってくるかわりに、熱風が不気味な沈黙を運んできた。弘明の勘は鋭いので、彼が見たと言ったら、素直に信じるべきなのかもしれなかった。実際、私の脳はチカチカと警戒信号を発していた。だが、私は自分の感情を押し殺した。いたずらにみんなの恐怖を煽ったら、この探検が即刻この場で終わることになりかねないからだ。

「杉山君の勘違いさ」

私が笑い飛ばすと、満男がすぐさま賛同の意を示した。

「そうだよ。おまえも怖いんだろ？」

弘明はぶすっとして黙りこみ、それ以上何も言わなくなった。

「よし、ダム底へ向かって出発」

私は意識的に声を高く張り上げ、足元から這いのぼってくる恐怖感を抑えこみながら、率先して前へ出た。

森がこれまでの落葉樹林から針葉樹林に変わるとともに下り道になった。こっちのほうは渇水の影響を落葉樹ほど受けていないかわりに、森が濃く深くなった。まるで別次元の世界に迷いこんでしまったような感じだ。

簡易舗装はされているが、道は荒れていた。

道の両わきにクマザサの茂みがあるため、地面は水気を保っており、ややひんやりしていた。ガソリンのような染みが道の中央についており、蛇行しながらトンネルのような森の奥へつづいている。

「誰か来たのかな」

満男が腰を屈めて、染みに手を触れてみた。「これ、けっこう新しいぞ」

「ダムの係員さ」

そう言う私も確信を持っているわけではない。「とにかく急ごう。本降りにならないうちに」

雨は降っているが、上空の枝に遮られて木の下道にはそれほど落ちてこない。

ともかく、今は前へ進むのみだった。

6――(浦田清)

7

「清、走れ。走るんだ」

浦田清の頭の中で女が声高に叫んでいた。「やれ、やるんだ」

頭蓋骨の内部を弾丸がぐるぐると高速回転しているようだ。清は本能的に頭蓋骨が割れないように両拳で頭を強く押さえつけた。

「やめてくれ」

「いいか、清。女は穢《けが》れているのさ。不浄なものは殺せ、この世から抹殺するんだ」

車が道を逸《そ》れそうになって、彼は慌ててハンドルをつかみなおした。ハンドルを右に切り、思いきりブレーキを踏む。車はかろうじて路肩から脱輪するのを免れた。彼はハンドルを両手で抱きかかえて、安堵の息を漏らした。道を逸れれば、そこは谷底だ。鬱蒼としたくさむらに覆われて上からは見えないが、くさむらの下には確実に地獄が待っていた。

脂汗が額の髪の生え際から噴き出した。垂れ落ちた汗が、埃だらけのダッシュボードに丸い染みを作った。動悸が収まるのを待って、彼は頭を上げる。

清の車のわきを一人の若い女が通りすぎていった。女はハンドルにもたれかかっている彼をちらと見て、首を傾げた。彼には、それが自分を嘲笑っているように見えた。

清の頭の中の女は、今は黙して何も言わなかった。それがまた彼の苛立ちを誘い、怒りの導火線に火をつけた。肝心な時に女は何も指示しない。彼の判断に任せるというのか。

よし、そういうことなら、やってやろうじゃないか。俺にもできるということを彼女に見せてやるんだ。

清は車のエンジンを始動させ、静かにアクセルを踏んだ。女は旅行者なのか、真っ赤なTシャツにジーパンといった軽装だ。背中に青いナップザック。女一人でハイキングというわけか。

ホッホッ、お嬢さん。それがいかに無謀で危険な行為であるかを自覚していないのですか？

「ねえ、お嬢さん。ここは人里離れた山の中ですよ」

口に出してみると、少年少女の非行を注意する補導員のように聞こえた。「いくら低い山といっても、油断をしてはいけないですよ。悲鳴をあげたって、誰も助けにきてくれませんからね」

車はゆっくりとしたスピードで女との間隔を縮めていく。彼はハンドルを握りながら、サイドウインドーを手で下ろす。一週間前、中古で買ったばかりの車だった。安い給料の中からやり繰りして買った車だ。ぴかぴかに磨き上げているので、誰だって新車だと思うにちがいない。

車が女に追いつき、並行して走った。若い女はちらと彼のほうに視線をよこしたが、知らんふりして歩いた。

「あのう、お嬢さん」

「なあに？」

女は立ち止まらず、きつそうな目でにらみつけてきた。年齢は二十一、二といったところか。お嬢さんという呼びかけにばかにされたと思ったのだろうか。

「どちらまで行きますか？」

「あっちよ」

女はぶっきらぼうに道の先を顎で指し示した。そんなことは百も承知だ。

「山向こうの町？」

「ううん、キャンプよ。待ち合わせに間に合わなくて、迎えの車に乗り遅れたの。わたし、ばかみたいでしょ？」

女は苛立っている様子だったが、それが彼女を待ってくれなかった仲間に対してなのか、遅れた自分に腹を立てているのか、清には判断できなかった。

「キャンプって、河原の？」

「ええ、そうよ。ぐずぐずしてたら日が暮れちゃうわよ。まったく」

女は足をゆるめる気はないようだった。

「だったら、お嬢さん、道が違いますけどね」

「え、嘘っ」

女が急に立ち止まったので、彼は慌ててブレーキを踏んだ。

「キャンプはこっちじゃないですよ。あっちのほう」

彼は窓から頭を出して、反対方向を示した。

「ええっ、いやだあ」

女は両掌を大げさに返すと、泣きそうな顔をした。午後三時三十五分だった。

「夏でも、山の中だから日没は早いですよ。あと一時間もしたら、暗くなってしまいますけど」

「だって、また道をもどるなんて」

「困りましたね。僕はあっちへ行かなくちゃならないし……」

清は内心ほくそ笑んだが、顔には出さなかった。がつがつした様子を見せると、女は警戒するだろう。「実は、僕も約束にちょっと遅れ気味なんです。そうでなかったら、あなたをキャンプまで送っていってもいいところなんですが」

女はすがりつくような目で彼を見る。真っ暗な山中に一人残されることを想像して、女は内心パニック状態になっているはずだ。

「うーん、困ったなあ」

彼は腕時計を見て、首をひねった。もう少し、女を焦らしてやれと思った。困惑しきった女はなかなか魅力的だった。自分の置かれた苦境に気をとられて、体全体に隙ができ、彼が射抜くような視線で彼女の体をなめまわしていることに気づいていない。

「だけど、若い女性をこんな山の中に置いていくわけにもいかないし……。困ったなあ」

彼は眉間に深いたてじわを作った。鏡で何度も練習していたので、それが相手にどういう効果を与えるかよく知っていた。単なるナンパでは、女をいたずらに警戒させてしまうだけだった。若くて誠実、責任感の強い男性の役を彼は楽しみながら演じていた。こういう時にネクタイを着用していることも相手に安心感を与えることを彼は知っている。

「この人なら、大丈夫」と女は考えている。

「わかりました。あなたを送っていきます。あなたの安全と僕の遅刻を比べたら、あなたのほうが何倍も重い。僕はお客さんに怒鳴りつけられればすむだけですからね」

女の顔に安堵の光が差した。「僕が信用を失っても、あなたを危険から救うことのほうが大事ですから」

彼はレディを迎える紳士のように助手席のドアを開けた。

「さあ、乗ってください。僕も急ぎますから」

これで乗らない女はいないだろう。

「あ、ありがとう。助かったわ」

案の定、女は助手席に乗ってきた。あまり化粧っけのない女だったが、笑顔を浮かべると健康的で美しい。汗のまじった体臭が、彼のほうへ流れてくる。淫乱な雌犬のにおいがした。

彼は内心にやりとしながらアクセルを踏んだ。

「折り返す道がないので、広いところで方向転換します」

車は狭い山道を登っていった。彼は方向転換できる場所がないことを知っていた。行き着くところまで行かないと、車は元にもどらない。彼はこの辺の山道を知りつくしているので、対向車が来ないことも承知していた。女が不審の念を抱き始めるまで、それほど時間がかからないことも知っていた。

「お嬢さん」

「いやだ、お嬢さんだなんて。あなたって若いのに、古臭い言葉を使うのね」

女はくすくす笑った。彼の頭にたちまち血がのぼった。

「笑うな」

少し早い気がしたが、女を怒鳴りつけた。「俺を愚弄する奴は許せない」

「ちょっと、待ってよ。どうしてそんなに怒るの？　わたしは、ただ古臭い言葉と言っただけなのに」

女は彼の豹変に困惑しているようだった。

「女は口答えするんじゃないと母さんが言ってたぞ」

「母さん？　あなたのお母さんが言ったことをどうして信じるの」

女のほうも血の気の多い性格のようだ。「あんた、ひょっとして、マザコン男？」

「何だと」と彼は叫んだ。

「もういいから、降ろしてちょうだい。わたし、歩いていくから」

「もう日没だぞ。真っ暗になったら、どうする気だ？」

「ここにいるよりましよ。あんたとこのボロ車と一緒にいるよりはね。さあ、早く止めて」

「俺に指図するな。雌犬め」

彼は命令されることが大嫌いだった。清、早くしろ。清、勉強しろ。清、走れ、清、ぐずぐずするな。清、清、清……。

「清、やれ、やるんだ」

耳の中でまたあの女が叫び始めた。

「清さんていうの、あんた？　何をやれって言うのよ」

彼の耳の中の声は、若い女にも聞こえているようだ。彼は自分の口から声が漏れていることに気づいていなかった。

「うるさい、黙りやがれ」

森の中の道は薄暗くなっていた。彼を凝視する女の目には、恐怖と軽蔑の気持ちが相半ばしていた。突然、助手席側のドアが開き、女が外へ飛び降りた。思いもよらぬ行動だった。

「ばか、やめろ。下は崖だぞ」

彼は急ブレーキを踏み、車から飛び出した。女の絶叫が道の下から聞こえてきた。くさむらの下は崖になっている。

「助けて、お願い」

くさむらの中から突き出ている小さな木に女が必死でしがみついていた。「お願いだから、助けてちょうだい」

「謝るんだ。謝れば助けてやるよ」

「ええ、わかったわ。わたしが悪かった。ごめんなさい」

「何でも言うことを聞くか？」

「うん」

「はいと言え」

「はい、わかりました。何でも言うことを聞きます」

若い女は左手で枝をつかみ、右手を彼のほうへ差し出した。彼は女の手を取り、道まで引っ張り上げた。女は仰向けになって、息を喘がせる。

「よし、助けた」

彼は言った。「何でも言うことを聞くんだな」

助かってホッとしていた女は、一瞬何を言われたのかわからないようだった。

「さあ、俺の前で服を脱げ」

女の顔がたちまち怒りで朱に染まる。

「あんた、何言ってるの。あんたが変なことを言うから、わたし、車から逃げだしたんじゃないの。ばかばかしくって、話にならないわ」

「おい、約束しただろ？　俺の言うことを聞くと」

「いいかげんにしてよ」

「俺は約束を守らない人間は大嫌いだ」

「ええ、あなたに嫌われて大いにけっこう」

女は立ち上がって、服についた枯れ草を払い、元来た道をもどり始めた。「さようなら、マザコンさん」

女は清に対し、もっと慎重に言葉を選ぶべきだった。自分の体を見知らぬ男に与えるのと、殺されて死ぬのとどっちがいいか、もっと冷静に分析し判断するべきだった。

女の失ったものは永遠だった。

そして、それが清の初めて犯した罪だった。彼は鬼畜になった。

7――「こんにゃく小屋」 8

森はなかなか尽きなかった。

下界から見る分にはそれほど大きな山に思えないのだが、いったんその山に入ってしまうと、その大きさが実感できるのだ。薄暗い森の下、トンネルが果てしもなくつづいている。緑山の持つ魔力というものを、我々四人は徐々に体で感じ、とんでもないところに来てしまったと思っていた。引き返すにしても、とうにその時機を逸しているのがわかっている。今引き返しても、明るいうちに麓に帰りつくのは無理だ。それよりは、早いうちに探検をすませ、今夜の「安住の地」を確保しておきたかった。

トンネルが尽きてほしい。

私は三人の気持ちを鼓舞しようと、しきりに声をかけるが、反応がつづかないので、次第に寡黙になっていった。簡易舗装の道を歩いているかぎり、道を間違えるはずがない。それだけが心の支えだった。途中一度だけ、右に向かう砂利道があったが、木の道標は倒れて、字が読めなくなっていた。

「こっちの道じゃないの？」

ユースケがその時だけ珍しく強硬に主張した。彼は成績は中くらいで目立った存在ではないが、なぜか地理と歴史だけは得意だった。私が地図をわたすと、彼はポケットから紐のついた磁石を取り出し、真剣な面持ちで地図を調べた。

「地図にはこっちと書いてあるんだけどなあ」

「どれどれ、俺にも見せろ」

満男がユースケから地図をひったくった。私も満男の肩ごしに地図をのぞきこんだ。確かに点線の道が学校を表す「文」のマークを経て谷のほうへつづいていた。

「ばかやろう。こっちの道であるはずがないぜ」

満男の言うように、舗装された道とけもの道に近い寂しい道のどっちを選ぶかと問われれば、誰だって舗装道のほうを選ぶだろう。舗装道には文明のにおいがまだ残っているからだ。

「秀才はどう思う？」

満男は私に選択を任せてきた。

「進藤君の意見に賛成。杉山君は？」

私は弘明を見た。彼も黙ってうなずいた。私はかすかに不安を覚えていたが、右の道の先は森が深く闇の濃度が高いように思えたのだ。

お昼すぎ、ついに谷川に沿った道へ出た。森が途切れて、急に光が差しこんできた。ふさぎこんでいた気持ちが一瞬にして変わる。雨が降っているとはいえ、光にこれほどふさぎこんでいた気分を高揚させる効果があるとは思ってもいなかった。前方にコンクリートの壁が見えてきた。

「やったぜ。もうすぐダムだ」

満男が歓声をあげて、ユースケの頭を引っぱたいた。「ほら、見ろ。俺の勘のほうが正しかったんだ」

ユースケだけは少し懐疑的な目をしていたが、口には出さなかった。道から数メートル下の川床には水は流れていなかった。そこが川であるのは、流れに沿って岩があることと、魚の死骸が点々と落ちていることでわかった。魚はすでに一ヵ月以上前に死んだらしく、骨だけになっている。

山に住む獣の気配もなく、鳥の囀りさえ聞こえない。ここは死の谷だ。風の音が不気味な調子で沈黙の旋律を奏でている。

前方に木造の小屋が見えた。それが私たちに力を与えてくれた。

「よし、あそこで昼食休憩」

私が声をかけると、満男が駆けだした。私たち三人も遅れてはならじと雨の中を満男のあとを追った。

かつては段々畑があったような斜面にその小屋はあった。小屋のわきに木製の水車があり、山からの小さな流れに回転するようになっているが、もちろん水が涸れているので、止まったままだ。畑は荒れ放題で、我が物顔で勢力を伸ばしている雑草でさえ立ち枯れの状態だった。

小屋の戸は、たった今まで人が住んでいたように開け放ってあった。ダムの直下にこのような小屋が今もあることは驚きだった。

「あれっ」

小屋の中に最初に足を踏み入れた満男が、素っ頓狂な声を出した。

「どうした?」

弘明が、満男の背後から小屋の中をのぞきこんだ。

「誰かいるぞ」

「まさか」と言いながら、私は満男のわきを抜けて小屋に入った。小屋は六畳ほどの広さで、床は土間になっている。電気は入っていないが、外からの光で薄ぼんやりと明るくなっていた。畑を耕している人が、農作業の休憩用に使っている作業小屋にちがいなかった。

小屋の中央に畳一畳ほどの古いござが敷いてある。ござの前に七輪があり、真鍮の金《かな》盥《だらい》がかけてあった。七輪には炭がくべられ、金盥の中で泥水のような腐ったにおいのするどろどろの液体が泡をたてながら煮えたぎっている。それから、湯飲み茶碗が一つ、盆の上に置いてある。半分ほど入った茶はまだ湯気をたてていた。急須のふたを開けると、伸びきった茶葉が入っていた。まだ温かい。

「少し前まで誰かがいたんだ」

私は人がいることにむしろ安堵感を覚えた。「待っていれば、帰ってくるかもしれないぞ」

「おい。こいつは、こんにゃくだぞ」

弘明が、不思議な液体に鼻を近づけた。「親戚のばあちゃんが作ってたのを見たことがある」

「こんにゃく？」

こんな小屋で誰がこんにゃくを作っているのか。

「誰かいませんかあ」

ユースケが甲高い声を張り上げる。返事はなかった。「どうしちゃったんだろうな」

「まあ、いいや。ここで昼食にしよう。待ってれば、誰かが帰ってくるよ」

私が号令をかけると、四人はござの上に座り、それぞれが持ってきた袋から昼飯を取り出した。示し合わせたわけではないが、みんな握り飯だった。みなすっかり腹が減って、言葉も交わさず黙々と食べた。

七輪の火が湿った服を乾かしてくれた。満腹になったことで、我々の心に巣食いかけていた弱気の虫が去っていった。

だが、住人はいっこうに帰ってくる気配がなかった。ユースケが時々、おたまで金盥の中をかきまわすが、水分が蒸発し、こんにゃくは粘りけを帯び、糊状になりつつあった。

「おい、これ、何だ?」

弘明が、小屋の片隅で古い本のようなものを見つけて、頭の上に掲げた。そこは小屋の中でも光が一番届きにくく、闇が深く淀んでいた。竹で編んだかごのような入れ物があり、そこにはがらくた類がいろいろと放りこまれていた。

「俺に見せろ」

満男が弘明から本を受け取り、ござの上に本を置いた。褪色した紫色の表紙は擦り切れて、ぼろぼろになっていた。どうやらアルバムのようだ。

最初のページにセピア色に変色した白黒写真が一枚だけ貼りつけてあり、下手くそな文字で「誕生」と書いてある。

「ずいぶん古い写真だな」

満男は手についた埃を不快そうに叩き落とし、次のページをめくった。そこにも同じように褪色した白黒写真が何枚か貼りつけてあって、それぞれ「お宮参り」「一歳、よちよち歩き」「七五三」などと説明がつけられている。

私が違和感を覚えたのは、生まれた時は別として写真がすべて遠くから撮られていることだった。子供の成長過程を記録に残すとしたら、なぜ近くから撮っていないのだろうか。写真は子供が小学校の三、四年生くらいのところで終わっていた。写真の黄ばみ具合から判断すると、かなり前の写真のようだ。

「なあ、秀才。俺、こいつを見たことがあるような気がするんだけどな」

満男が不安そうに私を見た。「おまえ、何か感じないか？」

「そうだね。さっきから胸騒ぎがする」

確かに写真の撮影者の視点にも違和感を覚えたが、それ以上に感じるのは、やはりこの少年の顔だろう。少年は坊主頭で鼻筋が通っていた。この少年が大きくなって、誰かになったのだ。

誰だろう。私は頭の中で、この少年の顔に可能なかぎり修正を加えていった。脳の中心部が香辛料を塗りこんだようにちくちく痛み、遠い記憶が何かを訴えかけていた。

突然、ユースケが歓声をあげた。

「ぼ、僕、知ってるよ」

「知ってるって、この子供を？」

満男が胡散臭そうに言った。

「そうさ。よく見てみろよ」

ユースケは、私たちの注意を引きつけて、得意満面の様子だった。だが、手に届くところに答えがあるはずなのに、私はまだ答えを見いだせないでいた。

「焦れったいな。早く言えよ」

満男が苛立ってユースケの背中を叩いた。

「言うよ、言うよ。みんな、聞いて驚くなよ」

ユースケは、一瞬呼吸を止めて、私たちの顔を見た。「浦田清だよ」

「う、浦田清？」

満男は目を剝いた。

「目と鼻を見ろよ。そっくりじゃないか」

「あ、そうか」

私は手を打った。連続殺人事件の犯人として新聞やテレビに大々的に出た殺人鬼浦田清の顔が、私の脳裏のスクリーンに大写しになった。

「だけど、なぜ、浦田清のアルバムがここにあるんだ?」

満男は声を張り上げた。

「ばかだな、そんなこともわからないのか」

それまで口を挟まなかった弘明がばかにしたように言った。「ここが、浦田清のアジトだってことさ」

「浦田清のアジト?」

たった今まで得意の絶頂にいたユースケが、ボーイソプラノの悲鳴をあげた。「もしかして、それ」

彼はこんにゃくの入った金盥をこわごわ見る。こんにゃくは水気を失って、固くなりかけていた。

「そうさ。このこんにゃくを作ってたのが、浦田清ってわけだ」

弘明は涼しい顔で言った。ユースケはひいっと喉から笛のような声を出し、両手で顔を押さえた。満男の顔も急速に青ざめてきた。私も声にこそ出さなかったが、膝ががくがく震えていた。

「ここから早くずらかったほうがいいぜ」

弘明が言うと、我々は慌てて弁当を袋に詰めて、ビニールカッパを身にまとった。戸外では雨がぱらぱらと降っていた。

「もう帰ろうよ」

ユースケは泣きべそをかいていた。

「だったら、一人で帰れば？　ここまで来たら、もう後には引き返せないよ」

私は己の恐怖心を抑え、冷酷に言い放った。「今からもどったら、途中で暗くなる。そんな時に浦田清に会ったら、君はどうする？」

「いやだ、そんなの、いやだよ」

ユースケは駄々っ子のように左右に首をふった。

「だったら、先へ進むしかないよ。四人が団結してれば、浦田清が来てもへっちゃらさ」

そう言いながら、私は内心とんでもないことになったなと感じていた。確かに浦田清の事件は身近で起こっていたが、我々の住む世界とは別次元の出来事だと思っていたのだ。得体の知れない恐怖が津波のように襲ってきた。むしゃくしゃした気分を発散させるために、遊び半分に計画した冒険行だったが、いざ、実際に生命の危険に直面してみると、その恐ろしさがひたひたと胸に迫ってくる。

「ああ、わかったよ。僕も行くさ」

ユースケは鼻をすすりあげながら言った。

「進藤君は？」

私は挑発気味に満男の目を見つめる。満男が多少弱気になっているにしても、本音は吐かないはずだ。彼は本当は気が小さいくせに虚勢を張るところがあった。

「あたぼうよ。行くに決まってるじゃねえか」

満男は怒ったように言った。

「杉山君は？」

私は弘明にも決断を迫る。弘明は口許に不気味な笑みを浮かべた。

「行くに決まってるぜ。じゃなかったら、ここには来ないさ」

弘明の不敵な自信が、この時ほど力強く思えたことはなかった。私は右手を差し出した。仲間の結束を確かめるために、いつもやっている作法だった。満男が私の手の上に手を重ね、弘明がつづいた。ユースケはおずおずと一番上に手を置いた。

「じゃあ、先を急ごう。こんなところにいつまでもいるわけにはいかないものね」

我々四人はダムに向かって足を速めた。あの呪われた小屋から逃げるように。

風は少し勢いを強めていたが、雨はまだそれほどでもなかった。

急がなくては、急がなくては。

そんな私の心理を読んだかのように、誰かが私の耳元で囁いた。

「走れ、走るんだ」

え、何だ。

先頭を走るわたしは足を止めた。後ろから駆けてきた満男が私にぶつかり、呪いの言葉を吐いた。

「何だよ、急に止まりやがって」

「今、何か聞こえなかった？」

私が耳に手をあてると、他の三人も口をつぐみ、耳をすました。

その時、また聞こえた。

「走れ、走るんだ」

しわがれた声だったが、はっきり聞き取れた。四人とも同じだった。その声が我々の体を金縛りにした。

「走れ、走るんだ—

声は徐々に大きくなっていく。ユースケが発作を起こしたように震えている。

「清、走れ、走るんだ」

山の中を通り抜ける風に乗って、今度は女の甲高い声が谷に谺した。女の声はさっきの小屋のほうから聞こえてきた。

うおおおおお……。

地鳴りを思わせる男の遠吠えが、山の彼方から応じた。狂気を孕《はら》んだ野獣のような雄叫びが、我々の呪縛を解いた。

「逃げろ、逃げるんだ」

私の号令とともに、我々四人はダムを目指して一目散に駆けた。

殺される、殺される。浦田清に殺されるぞお。我々は牧羊犬に追い立てられる羊の群れのようにダムのほうへ走った。逃げ場は他になかった。

「清、走れ、走るんだ」

山間の空気を鋭い声が切り裂いた。

うおおおおおお……。

私たちは退路を断たれ、身も心も崩壊寸前だった。

8――「診療所」 9

気味が悪い山だわ。

高倉千春は、車のワイパー越しに映る荒岩山の異様な山容に顔をしかめる。よくいえば、山水画のような淡色の世界。天下の奇景といってもいいだろう。悪くいえば、魔物が潜んでいるような奇形の山。異形の生物が棲息しているような薄気味悪さを内包している。山は見る者の心によって、自在に姿を変えた。

千春の車は緑山を越えて、荒岩山との間の鞍部に入ったところだった。あの山の向こうには、彼女の忌まわしい思い出がある。県が違うので、ずいぶん遠くに離れているように感じられるが、実際は県境を挟んだ反対側にあるのだ。直線距離にしたら、二十キロもないかもしれない。

青葉ヶ丘中学校。ああ、思い出すのもいやだ。

仁科良作——。かつてそんな人間が存在した。

「先生、あとどのくらいですか？」

梓ゆきえの声に、千春ははっとして我に返った。道が前方で左へ大きく蛇行しているのに気づき、慌てて運転に神経を集中する。

「どうしたんですか、先生？」

風が強くなってきていた。台風が来る前兆だ。ラジオの臨時ニュースが台風の速度が上がり、今夜半には静岡県に上陸すると報じていた。

「ごめんね、ちょっと考えごとしてたから」

「あ、もしかして、彼のことじゃないの、先生？」

赤沢厚子が鋭く突っこんできた。当てずっぽうで言ったのだろうが、見事に当たっていたので、千春は苦笑した。厚子は変なところに勘が鋭い。わたしの子供のことも知っているのだろうか。

「ばかね。わたしにそんな人がいるわけないじゃない」

千春が否定しても、厚子はひやかしてくる。

「だって、うちのおばあちゃんが言ってたよ。先生は恋に破れて、作田に流れてきたんだって」

厚子はバックミラーからにやにや笑いを返してきた。さすがシゲばあさんの孫だけのことはあるが、いやみがないので、怒る気にはなれなかった。

「え、ほんと？」

梓ゆきえが驚きの声を漏らす。

「さあ、もうすぐ着くわよ」

千春は話を強引に打ち切った。

林の向こうに白っぽい建物が見えてきた。医療法人赤心会の療養センターは、昭和初期、結核専門の療養所として設立されたが、今は外科患者などのリハビリ用にも使われていた。桂木真知子は、風邪をこじらせて軽い結核になり、その療養のために入院しているのだ。山間地にあって空気がいいのだが、地元の人間にとっては、昔の結核病院の暗いイメージがあって必ずしも評判はよくなかった。

ひび割れのできたくすんだコンクリートの門柱には、療養所とも何とも書かれていない。千春は、砂利敷きの車寄せに入り、適当な空き場所に車を停めた。

療養所の建物自体、木造の平屋だ。こんなところに入ったら、かえって病気がひどくなってしまいそうな気もするが、戦前の設立当初は患者を隔離するという目的があったため、こうした人里離れた山の中にあるのだ。

すでに雨が降り始めていて、三人は車から降りると療養所の玄関へ駆けこんだ。朝のうちからの暑さはさすがに減じていたが、生ぬるい風が肌に不快な汗を噴き出させた。

観音開きのドアは、上半分が透明のガラスになっていて、中をのぞけるようになっているが、建物内部には人けは感じられない。まるで台風の到来を察知して、医師や看護婦が患者とともに一斉にどこかへ避難してしまったかのようだ。

千春は二人の女生徒を促してドアを押した。玄関を入ると、まっすぐ進む廊下と左右へ伸びる廊下に分かれていた。受付には人はおらず、療養所の中の見取り図だけが灰色にくすんだ壁に申し訳程度に貼りつけてある。見取り図によれば、左手のA棟は重病棟であって、医師の許可がないと入れない旨が記してあった。そして、中央のB棟はリハビリ用の施設、C棟は軽度の患者用になっていた。

建物の中には、かすかに医療施設特有の消毒薬のにおいが漂っている。冷房は利いていないが、ひんやりとしていた。

「桂木さんの病室はC棟の105号室よ」

千春が右手の通路を指差した。玄関のある建物には医局と看護婦詰所、待合室などがあり、それぞれ渡り廊下を経て、三つの病棟に通じているようだった。

「ずいぶんぼろっちい病院」

ずけずけとものを言う赤沢厚子が、呆れたような顔をした。「こんなところにいたら、かえって病気が悪くなるみたい。あたしなら、すぐに逃げだしちゃうわよ」

渡り廊下からC棟に入る。建物の背後は鬱蒼とした森になっていて、まるで山の分校といった趣だ。病室は八つ並んでおり、１０５は病棟のほぼ中央にあった。入口わきに患者の名前を記すプレートが六つあったが、入っているのは桂木真知子の名前だけだった。

千春は引き戸式のドアをとんとんと叩いてから、病室の中をのぞいた。

六つのベッドが並んでいる。窓際のベッドに桂木真知子が三人に背を向けて横たわっていた。千春たちの入る気配に彼女がゆっくり寝返りを打った。

「あ、先生」

桂木真知子は頭を起こし、黒目がちの目を丸くした。病人にしては血色がいいようだ。

一学期の始め、長い髪の少女が転校してきた時、小さな中学校にはちょっとした騒動が持ち上がった。クラスメイトたち、特に男子生徒たちは都会からやってきた洗練された美少女に目をみはり、女子生徒たちも羨望の眼で彼女を見たものだ。少女の顔に成熟した大人の体をあわせ持つ生徒に、教師の千春でさえ驚いたほどだった。

桂木真知子は万能だった。神は彼女に美貌だけでなく、優秀な頭脳と抜群の運動神経を授けたのだ。常にトップの成績だった級長を蹴落とし、二位の成績だった梓ゆきえが三位に落ちた。桂木真知子は体育の時も抜群の運動神経のよさを発揮し、田舎の悪童どもの度肝を抜いた。すらりと伸びた足がトラックを走り、鉄棒を華麗にまわる。男性教師たちの目が、畏敬の念をもって密かに彼女の豊かな胸と発達した腰に集中していたことも、千春は知っている。

桂木真知子は最初から堂々としていたのだ。転校生だからといって、いじめに遭うこともなかった。彼女はその性格のよさから、たちまちクラスにも溶けこみ、誰からも一目置かれるような存在になったのだ。

だから、その桂木真知子が病に倒れたと聞いて誰もが意外に思ったのは当然だ。夏のさなか、彼女は風邪をこじらせて、軽い結核になった。幸い夏休みだったので、大事をとって療養所に入院し静養していたというわけだ。

「こんにちは。どう、調子は？」

千春は持参してきたバラの花束を差し出した。

「ありがとう、先生」

真知子の頰にぽっと赤みが差した。「わたし、もう大丈夫です。あと二、三日で退院する予定なんです」

「それはよかったわ」

「もう暇で暇で死にそうなんです」

彼女の枕元の台に、受験用の参考書が何冊か積み重ねて置いてあった。

「真知子ったら、入院してても勉強を忘れないのね」

梓ゆきえが軽い嫉妬の気持ちをこめて言った。

「だって、暇で他にすることがないんだもの。ここって、眺めが悪いし、怖いし」

「怖い？」と千春。

「うん、なんか、気味が悪いんです」

真知子が珍しく不安そうな顔をして、窓の外へ目をやった。千春たち三人はつられるように真知子の視線を追った。確かに、建物の間近まで鬱蒼とした黒い森が押し寄せるように迫っていた。

「この森って圧迫感があるし、魔物が潜んでいるみたいで、気味が悪いんです」

千春はもちろん知っていた。連続女性殺人犯の浦田清が逃走しているのを。だが、そのことを口にし、いたずらに真知子を怖がらせることはないと思って、彼女はあえて言葉にはしなかった。

「そうね、ここ、感じよくないよね」

厚子が無遠慮に病室の中を見る。「うちのおばあちゃんが若い頃、結核で入院してたことあるんだって。あんまり感じがよくなかったたって話よ」

「患者さんは他にいないのかしら？」

千春は慌てて話を変える。

「ここはわたしだけです。隣とその隣に一人ずつくらいいますけど、夜になると、しんとして、なんかいやな感じがするんです」

真知子の話では、この病棟は老人の患者が多いのだという。「咳の音とか、痰を吐く音とか、スリッパの音なんかがすごく響くし」

「お母さんは？」

「時々、隣のベッドに泊まっていきますけど、今日は台風だからって、早く帰りました」

真知子は不安そうに顔を歪めた。「それに……」

「それに、なあに？」

千春は聞いた。

「例の過激派の連中が……」

真知子は、不安そうに言葉を切った。「あの那珂川映子《なかがわえいこ》が、この山に潜伏してるって噂があるんです」

「うっ、嘘ぉ」

厚子が素っ頓狂な声を張り上げた。那珂川映子といえば、泣く子も黙る過激派の女闘士だった。警察の包囲網を巧みにかいくぐり、隣県の榛名《はるな》山中に逃げたという話は広く知られていた。ナイフの名手の那珂川映子は、そこでリーダーとして、実戦訓練の陣頭指揮をとり、脱落者に対しては「制裁！」と叫んで、容赦なく殺していったのだ。逃亡して警察に逮捕された仲間の口から、組織内部の実態が明らかにされ、数ヵ月前に警察によって十を超える遺体が土の中から発見され、恐るべき犯罪が白日の下にさらされることになったのだ。世の中を震撼させた赤色同盟事件は、まだ記憶に生々しかった。

「那珂川映子はまだ捕まっていないんですよ」

「だからって、彼女がこの山へ逃げこんだって話にはならないと思うけど」

千春自身、那珂川映子が緑山山中に潜んでいる可能性は低いと思っていた。最後に目撃された迦葉山《かしょうざん》はここから三十キロ以上も離れているのだ。殺人鬼の浦田清の潜伏説にしても、無責任な噂の域を出ていない。

「わたし、とってもいやな予感がするんです」

真知子は本気で心配しているようだが、寂しさが生みだす妄想だと思う。「わたし、霊感が強いから」

「大丈夫、考えすぎよ」

千春が元気づけようとしても、真知子は悲しい顔をして力なく首をふるばかりだった。

「先生、わたしを一緒に連れて帰ってくれませんか？」

真知子は必死の形相だった。

「だめよ。お医者さんの許可が出てないのに」

「だって、ほとんど治ったも同じなんだもの」

「だったら、お母さんに電話しましょう。お母さんがここに泊まってくれれば安心じゃない？　台風であなた、不安になってるのよ」

そんな会話を交わしている時に、四十代ぐらいの無愛想な顔の看護婦が病室に入ってきた。

「さあ、桂木さん。点滴の時間よ」

看護婦は慣れた手つきで点滴用の栄養剤の入った袋をベッドのそばに吊るし、真知子の腕に注射針を差しこんだ。「さあ、みなさんもそろそろお引き取り願いましょうか」

「だって、来たばかりなのに」

厚子が不満そうに口を尖らせた。「堅いこと言わないで、もう少しくらい、いいんじゃない？」

看護婦は露骨に不快そうな顔をした。

「台風が本州を直撃するって、ニュースで言ってたわ。速度が上がって、予定より早く上陸するんだって。道が通行止めになる前に帰らないと、あなたたち、とんでもないことになるわよ」

確かに看護婦の言うように、窓ガラスが風に震えだしていた。木々の枝のしなり具合を見ると、かなり風が強くなっているらしい。雨も時々横殴りに窓ガラスに吹きつけてきた。

「もうちょっとだめでしょうか。せっかくお見舞いにきたんですから」

千春が言っても、看護婦は頑なに首をふるばかりだった。「わたしは責任を持てませんよ。患者さんも疲れてるようだし。ほら」

点滴を受けはじめた真知子が、ぐったりとして目を閉じかけていた。点滴される薬には鎮静効果もあるらしい。あれだけ、不安を強調した真知子が今は瀕死の病人のようにおとなしくなっていた。

千春もこれ以上、ここにいる理由を思いつかなかった。台風のために山に閉じこめられるようなことになったら、二人の生徒の保護者に申し訳が立たない。

それにしても、幽霊屋敷のように人けがない療養所だった。医師の姿も見かけていないし、看護婦もさっきの太った女しか目にしていなかった。

千春は二人の女生徒を連れて、療養所の入口までもどり、医局をのぞいてみた。医師らしき白衣を着た男が二人、それから事務員らしき中年の男、それに若い看護婦が三人、楽しそうに会話を交わしている。

「大丈夫、大丈夫」

あの子は神経過敏になっているのだ。千春は自分に言い聞かせるようにして、待合室に入り、生徒たちと彼女が作ったサンドイッチで軽い昼食をとることにした。

時刻は午後一時十五分だった。

この時点で、高倉千春は台風をそれほど重大にとらえていなかった。

9——「ダムサイト」 10

ダムは巨大だった。天を圧するように、上空にそびえ立っていた。

「こんにゃく小屋」からダム直下まで走ってきた我々四人は、ダムわきの急傾斜の石段を後ろもふり返らずに駆けのぼった。

浦田清に捕まれば、命はないのだ。みんな必死だった。石段を登り切ると、そこはダムの最上部だ。みな息を切らせながら、鉄柵にもたれて喘いだ。

背後から追ってくる者がないと知ると、改めてダムの上から下流のほうを見下ろした。

マッチ箱のようにちっぽけな小屋は、夢ではなく、実在していたが、不思議なことにさっきまで小屋が放っていた魔力は消え失せていた。広々とした空間に身を置くと、すべてがばかばかしく思えてきた。

何が我々をパニックに陥れたのか。

「ねえ、みんな。さっきの幻覚だよね」

私は降ってくる雨に向かって両手を大きく開き、口の中に雨を受け入れた。

「ああ、夢に決まってるさ」

満男も危機を脱出したことで、急速に自信を回復していた。

「そうさ、あのこんにゃくのにおいを吸って、頭がおかしくなったってわけさ」

弘明もすっかり冷静さをとりもどし、私の幻覚案に同調した。だが、ユースケは顔をくしゃくしゃに歪めながら、かぶりをふった。

「あそこにあったアルバムは浦田清のものだったし、こんにゃくは煮えていたし、あの声が幻覚だったなんて、僕は絶対信じないからね」

「おいおい、ユースケ。そんなにむきになるなよ」

満男がユースケの肩に手を置いて、顔をのぞきこんだ。「あれは全部、嘘なんだ。みんな、だまされたんだよ。ゲームみたいなもんだったのさ」

「でも、あの気味悪い叫び声は、どう説明するの？　みんなが聞いてるんだよ」

「俺は聞いてないな」

満男はにやりとして、私を見る。「秀才は聞いたか？」

「ううん、聞いてない」

私は満男に笑みを返し、そのまま弘明に視線を移した。

「杉山君は？」

「俺も見てないし、聞いてもいないぜ」

弘明は頬に冷笑を浮かべながら、ダムの下へ勢いよく唾を吐き捨てた。冷静さをちょっと失っていた自分を叱りつけるように。

「よし、三対一でユースケの負けだ」

満男は高らかに宣言した。「俺たちはダムの下で何も見なかったし、何も聞かなかった」

「だって、こんなこと、多数決で決めてどうすんだよ。見たものは見たんだし、聞いたことは聞いたんだ。みんなだって、あれだけ怖がったからこそ、ここまで逃げてきたんだろう？」

ユースケの首に満男が腕をまわした。

「おい、うるせえな。女みてえにきんきん声で騒ぐなよ。そんなに言うんだったら、おまえだけ、もどったらどうなんだ？」

「僕だけ？」

ユースケは泣きそうな顔で自分に人差し指を突きつけた。

「ああ、そうだ。おまえがいなくても、俺たちは冒険をつづけるぞ。セスナ機を探すんだ」

「いやだ。待ってくれよ」

ユースケは血相を変えて満男の腕をつかんだ。「わかったよ。僕は何も見なかったし、何も聞かなかった。それでいいんだろ？」

「そうだ。わかればいいんだよ」

満男はユースケの肩に手をまわした。「俺たちは仲間なんだ。仲良くしようぜ」

「さあ、みんなの意見がそろったところで、出発！」

不安感は完全に払拭されたわけではないが、私はみんなを元気づけるように声をかけた。暗いトンネルのような谷川沿いの道を通ってきたので、開放的なダムの上はそれだけでも、滅入りかけた気持ちを高揚させる効果があった。みなダムに来ること自体、初めての体験だった。何十年も前にうち捨てられた村は、かつての村人たちにとってすでに忘却の彼方にあり、ダムの関係者以外の目に触れることはめったになかった。

その気持ちも、眼前の禿《は》げ山のような異様な光景に接して萎みかけてきた。

本来、ダム湖であるはずのところに赤茶けた巨大で虚ろな空間があったのだ。水源地にまとまった雨が降らなくなってから数ヵ月、ダムの水は減りつづけ、ついに底をついたのだった。その噂は聞いていたが、実際に目のあたりにすると、ショックに声を失う。

まるでグランドキャニオンのミニチュアサイズを見るようだった。かつて水があった位置に断層のような不思議な紋様が描かれている。赤茶けた地面が剝き出しになったところと、森があるところの境目が本来のダム湖の標準的な水位だ。

ダムに沈んだかつての集落の跡が、ほとんど昔の形で残されているのは驚きだった。もちろん、家は崩れているのだろうが、家の土台が残り、全体の村の家々の配置状況がわかるのだ。このダムの底に上《かみ》緑山と下《しも》緑山の二つの集落が埋まっているはずだった。

ダムサイトに管理事務所があった。窓ガラスごしに中をのぞくが、ここ何日も人がいた形跡はなかった。事務所の前にダムに関する表示があったので、私は概略をメモしておいた。

＊

「緑山ダムの概要」

型式・直線重力式コンクリートダム。堤高・140m。堤頂長・420m。地質・粘板岩、砂岩。

堤体積・1,350,000㎥。

主放流設備・圧着式ラジアルゲート。非常用放水設備・堤頂越流ラジアルゲート。利水放流設備・半円筒多段型ローラーゲート。

湛水《たんすい》面積・1.8㎢。利用水深50.8m。総貯水容量 61,500,000㎥。

＊

時刻は二時半をすぎていた。

雨の勢いは強くなっていたし、ダムの上では遮るものもないので、立っていると、突風に吹き飛ばされそうだ。

「おい、秀才。どこに飛行機があるんだ」

山の中で消息を絶ったセスナ機は、その残骸さえも見つからない。

当初の目的は、墜落したセスナ機を探すことだったが、もはやどうでもよかった。飛行機がないことは最初からわかりきっていたのだ。閉塞した気分を解放するために、我々には大義名分として「血湧き胸躍る冒険」が必要だった。

「飛行機はどこにも落ちてないようだね」

私は重々しく言った。

「いや、あるよ。何か見えるよ」

ユースケがどこから引っ張りだしてきたのか、双眼鏡を目にあて、村落跡のほうを見ていた。「何かが光ってるぞ」

「こっちにも見せてよ」

私はユースケから双眼鏡をひったくると、村落跡のほうに焦点を合わせた。一面の泥だらけの世界で、広場のようになっている場所があった。校庭だ。そこに金属的な光を放つものが泥にめりこむようにして散乱している。広々とした校庭の隅に土山がもっこり盛り上がっていた。だが、校舎は見つからない。長い間、水底にあって、流出してしまったのか。そうなると、今日の宿泊場所は……。

「校庭に何か字が書いてあるぞ」

満男が言った。

それは泥の上に棒のようなものを引いて書いたものだった。文字なのか、それとも何かの印なのか。

私が双眼鏡を目から離すと、満男が「俺によこせ」と言って私から双眼鏡を取った。

「読めねえよ。おまえ、読んでみろ」

満男は双眼鏡を弘明にわたした。

「タ・ス・ケ・テ」

長身の弘明は、常々視力がいいことを自慢していたが、彼は一語一語区切るように言った。

「助けて？」と私。

「俺にはそう読めるけどな」

弘明は神妙な顔でうなずいた。「でも、遠すぎて、よくわからんな」

「そうか、飛行機の乗組員が助けを求めてるんだ」

私は勝手な理由をこしらえて声を張り上げた。「ようし、出発！」

「おう」と満男が応じた。

我々四人はこうして、ダムの底へ向かって歩み始めたのだ。こんにゃく小屋で体験した怪異現象はすでに忘却の彼方にあった。前へ進め。我々にはひたすら前進あるのみだ。前方に何が待ち受けているのか、努めて考えないようにした。校舎が見つからないことに、一抹の不安はあったのだが……。

10――「地獄への道」 11

ダム底へ向かう下りの道は、思いのほか、厄介だった。ダム建設により放棄された村への道だから、当然何十年もの間、修理もなされておらず、荒廃しきっている。乾いていればまだ歩きやすいが、道は雨水を吸い始めているのだ。我々の神経は足元に向かって、黙々と足を運ぶだけだった。先導役の私は、みんなを元気づけるために時々立ち止まって声をかけた。

最初は森の中の道を歩く形だったが、森が尽きて、ちょうどダムの標準時の水面に至った時、私は後続の三人に止まれと合図した。

見上げると、ダム堰が頭上を圧するようにそびえている。一方、ダム底はまだかなり下のほうだ。これだけの水をふだん溜めていたと考えると、かなりの驚異的な水量だ。

私は大自然にちっぽけな人間が鑿《のみ》をふるい、コンクリートの巨大な化け物を造り上げたことに神をも恐れぬ傲岸と不遜を感じた。これが天の逆鱗《げきりん》に触れなければいいのだが。

「何だよ」

物思いに耽っていた私に対して、満男が焦《じ》れたように言った。彼の雨合羽のボタンが風でひきちぎれそうになっており、彼は必死に裾を握りしめている。

「見ろよ、みんな。ここからがダムだ。いつもはここまで水が張ってるんだぞ」

「すごいなあ」

ユースケが感に堪えたように溜息をついた。

「いよいよ、我々は冒険の核心に迫っていくけど、油断は禁物だよ」

私はすっかり冒険隊長になりきっていた。

だが、弘明が水を差すようなことを口走った。「引き返すなら、今のうちだぜ」

「何だと」

満男が声を荒らげ、弘明をにらみつける。「ここまで来て、おまえ……」

「ここから降りるのは、覚悟が必要だってことを言いたかったのさ」

弘明は、少し臆した顔をし、助けを求めるように私を見た。「そうだろ、秀才？」

「ああ、ここからは地獄だ。気を引き締めろってことだね。杉山君が言いたかったのはそういうことだと思う。あとは前進あるのみさ」

私は自分の不安を弘明が代弁してくれる恰好になって嬉しかった。「いいかい、みんな。我々は冒険者だ。甘えは許されないからね」

私は忠誠と結束を示すために、さっきと同じように腕を前に突き出した。弘明が私の甲の上に手を置くと、満男も緊張気味につづいた。ユースケは右手を宙にあげたまま、困惑気味にうつむいた。

「さあ、早く置けよ」

満男は苛立たしげに怒鳴った。「おまえ、優柔不断だよな。いいか、天気を見ろよ。台風がもうすぐそこに来てるんだ」

確かに上空の雲は厚くなり、雨も勢いを増していた。そして、ダムの堰と森が間近に迫っているので、真夏の昼間とはいえ夕方のように薄暗くなっていた。

「もう後には引き返せない。今日はここに泊まるんだ」

「うん、わかったよ」

「台風は大したことない。雨が降るだけで、すぐに日本海に抜けてしまうさ」

私も満男に加勢した。「わかったね。明日は堂々と家に凱旋できるんだからね」

ユースケは、その右手をしぶしぶ三人の手の上に重ねた。私はその上から左手をばしっと叩きつけて、挟みつけた。

「よし、結束が再確認できたところで、いよいよ谷へ向かって出発！」

私は、北極圏を犬ぞりで駆け抜けた冒険家、植村直己になったような気分だった。これから北極点へ向かう気持ちで望めば、何ごとも恐れるに足らずだ。

水面下にあった道は、道の体裁をなしていなかった。植物は生えておらず、切り株がかつて道があったことを示す程度だった。私は下に見える集落跡と現在地を目測し、S字状の道を勝手に作り、先導役として下へ下へと降りていった。

道はさっきよりさらに滑りやすくなっていた。土の表面に小石が突き出ていて、転びやすいし、土は粘土質なのか水気を吸って粘りけを帯び始めていた。

満男が一度尻もちをついて、数メートル下へ落ちていった。いったん滑りだすと、あっという間だった。満男の体は切り株にぶつかって事なきを得たが、その小さな「事故」の後、我々の全神経は足元に集中するようになった。先頭を歩く私の責任は重大だった。

さらに下へ降りると、素人目にも明らかに地質が変わっていることがわかった。目立って小石が多くなったのだ。水底にあって、石のように重いものが下のほうへ堆積したためだろうが、さっきより歩きやすくなった。

大きな枯れ木が地面にめりこむように立っている地点に到達した。そのそばに石碑のようなものがあった。

「道祖神だぜ」

弘明が言った。「それにしても、この顔を見ろよ。盛りづいていやらしいな」

なるほど、弘明の言うように、道祖神はつい最近塗られたように化粧が施されていた。今日の集合場所にあった道祖神と同じだ。白塗りの男女が頬を擦り寄せるようにして抱き合い、両手を握りしめているのだが、雨に濡れて妙に生々しく、エロチックに見えるのだ。特に女のほうの唇は真っ赤に塗られて、盛りのついた雌犬のようだった。

「ねえ、みんな。すごいと思わない？　水に沈んでても、色が落ちないんだぜ」

ユースケが無邪気に夫婦の顔をのぞきこむ。「最近誰かが塗りなおしたみたいに色が鮮やかだもの」

「あほか、おまえ」

弘明が小ばかにしたように言った。「こいつは、誰かが塗り直したに決まってるじゃないか。この色づかい見ろよ」

弘明は成績は中の下だが、美術だけは得意で郡のコンクールで彼の描いた人物画が銀賞に選ばれたことがあるほどだった。題名は「母の肖像」だった。彼を捨てた母親を思って描いたのかと思ったら、桂木真知子をモデルにしたものだという。弘明は笑いながら「これは内緒だぜ」と私と満男に釘を刺した。

「それ、どういう意味？」

「ばかだな。まだわからないのか。水が干上がった後に誰かが色をつけたのさ」

弘明は、いきなりユースケの首筋に手をあてた。

「ひえっ」と言って、ユースケはのけぞった。

「ここに誰かが来てるの？」

「そうだ。浦田清が来てるのさ」

ユースケは、またびびりだした。

「さあ、行くぞ」

私は、これ以上ユースケを怖がらせても仕方がないので、率先して下り始めた。すでに元の集落の中に入っていた。家自体は形骸を留めていないが、礎石や石垣が昔のまま残っているので、集落としての形態はわかる。石垣があるせいで、ここでは道は崩壊を免れていた。泥や石の堆積もそれほどひどくなかった。かえって、雨によって溜まりに溜まった泥が流されて、きれいになったほどだ。道のわきの急傾斜の側溝を早くも雨水がちろちろと流れている。

「まるでポンペイの遺跡みたいだな」

私はベスビオス火山で埋没した古代ローマの遺跡を思い出していた。自分たちが考古学の調査隊になったような誇らしい気分だった。

「ほんとだ、ポンペイだ、ポンペイだ」

ユースケは、今度は小躍りしていた。人一倍臆病なくせに、立ち直りも早い奴だった。

「ばかやろう」と満男がユースケを突き飛ばすと、ユースケは転がるように下のほうへ駆けていった。

「ひゃっほう、ポンペイだぞおおぉぉぉぉ……」

ユースケの姿が突き当たりの石塀で右のほうへ消えたが、女のような甲高い声はまだ我々のほうに届いていた。

午後三時十七分。台風でなくても、この山村ではあと一時間ほどで太陽が山の端に隠れてしまうだろう。黒々とした雲が上空を分厚く覆っている。東の方角へ風に飛ばされる雲は、際限なく、西からまた新たな黒雲を送ってくる。明るさが減じるのに反比例して、雨は勢いを増していく。

今夜の宿泊場所は廃校の予定だが、崩壊がひどかったらどうしよう。集落のどこかに代わりのねぐらがあればいいのだが。新たな不安がわきおこってきた。

その時、「うおっ」と驚きとも悲鳴ともつかぬ声が聞こえてきた。

ユースケだ。

我々三人は顔を見合わせると、一斉に坂を駆け降りていった。ユースケの身に何かが起こったと考えたのだ。

坂を降りきって、T字の角を右へ折れると、道はジグザグを繰り返しながら下っている。崩れた石垣が尽きたところで道が急に開けた。そして、その前でユースケが立ち止まり、何かを食い入るように見ていたのだ。私はユースケの背後に立って、その視線を追った。

「おおっ」

満男と弘明が同時に驚きの声を出した。私は口を開いたまま、低く唸った。

眼前に校庭が広がっていた。そして、その背後に二階建ての木造の校舎が立っていたのだ。

上のほうからなぜ校舎が見えなかったのか。それは見る角度と、校舎全体を覆う泥土のせいだろう。泥土は保護色のように、背景の中に校舎を埋め、上から見えにくくしていたのだ。視覚的に忽然と現れた校舎は、建物自体がそっくり過去の国からタイムスリップしてきたように見えた。いや、我々のほうがタイムホールにまぎれこんでしまったのかとさえ思えるほど衝撃は大きかった。

目の前にあるものを現実のものとして受け入れるまでに時間がかかったが、心が落ち着いてくるとともに、校庭に目が向いた。

上から見た金属的な光は、セスナ機の破片ではなく、朝礼台と国旗掲揚ポールだった。校庭に書かれた文字は、今度は近すぎて、はっきりと読み取れない。無理して読めば、最初の文字がカタカナの「ヨ」か「ユ」、次が「ワ」か「ウ」、その次が「ユ」、最後が「ン」のように見えないこともなかった。

「とにかく、学校に入ろうよ」

私は三人を促して、学校へ向かった。道はやや勾配が急になり、どん詰まりの手前に学校の正門があった。泥をかぶった石柱は雨で泥が少し剝がれ落ち、まがいものの大理石のような生地が現れていた。札が埋めこまれていたので、私は札のまわりの泥を指でこそぎ落とした。すると、「緑山中学校」と行書体のいかめしい文字が浮かび上がってきた。

我々の通う中学も名称は「緑山中学校」だが、正門の奥に建つ校舎は、それと瓜二つのようによく似ていた。

「ようこそ、緑山中学校へ」

私は一種感動を覚えながら、独りごちた。

言ってから、今のは私の言葉だろうかと考えた。まるで、誰かが私の脳にそう言えと指令したように感じたのだ。

…………

11

「片岡雄三郎先生の思い出」

百瀬源太郎（昭和三十年卒業生・作田町町議会議長）

「ようこそ、緑山中学校へ」は、緑山中学校の片岡雄三郎先生の口癖でした。先生は朝、校門の前に立って登校する児童の一人一人にそう呼びかけるのです。雨の日も風の日も台風の日も欠かさず、毎日校門の前に立ちました。

先生が一度だけ休まれたことがありますが、あの時は子供たちはどうしたのだろうと逆に心配になるほどでした。後で聞いた話では、その時は先生のご母堂が亡くなった時だそうです。

風邪をひいた時も、真っ赤な顔でふらふらになりながらも日課を欠かさない先生に私たち悪童ども、大いに感動したものです。今でも目を閉じると、先生のお姿がまぶたの裏側に映るような気がします。最近のいじめの話を聞くにつけ、生徒に対して親身になって接するこうした熱血教師が少なくなったことを痛感します。

先生の信念は、一人一人の生徒に声をかけ、教育の大切さを身をもって伝えることで

12

した。話しかければ、どんな子供だって心を開いてくれる。登校拒否の生徒だって、先生の手にかかれば、治ってしまいました。

私自身、親も見放すほどの悪童でした。それが変わったのは片岡先生の辛抱強く熱心なご指導の賜物だと思っています。確かに先生は授業中はきびしく、私たちが悪い時は容赦なく叱り、頰を叩きました。ある時、私は先生に平手打ちを食った時、耳がじーんとしてその場にうずくまってしまったことがありました。その時、先生がやさしく介抱してくれたことを覚えています。きつい鞭の背後には温かい愛情が存在していたのです。今ではそれも懐かしい思い出になっています。今日、私が作田町の町議会議長として町政に携わっていられるのも熱血教師であった先生の教えがあったればこそだと確信しております。

「諸君、ようこそ、緑山中学校へ」

朝礼台の上で、訓示を垂れる先生のお姿は終生忘れないでしょう。

＊

「片岡雄三郎・特別授業講義録より抜粋①」

「三年生の諸君、ようこそ、わが緑山中学校へ。私の特別授業に出席してくれたことを心より感謝する。諸君は高校入試を控え、今が一番大事な時期である。そのような時に、多忙な時間の合間を縫って私の特別講義に出席してくれたことは涙が出るほど嬉しい。私は校長になってから、直接生徒諸君を教えることはなくなっていて、そのことを常々寂しく思っていた。生涯一教師として、諸君の授業を受け持っていきたかったが、まわりはそれを許してくれない。

（教壇を歩く音）

しかし、今日は特別授業として、私が教壇に立つことになった。これからの数時間、文字通り諸君が魂の震えるようなすばらしい体験をすることを私は保証する。期待していてほしい。

（咳払い）

さて、第一時間目は社会科の授業だ。

歴史は堅苦しいと相場は決まっているが、私はかみ砕いた平易な講義を心がけようと思っている。

せっかく緑山中学校へ来たのだから、その創立からの歴史を知っておくのも悪くはないだろう。

そもそも緑山中学校は、今の緑山ダムができる前、緑山村大字緑山字下緑山にあった。緑山村はもともとG県の松井町からわがN県作田町へ通じる作田街道の宿場町として栄えたところだ。村の人口も最盛期には三千を数えたが、鉄道の敷設と新街道の開通によって、寂れてしまったのは諸君も両親や祖父母に聞いて知っているかもしれない。

昭和二十二年の六・三制の施行によって、緑山国民学校が小中学校に分離し、緑山中学校が国民学校の建物をそのまま引き継いだのだ。

(教室の窓を開ける音)

想像してみたまえ。緑山の山懐に抱かれるようにして、この谷はあったのだ。目を閉じて、緑山村がたてる「声」に耳をすましてみたらどうだろう。ほら、沢渡川の流れが聞こえてこないかね。そして、村を走る車の音、村人たちの笑い声、子供の泣き声……。そう、小鳥の囀りや虫のすだく声も聞こえてくるだろう。新鮮な涼風が谷をわたる。さあ、深呼吸してみよう。

私には当時の村の声がはっきり聞こえてくるぞ。

(深呼吸する音)

歴史も諸君の身近なところから知ることによって興味が湧く。それを県へ、日本全体へ、そして世界へ広げていくのだ。どうだ、楽しいだろう?

(中略)

さて、話を元にもどすが、緑山中学校は木造二階建てだ。一階に職員室、保健室、理科室、図書室、そして三年生と二年生の教室(クラスはそれぞれ一つだけだ)、二階には一年の教室と音楽室、美術室などがあった。まあ、これは今の麓に建てられた緑山中学校とほぼ同じ配置だから、諸君も容易に想像できると思う。

校庭は、山里にしてはかなりの平地部分を確保していた。秋に行なわれる運動会や仮装大会には村民も総出で応援に駆けつけたし、緑山村内一周マラソン大会も娯楽の少ない村民は楽しみにしていたものだ。

私は生徒たちと心を通わせるために、毎朝校門に立って、登校してくる生徒たちに挨拶をしたものだよ。

「ようこそ、緑山中学校へ」とね。

平の教員の時も、教頭になってからも、そして校長になってからも、その「仕事」は休まずつづけた。そのために、生徒たちとの心の交流を果たしたと自負している。みんな、心のやさしい生徒ばかりだった。一人を除いてだけどね。

そう、残念ながら一人を除いて。

浦田清——。

私にとって、思い出深い生徒といえば、躊躇なく浦田清を挙げるだろう。彼を更生できなかったのが、私にとって唯一の心残りであり、教員生活の上での数少ない汚点の一つなのである。

(嗚咽《おえつ》の音)

あいつは生まれは山向こうだったが、一時的にここで学んだことがあった。その理由は……。

すまない。浦田清の話は特別授業にはふさわしくなかったな。ひさしぶりの講義で気持ちが昂《たかぶ》っているのだ。話が支離滅裂だし、あちこちにすぐ脱線してしまう。大いに反省しなければならぬ。

先生は疲れた。少し休みをもらえないだろうか。

第二時間目は、十五分後ということで、第一時間目の授業はこれでおしまいにしよう。

(起立、礼という掛け声)

それでは、解散。

(「浦田清という奴は……」とつぶやく声。「それにしても、あいつは子供の時から性悪だった」。教壇を歩くような音。ドアを開閉する音。スリッパを引きずる音が廊下に響く)

12――(浦田清) 13

最初の女をやったことで、浦田清の中の何かがふっ切れていた。

女の性悪《しょうわる》の正体を知って、殺すことに罪悪感を覚えなくなったのだ。性悪な存在に対して彼がとるべきことは、それ相応のお仕置きをすることだった。女のご機嫌をとり結び、女を喜ばせた後に奈落の底へ突き落とす。

そのほうが何倍も楽しめる。歓喜の後の恐怖は、ただいたずらに怖がらせるだけより数倍の効果があるのだ。そうして女を犯す時、彼の興奮は頂点に達した。

その当時、彼は安中市《あんなか》で車のセールスの仕事をしていたから、車はわりと自由に使えた。仕事の合間や週末に車を乗りまわし、獲物を探していたのだ。仕事の関係で安中の西側、松井町や県境を越えたあたりまで縄張りにしていたし、土地勘もあった。街道はもちろん、裏街道、裏道から林道、農道や未舗装の道、私道、けもの道まで熟知していた。地図がなくても、彼の頭には精密な地図が刻みこまれているので、コンピュータのように己の現在地を測定し、自由自在に移動することができたのだ。

外見上、彼はまっとうな人間に見えた。

ネクタイをして背広を着ている時は普通のセールスマンだった。最初に殺した女子大生ヒッチハイカーに警戒心を抱かせなかったのは、そのためだった。

清は自分のマスクがいいと自負していた。生まれつき目が大きく、白色人種のように鼻筋が通っていた。背だって百七十五センチはあるし、体つきも骨太でがっしりしている。両親は農業をやっていて、二人とも扁平な顔をしていたし、背も低かった。両親が彼に全然似ていないので、悩んだことがあるが、中学に入って間もなく自分が養子であることを知った。

それを知った時はさすがに荒れた。母親に暴力をふるい、自分の出自を無理やり聞き出そうとした。だが、母親は頭を畳にすりつけるようにして、「それは言えないんだ。言ってはいけないんだ」と泣くばかりだった。それでも、何とか聞き出したのは、彼の産みの親が彼を生んでから、子供をおおっぴらに育てられない事情で養父母を探していたということだった。子宝に恵まれなかった浦田夫婦は、子供を欲していた。同じ町の人にはやれないという先方の希望と、浦田夫婦の希望が合致して、生まれて間もない男の子は山を越えて浦田家の養子に入ったという。

産みの親は一つだけ頼みを聞いてくれと言った。それが「清」という名前だった。絶対会うことはしないから「清」という名前にしてくれ。そうすれば、東の山に向かって実の息子の名前を呼ぶことができるから。

それが実の母親の望みだった。浦田夫婦に異論はなかったので、養子に清と命名した。浦田夫婦の清にかける愛情は異常なほどだった。収入に見合わないきれいな服を着せたり、高価な玩具を買い与えたりして、甘やかした。清を「ぼくちゃん」と呼び、彼の言うことは何でも聞いてやった。清の異常性は先天的な面以外にも、こうした養父母の極端ともいえる盲愛で助長されたのだ。

清には思い当たることがあった。五、六歳の頃、自宅の裏山で遊んでいると、きれいな身なりの女の人が彼にお菓子をくれたことがあったのだ。すごく若くてきれいなおねえちゃんといったイメージで、彼のことを「清ちゃん」と呼び、頬ずりして抱きしめたりした。あれが実の母親だったのではないかと彼は思っている。

小学校にあがってからも何度かその女の人に会った。道ですれちがったり、運動会に応援にきていたりした。

「走れ、清。走るのよ」

あれは二年か三年の時だったか。百メートル走で五番手につけていた清は、女の人の応援の声を聞いて発奮し、一等になったことがある。あの女の声には、清の気持ちを奮い立たせる何かがあった。「走れ、清」と呼ばれるだけで、彼の全身に血潮がめぐり、興奮が異常なテンションまで上がったのだ。彼はたちまち四人をごぼう抜きにしてトップでゴールに入った。

そのことがあってから、彼はいつもあの女の精神的な庇護の下に生きていくようになった気がする。もともと影の薄かった養父母は清の眼中にはなく、清のほうから彼らに話しかけることはほとんどなかった。彼らも「ぼくちゃん」の機嫌ばかりとっているようで、彼が暴れようがよそで悪さをしようが叱責することはなかったのだ。

清はあの女を心の母と慕い、常に見守られているように思った。幼児の時と違って直接会って話をすることはなかったが、心と心が通い合うテレパシーめいたものを感じていた。

彼は中学の時、いじめられたことがある。いじめたのは悪ガキで、毎日彼を殴りつけた。そんな時に彼はあの女の声を聞いた。

「清、頑張るのよ。へこたれるんじゃないのよ」

力が湧いてきた。いじめられても、何も感じなかった。

それから何日かして、悪ガキのボスが川に溺れて死んだ。誤って落ちたとされるが、彼はあの女がやったと信じている。それから、彼は悪ガキどものボスの座に納まった。

中学二年の時、養父が死んだ。病がちの養母は、清をもてあましていたので、一時的に彼を緑山村の親戚に預けたことがある。彼は一年間、山の中の緑山中学校へ通ったが、そこで片岡雄三郎という暴力教師に目の仇にされ、徹底的にしごかれた。

その間、なぜか清のそばにあの女は来なかった。来られない事情があったのだろうが、そのことが彼を荒れさせた。

粗暴な清に手を焼いた緑山の親戚は、彼を実家へもどす。

養母のいる浦田家にもどってから、清は憑きものが落ちたようにおとなしくなった。荒れることが必ずしも彼にとっていい結果につながらないと悟ったからだ。もともと頭の回転が早いので、ろくに勉強もしないのに安中市内の商業高校に合格することができた。

思えば、高校から就職するまでが、浦田清にとって一番平穏な時期であったかもしれない。その頃からまたあの女が現れるようになった。彼の成長に比例して、彼女も年をとっていた。そのことが少し残念ではあったが。

「清、頑張るのよ、もっと」

「ああ、わかってるさ。俺はいつも頑張ってるよ」

清は高校を卒業すると、高崎市内のデパートに就職した。最初は婦人服の販売にまわされたが、一年後に外商部に配属された。言葉も巧みでバタ臭いマスクが幸いしたのか、特に中年の女性客に人気があり、セールスの売り上げもよかったが、逆にそのことで同僚にねたまれることになった。ある社長夫人と肉体関係を持ったことを上司に密告されたのだ。彼を見て、心を動かされない女はいなかった。女客から誘われて彼は断ることをしなかった。それが売り上げにつながることを知っていたからだ。

「清、やるのよ。もっと」

頭に響く女の声に合わせて、彼は女を抱いた。彼は自分がかなりの精力の持ち主であることを知っていた。

だが、顧客との不祥事を密告されたことで、彼は勤務するデパートを馘《くび》になった。

そして、それが彼の転落の始まりだった。

彼は東京へ流れていき、風俗関係の仕事をした。当時トルコ風呂といった風俗営業の店で呼びこみをやったり、怪しげなバーの客引きもやった。ホステスのヒモとして暮らしたこともある。その頃のことを彼は思い出したくない。十年近いそうしたすさんだ都会暮らしの果てに、彼は暴力団がらみの借金トラブルに巻きこまれ、逃げるように故郷にもどったのだ。

荒れ果てたわが家に帰り、清は生まれて初めて心から泣いた。義母はすでに病死していたが、悲しくなかった。天の己への手ひどい仕打ちに対して悲しみを覚えたのだ。

そうした時に、ひさしぶりにあの女の声を聞いた。

「清、頑張れ。清、走れ」

三十代の彼の心に、懐かしい女の声は深く沁みわたった。

「ああ、やるぜ。一からやり直しだ」

彼は安中市内で車の販売会社の求人広告を見た。

鏡で見る彼の顔は、十年近い殺伐とした都会のどん底暮らしで、ひび割れ、醜く老いていた。やくざに木刀で顔を殴られて骨折したところが、少し変形していた。二十代前半の女たちを狂わせた男の顔はどこかへ行ってしまっていたのだ。だが、彼が店から持ち逃げした百万円の資金で、背広を買い、ヘアメイクすると、少しは見られる顔になった。それで、販売会社へ面接に行って運よく採用されたのだ。

彼が都会でやっていたのも一応は客商売だ。セールスの仕事もその応用と考えたが、そんなにうまくいかなかった。彼の成績は低迷していたし、上司には散々いやみを言われた。

松井町内にアパートを借りて、彼は県の西部を縦横に駆けまわったが、役に立ったのは道を覚えたことくらいだ。

彼は女が好きだった。あふれるほどの精力を処理するのがたいへんだった。週に一回程度、高崎へ行って、金で寝てくれる女を探したが、抱かれる女も彼の獣欲に悲鳴をあげるほどだった。

女がほしかった。死ぬほどほしかった。

性欲が抑えきれないほどになったのは、あの生意気なヒッチハイカーに遭遇してからだろう。衝動的に女に声をかけ、逆らわれたのにかっとなって、女を殺した。女が素直に彼に体を差し出していれば、殺すようなことはしなかっただろうと思う。

女を犯している時、声が聞こえた。

「やれ、清、やるんだ」

「ああ、俺はやるさ。女とまぐわってやるさ」

ヒッチハイカーを殺して、彼の内面の正気をつなぐ糸がぷつんと音をたてて切れたような気がした。あの若い女が性悪だったのも、罪悪感を軽減させることに一役かっていたと思う。女の死体は山林に埋め、その上を雑草が覆い隠すまでにそれほどの時間はかからなかった。

次の獲物は……。浦田清はセールス用の車を走らせながら女を物色した。

「やれ、清。やっちまえ」

頭の中で叫ぶ女の声も過激になっていた。「走れ、清」が「やっちまえ、清」に変わり、彼自身も「うるせえ」と口応えすることもあった。

………

13――「学校探検」 14

奇跡的に残っている旧緑山中学校の校舎――。

その背後に村の火の見櫓《やぐら》が、校舎を庇護するように、これまた奇跡的に立っていた。

悪魔に魅入られたように、私は校庭に立ち尽くしていた。風雨に打たれ、雨合羽は破れそうだ。

「とにかく、学校の中へ入ろうぜ」

満男が苛立たしげに言った。「いつまでもこんなとこにいたら、びしょ濡れになっちまうぞ」

四人は校舎の正面にある玄関へ駆けていった。校庭はダム底にあった時に堆積した泥でぬかるんでいた。魔物の巣窟は漆黒の巨大な口を開けて、我々を待っているような気がした。四時をすぎて、薄闇がひたひたと我々を包みこんでいく。

その中でも最も暗い校舎の玄関。

我々には臆する気持ちがあったが、激しくなる風雨が我々の決心を促した。

玄関は乾いた泥が一面にこびりついていた。下駄箱や渡り板は何年も水に浸かっていたはずだが、思いのほかしっかりしている。手で触れても、木の感触を失っていない。それは廊下を歩いても同じだった。玄関に面して、階段が踊り場を経て二階へ上がっている。

窓ガラスが抜け落ちているので、校舎の中を生ぬるい空気が流れていたが、雨が入ってこないので助かった思いがした。合羽を脱いで、下駄箱に突っこんだ。

「もうすぐ夜だ。夜明かしできるところを探さなくちゃな」

私はリーダーとして、校舎の中を隈なく探検することを提案した。誰も反対しなかった。反対しようものなら、そこへ一人で取り残されるわけだ。それよりはついていったほうがいいだろうという消極的な賛成だった。

我々はまず一階の右手のほうへ行った。部屋の入口には札がそのまま掛かっているので、そこが何なのかわかる。最初の部屋は黒い札に白く保健室と書かれていた。保健室の中には、片方の脚が壊れたベッドが一つあるだけで、他には何もない。床の中央が陥没し、そこだけ泥が盛り上がっている。

その隣が職員室だ。ここは不思議なことに、デスクと椅子がそのままの形で残っていた。黒板の前にあるのが、おそらく校長のデスク。それから向かい合わせになったデスクと椅子が二列、合計十人の教師の席だ。

私たちは職員室に入った。

屋外は風が強くなっているが、ここだけは外部と関係なく不気味な静寂が支配している。窓ガラスも割れていないし、床にもほとんど泥は付着していない。つい最近までここで教師たちが職員会議を開いたとしても不思議でないほどきれいだった。黒板はスケジュール表になっていて、先頭の片岡（雄）という名前から始まって、柳沢、丸山、小林、宮沢、武内、大和、赤羽などと十人の教職員の名前が連なっていた。もちろん、その中に私の見知った名前はなかった。

片岡（雄）というのは校長と見るのが妥当だろう。片岡雄一とか、片岡雄之助といった名前にちがいない。

片岡のスケジュールには「特別授業」とだけ書かれていた。私はチョークを指でなぞってみた。少しくらいこすったくらいではチョークは消えない。水没したことでチョークが固くなって、消えずに残ってしまったのかもしれなかった。

私は束の間、ダムに水没する直前の授業に向かう片岡という校長の背中が、職員室のドアの向こうに消えていくような錯覚にとらわれた。

他の三人はこわばった顔をし、終始無言だった。

「ここだったら、雨も風も入ってこないから、安心だね」

私は沈黙を破ったが、誰も何も答えなかった。「よし、次に行くよ」

一階の右手には他に宿直室や小使い室のような狭い部屋があったが、立て付けが悪いのか、ドアは開かなかった。それから職員用の便所が男女別に一つずつあった。

我々は右手の部分を見てしまうと、今度は建物の左手へ移った。まず、左手に三年の教室だ。現在の緑山中学もそうだが、この当時も一クラスだけだったようだ。引き戸式のドアはなかなか動かなかった。下のレールが錆びついているのか、それとも泥が詰まったためだろう。力自慢の満男が苦労しながらドアを開けてくれた。

驚いたことに、このクラスも職員室と同じようにカーテンはさすがになくなっていたが、窓ガラスは当時のまま、割れずに残っていた。そのせいか、床に泥がほとんどないのだ。水底にあれば、水圧でガラスなどが割れてしまうのは、中学の理科程度の知識があれば容易にわかることだけれど、その辺の矛盾をあまり詮索する気にならなかった。

机と椅子が八つずつ、きれいに並べてある。教壇にも教師用の机があった。まるで今すぐにでも授業を開始できるように。

教師の机の引き出しの中に、紅白の短いチョークが二本ずつ入っていた。これもまだ使えそうだ。

「ようし、みんな、今夜はここに泊まろう」

私の掛け声に「おう」と満男が応じた。

その時の我々の共通した思いは、この嵐の中、いいねぐらを確保できてホッとしたことだった。二階へ行くのはひとまず置いておいて、一階の残りを手早く見ておくことにした。

三年の教室の隣は理科室だ。ここはがらんどうだったが、壁を背に人体模型と骸骨模型が一体ずつ立っていた。二つとも高さ百五十センチほどで、ユースケ並みの背丈だ。左半身が生身の人間、右半身が内臓がむき出しの人体模型と、骸骨が薄闇の中からぬっと現れたので、我々は度肝を抜かれた。弘明が面白半分に人体模型をのぞきこみ、その頭を平手で叩いた。乾いた音がして、模型が恨めしげな顔をした。

理科室の隣は、二年の教室だった。ここはドアが開けっ放しになっていたせいか、教室の中は荒れ果てていた。机の残骸が教室の隅に積み上げられており、教壇の机や椅子はなくなっている。窓ガラスは割れ、そこから雨と風が吹きこんでいた。

壊れた窓から谷を流れる沢渡川が見えた。ダムの上から見た時、一滴の水もなかったが、今は雨が降っているせいか、川の流れる音が聞こえてくる。

理科室の対面に、生徒用のトイレが男女別に一つずつある。ここも泥だらけだが、用は足せそうだった。早速、満男が便器に小便をすると、弘明もユースケも尿意を催したのか、満男のあとにつづいた。

その間に、私は女子トイレのほうを確認しておいた。もちろん誰もいない。いるはずもなかった。

トイレの隣は、図書室だった。中はがらんとしているが、ここもそれほどひどい状況ではなかった。

一階を全部確かめて、三年の教室にもどったところで、我々は休憩をとることにした。

その間にも、外は刻々と暗くなっていたが、電気の入っていない屋内はさらに暗く、暗闇の支配する領域が水に墨汁を溶かすように着実に広がっていた。

14——「百物語」

15

風は激しくなっていた。窓ガラスが震え、建物全体が揺れている。

その時、不安がなかったといえば嘘になる。退屈な日常からの脱却、そしてダムの底から浮かび上がってきた過去の遺物をこの目で見たうえで、夜を徹して友と語り合う。

その儀式を経て、我々は子供の世界から旅立ち、大人の世界に足を踏み入れるつもりでいた。だが、現実は私の想像を超えていた。台風という自然の猛威が牙を剝き始めていたのだ。

「おい、秀才。ここで何すんだよ」

弘明が少し虚勢を張った笑みを頰に浮かべて言った。「やっぱり肝だめしをするのか」

「百物語をするのさ。みんなで怪談話をするんだよ」

私は長髪をかきあげ、眼鏡の位置を直すと、にやりとした。弘明の顔が一瞬凍りつき、その喉から「えっ」と圧搾した空気が漏れたような音が出た。

「ふうん、怪談話か」

弘明は負け惜しみの強い性格だから、すぐに気持ちを切り換えたようだ。「俺、おもしろいと思うぜ」

「進藤君はおもしろいと思う？」

私は満男を見た。

「ああ、おもしろい。俺は賛成だ」

満男は臆したような表情を見せず、ユースケをじろりとにらみつけた。「なあ、ユースケもそう思うだろう？　さすが秀才は考えることが違うよな」

「ああ、ほんとだね」

ユースケは泣き笑いの顔で、雨に濡れた捨て猫のように全身を震わせていた。この過酷な大自然の中で、肝だめしをするのはたちの悪いジョークだと思っているにちがいない。だが、ユースケにしてみれば、受け入れる以外に選択の余地がなかった。ここから単独で帰るのはほとんど自殺行為に等しいことなのだから。

「ようし、みんなの意見がそろったところで、今から食事にしようか」

私の提案に三人の顔がぱっと輝いた。

「ああ、腹がへっては戦はできぬだもんな」

満男は背中のリュックサックを一番前の机に置いて、中から握り飯と水筒を取り出した。私たちも自分の荷物から次々に弁当を出した。米の飯はこれで終わりだった。あとは食パンや菓子パン、チョコレート、キャラメルなどで食いつなぐだけだ。飲料水は水筒にたっぷり詰めてあったが、いざとなれば外で雨水を調達できる。

私はねぐらを確保できたことで楽観的になっていた。

私はこの「劇場」の興行主のようなつもりだった。私は若かった。青かった。悪乗りしすぎていた。天をなめていたのかもしれない。

我々はひとしきり食事に熱中した。会話も交わさず、ただひたすら食べることに気持ちを傾注した。不安を払拭したい無意識の表れだったと思う。実際、腹に食べ物を詰めこんで、不安が減じたのも事実だ。

「さて、諸君」

私は教壇に立って、椅子に座る三人に呼びかけた。私はリュックサックから一つの箱を取り出した。

「何だい。急に改まってよ」

満男が握り飯を頬張りながら言った。「手品でもやるのか」

弘明は口笛を吹くまねをした。

私はゆっくりした動作で箱を開け、中から蠟燭を取り出した。マッチを擦って、火をつける。それから火を蠟燭の芯に持っていった。三人の視線が私の手元に集中する。まさにマジシャンの心境だった。

「諸君、今年は暑い夏だったと思わないか？」

私はもったいぶった言い方をする。三人は息を止めて、私の顔を注視した。「とっても暑かったね。それに雨も降らなかったし、夏休みとしては最悪だったと思う。受験勉強できたか、辰巳君？」

「ううん、できなかった」

ユースケは神妙にうなずいた。

「そうだろ？　それが普通だと思うよ。だから、体が縮みあがるほど寒いことをしようと考えたのさ。肝っ玉も魂も震えあがるようなことをして、体を冷えきらせる。そして、冷えきって頭がすっきりしたところで、新たに二学期を迎えるのさ」

「よくわからないけど、秀才の言いたいことは何となくわかるよ」

弘明が自分の頭をぴしゃりと叩いた。「なあ、満男？」

「ああ、俺にもわかるような気がするぜ」

満男が顔を紅潮させたのは、蠟燭の炎に照らされているせいばかりではないだろう。

「俺、なんかスカッとしたことやりたかったんだ。金玉が縮みあがるようなやつをな。秀才なら何かやると思ってついてきたけど……、まあ、進行はおまえに任せるよ」

満男は何を思ったのか、いきなりユースケの股間に右手を延ばし、ぐいっと握った。ユースケがキャッと悲鳴をあげて、体を引き、バランスを崩して尻もちをついた。ユースケは股間を両手で押さえて、ウサギのようにぴょんぴょん飛び上がった。

「何だよお。痛いじゃないか」

「どうだ、金玉、縮んだか」

満男が腹を抱えて笑うと、弘明も両手を叩いてはしゃいだ。

「よし、笑うのも今のうちだけだ。これから魂の芯も凍るような恐怖が諸君を待っている」

私は三人が落ち着くのを待ち、多少の芝居っけをまじえておごそかに宣言した。

「諸君。ようこそ、緑山中学校へ」

それが百物語の開始であり、悪夢の序幕だったのだ。屋外では風の音が唸りをあげ始めている。窓ガラスを叩く雨の音がカリブ海の原住民の叩く太鼓のリズムに聞こえたのは、私だけだっただろうか。

私はわけもなく興奮していた。

目を閉じ、耳をすますと、片岡教師の声が聞こえるようだ。まるで、壊れたレコードのように。

「しょ、しょ、諸君……、ようこそぉぉぉ……、わが、みどりやまぁぁぁ……」

あれ、どうしちゃったんだろう。どうして片岡教師の声だと思ったのだろう。私は自分の口を両手で覆った。そして、密かに自分の左手の甲をつねった。唇を噛みしめて痛みをこらえた。これは夢ではないのだ。

15——「堂々めぐり」 16

高倉千春の車が桂木真知子の入院している診療所を出たのは、午後二時すぎだった。

だが、彼女の車はいまだ麓に降りることなく、緑山山中を彷徨《さまよ》っていた。千春の心中、焦りだけが増幅していくが、後部座席にいる二人の女生徒をいたずらに怯えさせることは避けたかったので、不安を口にすることはできなかった。生徒がいなかったら、彼女はパニックに陥って泣き叫んでいたことだろう。

台風は思いのほか速い動きを見せていた。カーラジオの報じるニュースは、台風は動きを速めて本州中部に向かって北上中で、本土に上陸するのは夕刻だという。

こんな日を選んだのが、やはり間違いだった。台風の力を甘く見すぎていたのだ。診療所の待合室で悠長に昼食をとったのもまずかった。あれでかなり時間をむだづかいしてしまっていた。

「先生、大丈夫でしょうか」

梓ゆきえが不安を声に滲ませる。ほとんど泣きそうだった。

「心配しないで。すぐにここから出られるから」

千春自身、そう思っていなかった。往路に使ったルートを避けて、緑山を迂回するルートをとろうとしたのだが、途中で倒木が道をふさいでいて通れなくなっていたのだ。仕方なく元にもどろうとしているうちに見知らぬ道にまぎれこんでいた。舗装道路をもどれば、診療所にもどれるはずなのだが、どこで道を間違えたのか、未舗装の山道を何時間も走っているのだ。

道路地図を見ても、わからない。深い山の中、しかも上空を厚い雲に覆われて、方向感覚がなくなっていた。時間的にはまだ早いのに、辺りには刻々と闇が忍び寄り、日没間近といった様子だった。風は強くなり、彼女の車を激しく揺さぶった。

どこを行っても、迷路のどん詰まりだ。すぐにこの山から出られるという言い訳がそろそろ通じなくなる頃だった。いや、二人の生徒たちはもうわかっているにちがいない。救いは、赤沢厚子のほうが教師の千春より冷静でいることだ。厚子の存在のおかげで、三人はまだ正常の神経を保つことができた。

「先生、落ち着いて。大丈夫よ。こんな台風くらい」

「ごめんね、赤沢さん。わたしがどじだから」

千春の声が湿っぽくなる。

「先生、すんだことは仕方がないわよ。物事は前向きに考えなくちゃ」

「わかったわ。とにかく、早く元の道にもどりましょう」

それからまた時間がたった。車がやっと通れるほどの狭い道を千春の車は走りつづけていた。メビウスの輪のような迷路をぐるぐるまわっているのかしら。同じ場所を通ったとしても、この暗さでは判断のしようがないのだ。

山全体が激しく揺れている。森全体が獰猛な野獣のように咆哮していた。生き物の気配がしなかった。

風に押された木が、地面すれすれまで傾いている。車は木をよける。そして、アップダウンのある道をジェットコースターのように進んだ。少しでも運転を誤れば、車は谷底へ転落するだろう。死と隣り合わせの危険なドライブだった。

その時、車の底を抉《えぐ》るような衝撃を受けた。二人の少女が悲鳴をあげる。千春はハンドルを山側に切り、車を停めた。

横からびんたを張られるようなひどい雨降りの中、千春は車の外に出てみた。崖から落下してきた岩に乗り上げてしまったようだ。トランクが少し開いていたので、上から強く押さえつけた。

「このトランクときたら……」

やっぱり中古の車はだめだわ。見た目は恰好よかったんだけど。

千春はチッと舌打ちをした。すべて、わたしの判断ミスだわ。よりによって、こんな日に見舞いにいこうと考えるだなんて。中止すべきだったのだ。

もし万一のことがあったら、保護者に弁解の余地はない。雨に打たれながら、千春は静かに泣いた。こみ上げる嗚咽が体を震わせる。

「先生、車にもどって。お願いだから」

赤沢厚子が、千春の肩に手をまわし、車のほうへいざなった。「泣いたって何も解決しないわ」

千春は車にもどると、ハンドルに額をつけて、弱気な己を呪った。精神はパニックに陥る寸前でかろうじて踏みとどまっていた。ゆきえはヒステリーを起こしたように泣いている。冷静な厚子がゆきえの背中を叩いて、落ち着くように諭していた。

千春は痙攣のような震えが収まるとともに、車の向きを変えた。

「さあ、行くわよ。こんなことでへこたれてなるものですか」

「そうそう、その調子」

厚子が後部座席から激励した。「先生、診療所にもどったら、泊めてくれるかもしれないわよ。真知子、今頃どうしてるのかしら。不安じゃないかなあ」

すでに夜の闇の中に突入していた。車のヘッドライトが、暗闇の中に一条のトンネルを掘削しているが、その先は白い雨のカーテンとなっていて、のぞき見ることはできなかった。

時間は……。千春は腕時計に目を落とすのが怖かった。

冷酷なラジオの天気予報が、六時の時報を告げた。

「まず、台風関係のニュースからお伝えします。……」

アナウンサーの朗々とした声が、逆に千春の不安をかきたてた。

〔休み時間〕

17

窓ガラスがカタカタと静かに振動していた。天井の照明は消され、廊下の非常灯の明かりが病室にかすかに入ってくる。闇に慣れた目には、部屋の中の物の輪郭はわかる。六つあるベッドは、少女以外は空だ。少女に付き添いはいなかった。

独りぼっちの少女はベッドの上で輾転反側する。いくら眠ろうとしても眠れない。焦れば焦るほど、目は冴えていくばかりだ。ならば、目を大きく開け放ち、一晩中起きていようなどと思うと、逆に眠気が襲ってくる。目を閉じる。しかし、眠れない。不毛な〝作業〟の繰り返しだった。

明かりがないので本も読めないし、洗面所に行くのも疲れるからいやだ。だいいち、ひっそり静まり返った療養所は、幽霊屋敷のようで、彼女は嫌いだった。こんなところから一刻も早く脱出したいと思うが、ここは人里から離れた山の中だ。歩いて行ける距離内に人家や店もなかった。

たとえ自宅に帰ったところで、家族にこっぴどく叱られるだけだ。

「早く治しなさい。夏休みが終わるまでに」

神経質な母親は怒鳴りつけるだろう。

看護婦が見まわりにきたのは、三十分前だった。今度来るのは夜が明けてからだろう。それまで彼女は闇の中でじっと孤独を耐え忍ばなくてはならなかった。

窓ガラスの音が大きくなった。

嵐の予感――。

がたがたがたと誰かが叩くようにリズムを打っている。

誰かが叩いている。そう思うと、不思議なことにおだやかな眠気が襲ってきた。わたしは独りぼっちではない。そう、わたしは……。

窓ガラスが叩かれている。

ハッとなった少女は目を開けて、仰向けの体勢から窓側へゆっくり視線を向けた。

彼女が心臓を鷲づかみにされるほどの恐怖を覚えたのは、生まれて初めての経験だった。悲鳴をあげようとしたが、声がかすれて、かたかたと壊れた糸車のような音がした。

窓の外に黒い人影が見えた。影はガラスに顔をつけ、病室の中をのぞいているようだった。影はガラスをこつこつと指で弾く。彼女の全身は金縛りにあったように動かなくなっていた。

風が吹いているようだ。窓すれすれまで迫っている枝が揺れているから。

影は窓の外から彼女に呼びかけているらしい。

一瞬、雷鳴が聞こえ、数秒後に稲光が走った。黒い影が闇の中に白く浮かび上がった。

黒いマントを着たような男の人だわ。男の唇が無言の声を発していた。

「どうしたの？」

わたしに何か用？

彼女は目で相手に問いかけた。彼女の目の動きで意志が伝わるようで、相手は何度もうなずいた。

——君と話がしたいんだ。

「え、わたしと？」

——そうだ。

悪い人じゃないみたい。でも、看護婦さんは夜間、窓の鍵を開けてはいけないと言っていた。

窓ガラスはねじり式の錠だ。あの男が本気で開けるつもりなら、錠ではなく直接ガラスを割ってしまえばいいのだ。

——早く開けてくれないか。

「でも、許されていないの。わたし、病人だから」

——気にしないよ。

「わたし、結核なのよ。あなたにうつったらたいへんだわ」

——いいから、開けてくれ。頼むから。

「でも」

相手の口の形を正確に解読したわけではないが、彼女はテレパシーのように相手の心が読めた。いつの間にか、彼女の金縛りは解けていた。彼女は起き上がり、ベッドから足を下ろした。

だが、足がふらついている。彼女のか細い足が自分の全体重を支えるのは困難だった。立ち上がりかけた彼女の体が揺れ、再びベッドに仰向けに倒れこんだ。

そして、意識がなくなった。…………

二・第二時間目

18

諸君、休憩は終わった。全員、そろったかな。

よろしい、では、第二時間目の授業を始めよう。

おっと、その前に、ちょっと耳をすましてごらん。川の流れが聞こえるだろう。沢渡川の流れの音だ。沢渡川は荒岩山の奥深くに源を発し、ここ緑山村に至って、川幅を広げ、川らしくなってくる。そこを堰き止めてダムにしたというわけだ。戦前と戦後すぐに大飢饉があって、下流の人々が困ったという話を諸君はご両親や祖父母に聞いて知っているかもしれない。江戸時代中期には、下流の水が涸れ、数多くの人々や家畜が餓死したという話も伝わっている。何十年かの周期で襲ってくる天災だが、戦後になってそれをなくそうとして人々が知恵を絞って考えだしたのが、この緑山地区を水源地とするダム計画だった。

まあ、ずいぶん壮大なことを考えだしたけれども、最初はホラに近いと思っていたものが実現してしまったのだからすごいよね。すべて戦後の高度成長の波があったればこそだろう。緑山村は水の底に沈み、ダムに満々とたたえられた水は下流の人々の喉を潤し、稲を実らせる命の水になった。

緑山中学校の名前は、麓の学校の名前に残され、昔からの精神は脈々と今につながっているわけだ。

私はそれを「緑山中学精神」と呼んでいる。諸君の心の中にもかつての緑山中学の精神が受け継がれていることだろう。

さて、そろそろ窓を閉めるように。

なんと、私の懐中時計が故障をしてね、時間がわからなくなって困っているんだ。教室の時計も使えなくなっているし、諸君の中で時計を持っている者はいないかな。

よろしい。ないようなら、私の勘で時間を計っていくしかないな。時間の長短が出てくるかもしれないが、切りのいいところで授業をやめたりするから、そのつもりでいてほしい。

よろしい、では、第二時間目の授業を始めるぞ。


（片岡雄三郎先生講義テープ　1・サイドAから）

19

1――（私）

「さて、諸君」

私は眼鏡の位置を正すと、おごそかに宣言した。「ここに、緑山中学校旧校舎における一大納涼イベント、百物語を開会します」

宵闇が迫っていた。時間は午後五時十五分。下界なら日没までにまだ間があるが、ここは周囲に山をめぐらした谷間《たにあい》の地だ。太陽が出ていたとしても、とうに山の端に隠れ、闇が次第にその領域を広げているはずだ。おまけに空を分厚い黒雲が覆っていた。

風はますます激しさを加えていた。雨の塊が巨大なバケツから放り出されるように窓ガラスを叩きつける。割れないのが不思議なくらいだった。

三年の教室の中央に、一つの大きな蠟燭が立てられた。机を教室の後方にまとめて片づけた後、我々四人は床に持参した新聞紙を敷き、その上に膝を抱えるようにして車座になった。がらんとした教室は、闇の儀式の開始にふさわしかった。

「諸君、トイレに行くのは今のうちです」

私は改まった口調でユースケに確認した。「辰巳君は大丈夫ですか？」

「あ、ああ。さっき行ってきたよ」

ユースケはトイレへ行くのはもうこりごりといった顔をしていた。

「ようし。みんなの用意ができたところで、決まりごとを確認しておきます。いいですか？」

満男とユースケと弘明が神妙にうなずいた。風が入っているわけではないのに、蠟燭の炎が妖しく揺れる。その火影が三人の顔に微妙な陰影を加え、鬼気迫るものがあった。

「まず、一つ」

私の声が教室の隅々まで沁み入るように響いた。瞬間的に、屋外の物音が聞こえなくなった。「開会に際して、霊的な防備の手段として結界《けっかい》を張ります」

言っていることがどれだけ理解してもらえたのか、私は三人の顔を順々に見ていった。弘明はしらけた顔にもいくぶん緊張の色を滲ませている。満男は歯を食いしばることで、恐怖を無理やり追いやっているという感じ。ユースケは、とんでもないところにまぎれこんだ己の不幸を呪っている顔つきだった。

「百物語というのは、そもそも死んだ人間の霊を呼び出すための儀式です。通夜とか盆、彼岸に故人の思い出を夜通し語り合い、その霊を慰めるということなのです」

私自身、本の受け売りで、百物語について完璧な知識を持ち合わせているわけではなかった。付け焼き刃の知識なので、説明している本人も質問を受けたらまともに返答ができるか自信がなかった。

「なあ、秀才よ。参考のために聞いておきたいんだけどさ」

弘明が細長い首をぬっと伸ばし、口を挟んだ。「おまえ、誰の霊を呼び出したいんだ？」

「特にいないけど」

「誰もいないってことはないだろう」

弘明はなぜか突っかかる。緊張の表れだろうと私は推測した。「誰でもいいから言ってみろよ」

「そうだね。強いてあげれば、浦田清かな」

浦田清の生き霊を呼び起こすことは、考えていなかった。言葉のやりとりの上で不意に思いついただけだ。「じゃあ、杉山君、君は？」

私は弘明に質問を返した。

「俺は母ちゃんかな」

いつもクールな弘明が、しんみりと言ったのは意外だった。

「君の母親は離婚しただけで、死んでいないんじゃないの？」

「俺にとっては、死んだみたいなものだ」

母親の出奔は、弘明の気持ちを屈折させる原因になっていると思う。

「俺は、じいちゃんかな」

満男が話を引き取った。「ユースケ、おまえは？」

「僕は心中した二人かな」

ユースケが我々の度肝を抜くことを言った。

「心中？」と私。

「うん、今年の冬、父さんのホテルでアベックが無理心中したんだ。なぜわざわざうちを選んで死んだのか、あいつらを呼び出して訳をきいてみたいんだ」

「ふうん、なるほど」

確かに、ユースケの父親が経営するラブホテルで自殺者が出たという話は聞いたことがある。

「あいつらのせいで、うちの客が減ったんだぜ。許せないよ」

ユースケは珍しく憤然とし、声を荒らげた。

「それは君の順番が来た時に話せばいいよ」

私は一同の注意を引きつけようと手を叩き、顔を引き締めた。「さてと、昔の百物語は個人的な色彩が強かったんだけど、今日これからの百物語は呼び出す霊魂が限定されていませんから、危険を伴います。そのことを覚悟してください」

「危険？　そんなに危ないのか」

満男が身を乗り出してきた。

「悪い霊が来る恐れがあります。それは最初にみんなに覚悟しておいてもらいたいんだけど、それを防ぐために結界を張るのです」

「じゃあ、怖いけど、危険はないってわけだね？」とユースケ。

「そう、肝だめし程度の怖さだと思ってもらえばいいと思います。でも、私がこれから言う注意を守っているかぎり、と条件をつけておきますがね。フッフッ」

「便所はどうなるんだ？　一晩も我慢できるとは思えないけどな」

弘明の指摘ももっともである。トイレのことは、実を言うと、私にもわからなかった。途中で誰かが尿意を催すのは、まず間違いない。

「その場合は、私が持ってきたお守りを持っていってもらいましょう」

私は胸ポケットから、善光寺のお守りを取り出した。初詣での時にもらった合格祈願の御札だった。まあ、ないよりはましだと思って持ってきたのだ。他にも地元の神社の御札をかき集めておいた。ずいぶんいいかげんだった。私は百物語をなめてかかっていたのだと思う。

「早く始めようぜ。俺、なんかわくわくしてきたぞ」

満男はあんパンを袋から取り出すと、欠食児童のようにぱくついた。旺盛な食欲は彼の不安を追い払ってしまうようだ。

私はその場の雰囲気を厳粛なものにしようと、小道具を持ってきていた。教室の四隅、二つの出入り口には、正方形の半紙を置き、塩を盛った。本来ならお香を持ってくるべきだったが、私の家には見つからなかったので、線香で代用し、仏壇から黙って持ってきた香台を教壇の上に置いた。

すべて自己流だった。これで万全と考えていないが、我々は中学生だ。七面倒臭い流儀は必要ない。怪奇的な雰囲気が出さえすればよかったのだ。

「ちょっと脱線したから、最初に決まりごとを言います」

私は咳払いして仕切りなおしをした。「一つ、開会に際して、霊的な防備の手段として結界を張ります。会場に出入りする者がいると結界が効力を失うため、開会後は教室からいっさいの出入りを禁止します。ただし、途中でトイレに行きたくなった時は、守り札を持参のうえ、すみやかに用を足すこと。それ以外の場合の途中退席、途中参加は許されません」

そこで、満男が挙手した。

「今、途中参加が許されないって言ったけど、誰か途中から来るのか?」

「いや、それはありません。ただ形式的に決まりを言っただけです」

「わかった。幽霊が来たらどうするのかなって思ったものでね」

満男の冗談に、弘明がくすくす笑った。

「静粛に」と私は言った。その瞬間、戸外の音も我々に歩調を合わせて静かになったように思われた。

「それから、ここが一番大事なんだけど、すべての参加者は必ず自分の経験した怪談話を披露しなくてはなりません」

私は言葉を切って、三人を見る。「みんな、怖い話を一つや二つ知ってるよね？」

「まあ、一つくらいはあるかもしれないけど」

満男が言った。

「我々はそれを百、披露しなければなりません。順番でもいいし、自分でしゃべりたい時はつづけていくつ話してもOKです」

「ねえねえ、どのくらい時間がかかるの？」

ユースケが甲高い声で言う。

「長さにもよるけど、明け方までかかるかもしれませんね」

「終わったら、どうするの？」

「さあ、わかりかねます」と私。

「わかりかねるって、どういうことだ？」

満男が不審げに私を見た。

「百の話が終わった時」

私は演出効果を狙って、顔をうつむけ、わざと暗い顔をした。そして、髪をかきあげると、眼鏡をはずして、遠くを見つめた。「とんでもないことが起こるのです」

「とんでもないこと？」

ユースケが神に祈るように両手を組み合わせた。

「そうです。古来、百物語の後に、怪異が起こると伝えられてきました。私にも今度の百物語の結末はわからないのです。では、質問がないようなら、今から始めます」

司会役の私は、強引に質問を打ち切った。「それでは百物語を始めます。最初は、私から始めます。見本を兼ねてね。ウフフ」

誰も口を開かなかった。「じゃあ、まず浦田清の話からいきましょうか。彼のエピソードなら、いくらでもありますからね」

屋外の荒天は、雰囲気を盛り上げるのに一役買っていた。私は絶好のバックミュージックの応援を受けて、話し始めた。それが悪夢の始まりだったことを、その時点で、私も他の三人も知らなかったのである。

…………

2――「走れ、清」

20

浦田清にとって、女は憎悪の対象だった。

「殺せ、やれ」と命じられれば、女を捕まえ、殺し、密かに捨てる。

だが、そんな彼にも失敗はあった。女に逃げられたこともあった。後に警察に追われることになるのは、そうした失敗に原因がある。女に顔を覚えられて、似顔絵作成がなされたからだ。彼の日本人離れした顔は、特徴がはっきりしていて、足がつきやすかった。

それに、女を襲っているうちに、不思議な体験をしたこともある。

それはある夏の日の夕刻、清は作田町での車のセールスの仕事を終えて、安中市の会社にもどる途中だった。近道をしようと、緑山のダムへ向かう山道に入り、しばらく走った時だ。道の前方に白い服を着た女がふらふらと歩いていた。

診療所の患者が歩いているのかなと直感した。緑山を越えた鞍部に結核の診療所があるからだ。車を徐行させながら、ゆっくりと女の横を通る。色白の透き通った肌の女だった。だらんとしたワンピースを着ていて、よく見ると服の下には何も身につけていないようだった。こんな無防備な姿で寂しい山道を歩くとは、襲ってくれと言っているようなものではないか。

彼は不思議に思うより、この女をものにしようと考えた。天から降ってきたようなチャンス、これを使わない手はなかった。

彼は車を停めて、女に呼びかけた。

「お嬢さん、どうしました？」

近くで見ると、女がひどく若いことに気づいた。まだ十代後半のように見える。

女はえっと驚いた顔をして立ち止まったが、すぐに彼に興味を失ったかのようにまた歩き始めた。

彼は車を動かし、女と並走した。

「お疲れのようですね。診療所まで送りましょうか？」

診療所は近いといっても、この山道だから、歩けば三十分はかかるだろう。

「いいの？」

女はまた立ち止まり、ぞんざいな口調で言った。

「ええ、いいですよ。診療所まで行くんでしょう？」

「そうよ」

清は車を停めて、後部座席のドアを開けてやった。女は言われるまま車に乗った。間違いなく下着をつけていなかった。ピンク色のつんと尖った乳首の形状がはっきり見えて、ひどく煽情的だった。

飛んで火に入る夏の虫、とはこのことだ。彼は適当なところで車を停めて、女を襲うつもりだった。この山道は彼の家の庭のようなものだ。どんなけもの道でも方向感覚はあるし、迷わない自信はあった。

「診療所っていうと、結核になったの？」

清はバックミラーをのぞきこみながら訊ねた。女は婉然としてうなずいた。

「そうよ。でも、もう治ったの」

「じゃあ、退院はもうすぐなんだ？」

だったら、結核が彼にうつるわけがない。ますますけっこう。

「ええ、そうよ」

「どうして、そんな涼しそうな恰好で歩いてるの？　散歩にしちゃ、ずいぶん遠くまで来てるんじゃないの？　それにさ、そんなに薄着だと寒いだろうに」

実際、刻々と夕暮れが迫っていた。太陽は山の端に落ちかけ、山の中は黄昏《たそがれ》色に染まっている。

「いいのよ。体が火照ってるんだから」

おうおう、いいじゃないか。俺に気があるのかもしれないぜ。ハンドルを持つ手が興奮で小刻みに震えだした。

「もっと温めてほしい？」

「ええ、とても寒いから」

冗談が通じるとは、ますます気に入った。

「わかった」

清はアクセルを強く踏みつけた。狭い山道を自由自在に移動する。ライトをつけて、ホーンを鳴らした。

「あなた、ずいぶんご機嫌ね」

「ああ、いいことが重なってね」

「ふうん、何があったの？」

「車が一台売れたんだ」

「へえ、車のセールスマンなんだ」

「ああ、そうだよ。安中の会社に勤めてるんだ。俺の名前は浦田清さ。清って呼んでくれていいよ」

どうせやった後に殺すのだから、名前を明かしても差し支えあるまい。

「じゃあ、清。ドライブにいこうよ」

「OK。そのつもりさ」

話がわかる女だ。清はますます図に乗って、車のスピードを上げた。後部座席から女が声を張り上げた。

「走れ、清。走れ！」

どきりとした。あの声、あのヒステリックな命令調の声は、彼の耳に聞こえる声と似ている。ハンドルがぶれ、道を逸れそうになった。

「何やってんのよ、清。ぶつかったら死ぬよ」

女の声に気を取りなおして、ハンドルを切り返す。立木が眼前に浮かび上がり、また消える。車は道にもどった。

「あんた、まさか……」

清の胸が激しく揺れる。

「まさか、どうしたの？」

清はバックミラーに目をやった。女がにっこり笑いかけていた。それから、彼は背後をふり返ろうとした。

「だめよ、見ちゃ」

いきなり女が彼の目を両手でふさいだ。霊安室からたった今抜け出してきた死人のような感触だった。

「やっ、やめろぉ」

「後ろを見ちゃだめ」

　車がまた蛇行を始めた。

「やめてくれ。死ぬぞ」

「大丈夫よ。わたしが指示するから」

　女は甲高い声で笑った。「はい、右へハンドルを切って。はい、そうそう」

　女の両手は固く、彼の目に根を下ろしたようにくっついていた。首をふって離そうとしても、女の手は万力で締めつけるように固く彼の顔に食いこんできた。

「ひゃっほう。走れ、清、走れ」

　その声はまさしく子供の時に聞いたあの女の声だった。最初、女を見た時に感じたあの懐かしさはそこから来ていたのか。

「やめろ、やめてくれ。頼むから」

「お仕置きよ。おまえはわたしに対してよからぬ気持ちを抱いた。ね、そうだろ？」

「ううん、そんなことはないよ」

　彼は母親に服従する哀れな子供になっていた。

「いいや、違う。その邪《よこしま》な気持ち、わたしが勘づかないと思ったのかね」

「違うよ。違うよ。診療所の患者さんだと思って、可哀相になっただけなんだよ」

「お黙り、清。おまえはわたしには絶対服従するの。いい、わかった？」

「うん、わかったよ」

「じゃあ、車を飛ばすのよ」

「OK」

「さあ、走れ、清。走れぇぇぇ」

背後から女は車を巧みにナビゲートした。車は道から逸れることも、立ち木に衝突することもなく、山から下り、舗装道路に入ったらしい。その間中、女は「走れ、走れ」と間断なく叫びつづけていた。

彼の両目にかかっていた力が不意に抜けて、女の声が聞こえなくなった。そして、彼の目に飛びこんできたのは、診療所だった。彼はスピードをゆるめて、車を駐車場に入れてから、おそるおそる背後をふり返った。

驚いたことに、後部座席に女はいなかった。ただ、赤い血のような丸い染みがシートを汚しているだけだった。

そんなばかな。女は走っている車から脱出したのか。

あれは何だったのだろう。

俺は夢を見ていたのか。

胸の動悸が収まるのを待って、彼は車を動かした。山の中はすっかり闇に包まれていた。山を降りて、国道を安中へ向かって走っている時、道を歩いている三十歳くらいの女を見つけた。

「やるのよ、清。あの女をやるのよ」

頭の中の女が彼の耳元でささやいていた。あの女は清の頭の中に安住の地を見いだしたようだった。

3――「個室の恐怖」 21

「秀才」が浦田清に関する第一話を語り終えた時、満男は腹を押さえた。きりきりと刺しこむような鋭い痛みが彼の下腹部を襲っていた。「俺、便所に行ってくるよ」

「俺、ちょっと腹がおかしくなった」

「お守り、持ってる？」

秀才が少し興奮気味に言う。最初に浦田清のことを話す間、秀才は魔物にとり憑かれたように、眼鏡の奥の腫れぼったい目を見開いていた。まるで視線の先に浦田清の幻影を見ているかのようだった。実際、秀才が長い髪を眼鏡を覆うほど隠しながら話をしている時、教室の中の闇がさらに濃くなったような気がした。蠟燭の火は灯っているが、天井の影が四人の中学生に重くのしかかってくるような感じなのだ。話自体はそれほど怖くはないが、彼らを取り巻く不気味な要素が、話に迫真性を加えていた。屋外の音はそれほど聞こえなかった。風や雨の音が聞こえたほうが、かえって気が殺《そ》がれて、話も他愛ないものになったかもしれない。

「いや、持ってない」

満男はぶっきらぼうに言った。最初はおもしろがって参加したものの、彼は様子がちょっと変だと思い始めていた。

「だったら、持っていったほうがいい。危険だからね」

秀才は御札を差し出した。本当に危ないと信じているような目つきだ。

「いいよ。これ、交通安全のお守りじゃないか」

「満男、いいから借りとけ。ないよりはましだぜ。トイレへの道中無事でいるように守ってくれるぜ」

弘明が茶化して言った。「ちびらないようにな」

「けっ」と言って、満男は秀才の手から御札をひったくった。それは諏訪大社の交通安全の御札だった。まあ、ないよりはましか。教室の四隅に塩が盛られていた。結界とかいうわけのわからないものの印らしいが、ばかばかしいかぎりだと満男は思う。

満男は持参してきた懐中電灯の明かりをつけると、下腹部に軽く手をあてながら、あまり刺激しないように結界を踏み越えた。

途端に背筋をひんやりしたものが駆け抜けた。まるで目に見えないバリアを通過したみたいではないか。

結界を出ると、途端に屋外の嵐の音が強くなったように感じられた。

奇妙だなと思って教室をふり返ると、秀才が弘明とユースケに向かって、深刻な表情で語りかけている。あいつらは、まだ「あの中」にいるのか。満男の耳に、浦田清がどうしたとかといったことが聞こえてきた。時間の制約があるので、百物語のつづきを話しているのだろう。どうせさっきと似たような戯言《たわごと》だろう、ろくでもない話を五つか六つ聞き逃しても、どうってことはない。

満男はすべりの悪い教室のドアを開けて、廊下に出た。

懐中電灯で廊下の左右を照らしつける。光は闇の旺盛な食欲に飲みつくされ、届く範囲は限られていた。光の先に濃密な闇が無限に広がっている。

湿っぽく生ぬるい風が割れた窓ガラスや裂けた板壁から侵入し、鋭利な刃物で裂かれた女の喉から漏れるような音をたてて、廊下を吹きわたっている。満男は額の生え際に浮かんだ脂汗を意識しつつ、生唾を飲みこんだ。そして、首筋に寒けを覚えながら廊下に足を踏みだした。

「くそっ、ばかげてるぜ」

声に出してみると、すべてがくだらなく思えた。押し寄せてきた恐怖が潮が引くように消えていく。「さてと、トイレはどこだっけ」

教室の左手の奥に、「男子便所」と黒地に白く書かれた札が見えた。その手前が女子便所だ。再び下腹部を襲う猛烈な痛み。食べたものがいけなかったのか。握り飯に入れた昨日の玉子焼きが腐っていたのかもしれない。

満男は腹に手をあてながら、便所へ駆けていった。廊下に積もった泥が入りこんでくる雨で少し水気を含んでおり、靴の裏に粘りけを感じた。

男子トイレの戸を押した。錆びきっている蝶番は、骨折した腕のように今にもはずれそうだった。湖底に沈んで何年もたっているのに、形を留めているのは奇跡的だ。

ガリガリと骨をやすりで擦るような気持ちの悪い感触だった。満男はドアを押してトイレに入った。ドアが反動で元にもどる時、蝶番が瀕死の老婆のようなしわがれた悲鳴をあげた。

「けったくそ悪いな」

小さく舌打ちする。

小便用のほうは仕切りはなく、横に並んで用を足すようになっていた。円形の切りこみが四つあって、そこが立つ位置を示している。一方、大便のほうは三つの個室になっていた。水の中にあったので、木が白蟻に食われたようにぐずぐずになっている。それでもかろうじて、外部から切り離された空間を提供していた。割れた窓ガラスから風雨が吹きこんでいる。

満男は違和感を覚えた。それがどこから来るのか、最初はわからなかった。ひどく薄気味悪かったが、それは暗い閉塞した場所に一人でいる孤独感の延長上にある感覚だと思った。

彼は一番奥の個室に入り、戸を閉めた。木の差しこみ式の錠を掛けて、ズボンを下ろしてしゃがんだ瞬間、耐えられないほどの便意に襲われた。

出すべきものを出した安堵感と至福感に包まれ、彼は自分のいる場所を忘れかけていた。備付けの紙で尻を拭いて、ズボンをあげた時だった。満男は違和感の正体に思い至ったのだ。

得体の知れない恐怖が、足元から蟻の行列のようにじわじわと這いのぼってきた。

「紙、紙……」

その先は声にならなかった。

湖底に沈んでいたはずの学校のトイレに、なぜ真新しい紙があるのか。紙が何十年も残っているはずはないではないか。

これは、誰かが最近になってこのトイレを使ったことを意味しているのだ。

でも、一体誰が？

満男は懐中電灯を便器の下に向けた。落とし便所の下は泥で埋まっていたが、彼がたった今したばかりの大便のそばに、つい最近したと思える便があった。

さっきの違和感——。それは便が放つ臭気だった。水の底にあった学校の便所はもちろんきれいに洗い流されているはずだ。水底に沈む前の便が今も残っているはずがないではないか。臭気が意味するのは、誰かがここで用を足したということだ。今日来たばかりの彼らではない他の誰かの……。

恐怖感が満男の睾丸《こうがん》をきつく締めあげる。

声なき悲鳴が喉から漏れた。肺から送られてきた空気が、満男の声帯をかたかたと震わせた。早くここから逃げださなくては。

満男が震える指先で何とかベルトを締めて、錠をはずそうとした時だった。便所の押し戸がぎいいと軋んだ。

誰かが入ってきた。

あ、そうか。ユースケか弘明にちがいない。あいつらもクソをしたくなったんだ。助かったという思いが満男の胸を満たした。

出ようとして、差し錠に力を入れようとした時、激しく痰を吐く音がした。あれ、違うぞと思った。痰の出し方が子供のとは違うのだ。満男は懐中電灯を消した。

小便を勢いよく排出する音がした。それから、フーッと溜息の後に、スリッパを引きずるような音がした。

スリッパ？

あいつら、スリッパを履いていなかったぞ。だったら、今、便所に入ってきた奴は誰なんだ。

満男の体内で恐怖が再びうねり、胎動し始めた。満男の全身を鳥肌が包んだ。彼は総毛立つ生々しい感覚を生まれて初めて味わっていた。

「畜生！」

ドアの向こうで低く罵るような声がした。それから足を引きずるような音がつづき、男が「臭いな」と毒づいた。満男が今まで一度も聞いたことがない声だった。

満男は見られているわけではないのに、肥満気味の体を可能なかぎり丸め、その場にしゃがみこんだ。頭を両手で抱えこみ、じっと静止したにもかかわらず、心臓から送り出される血液の音が個室の中で響くようだった。

早く出ていってくれ。心からそう願った。これはたちの悪い夢なのだ。頼むから早く夢から覚めてくれと念じながら目を固くつむった。

足音は依然つづいていた。

満男は夢かどうか確認するために指で左手の甲をつねった。あまりの痛さに喉から呻き声が漏れた。

足音が突然止まった。

「誰だ」

野太い男の声がとがめるように反響した。満男は生きた心地がしなかった。首を縮め、これが早く終わってくれるよう諏訪大社の神、そして八百万《やおよろず》の神々に祈った。

トントンとドアにノックがした。三つある個室のうち、一番入口に近いものらしい。

「ここにはいない」

足音が動いて、次のドアがノックされた。

「ここにもいない」

また足音が動き、満男が潜んでいるドアの向こうで止まる気配がした。男の荒々しい息づかいが伝わってくる。そして、満男のすぐ近くでドアがノックされた。

「おい、誰かいるのか？」

応答できるはずがなかった。見つかったら殺されるような気がした。

「ここにもいない。気のせいだったか」

男はそう言うと、ドアを遠ざかっていった。戸が軋む音がして、足音が聞こえなくなった。満男はそっと吐息をつき、立ち上がった。足が痺れ、体が前によろめいた。全身の毛穴から噴き出した汗が、今は逆に彼の体の熱を奪いつつあった。

胸の動悸が収まるのを待って、差し錠に手を延ばしかけた時、彼はふと人の気配を感じた。誰かに見られていると思った。

誰だ、どこにいるんだ。

「ここだよ、おまえ」

野太い声が上から体を押しつけるように降ってきた。見上げる満男の目に一瞬、白いものが浮かんだ。懐中電灯を消しているはずなのに、闇の中にそこだけにスポットライトを浴びたように人間の顔が浮かんでいた。男が残虐な笑みを浮かべているのが見えた。

いや、男でなくて、女かもしれない。

「おまえ、そこに隠れていたんだな」

のっぺらぼうの口が動いた。「制裁するぞ！」

「制裁」という思いもよらない言葉が、満男の体内に麻酔剤を打ちこみ、体の自由を奪った。

…………

4——「制裁する女」 22

「みんな、那珂川映子の話は知ってるよね？」

ユースケが探りを入れるように切り出した。満男がトイレに行っている間も、百物語はつづいていた。これで早くも六話目だが、ユースケは初めて自分の持ちネタを語り始めた。

「僕、那珂川映子の話をするよ」

浦田清のネタがつづいて、少しマンネリ気味に陥ったかなと思っているところだった。臆病に見えたユースケは、途中から百物語に興味を持ちだしたようで、目に異様な光を帯び始めていた。外界と隔離した山の廃校という特異な雰囲気が、彼の精神を歪んだ形で高揚させたのかもしれなかった。

「みんなも知ってるだろうけど、那珂川映子は『制裁!』ってヒステリックに叫んで仲間を殺してしまう残虐な女さ」

過激派の女闘士の名前が全国に一躍知られるようになったのは、一年ほど前のことだった。松井駅で逮捕された学生運動家の口から驚くべきことが明らかになったのだ。その男はぼろぼろの身なりで、髪の毛や髭は伸ばし放題、警察でなくても、その異常さに気づいていた。不審人物がいるとの通報を受けた警察が駅に駆けつけ、放心状態の男に職務質問をした。男は自ら手配中の身であることを告げ、その場で逮捕されたのだが、警察に身柄を確保されたことで初めて安堵した様子を見せたという。

男は聞かれもしないのに、榛名山中で起こった異常な出来事を語り始めた。そこで明らかになったのが、那珂川映子をリーダーとする過激派内部の恐るべき実態だった。

まず那珂川映子の一派は、闇のルートから入手した武器で実弾演習するために、荒岩山を合宿地に選んだ。最初の参加人員は男女それぞれ五人、合計十人だった。狭い世界で合宿をつづけている間に脱落者が出たり、恋愛問題がこじれたりして、士気が落ちていくことに危機感を抱いた那珂川は、脱落した者を他の者の前で糾弾することにした。まず一人をやり玉に上げ、木に縛りつけ、仲間からの批判、自己批判を進めていく。そのうちに、那珂川の心に悪魔が宿り始めた。警察に追われていることや、狭い世界でのどろどろとした人間関係など様々な要因が重なったのだろう、異様にテンションが高まった那珂川は、見せしめのために、仲間に過酷なリンチを加えたのだ。

最初の生贄《いけにえ》が死んだ時、彼女の心の中の狂気は臨界点を踏み越えていた。

それからは「制裁」と称して、次々に仲間を殺していった。一種の恐怖政治だった。逮捕された男の証言から、五人の仲間の死体が榛名山中から発見されたが、那珂川映子を含めた四人はアジトから姿をくらましていた。その後、二人が新たに逮捕されたものの、警察の大規模な山狩りにもかかわらず、那珂川映子とその恋人である副リーダー格の男は完全に姿を消していた。

荒岩山周辺に住む人々は、逮捕された男が松井駅にいたことから、那珂川映子が荒岩山の中に潜伏しているのではないかと噂しあっていた。荒岩山はその懐の中に怪物を飲みこみ、新たな伝説を付け加えることになったのだ。

「その那珂川映子がうちのホテルに泊まったんだぜ」

ユースケは、得意満面だった。「彼女、荒岩山から緑山へ流れてきたんだ」

「いつ？」と私。

「半年くらい前さ」

「どうして警察に通報しなかったの？」

「だって、その時は気づかなかったんだもの」

5——「101号室の女」 23

そのホテルは、黄昏時《たそがれ》の深い霧の中にひっそりと佇んでいた。いくら旧街道沿いとはいえ、こんなに寂れた場所にホテルがあること自体、驚異だった。

夏が間近いのに、記録的な水不足で木々は立ち枯れ寸前まで追いこまれている。熱風を浴びて、病葉《わくらば》がはらはらと上空から散ってくる。

ホテルは、山中をしばらく車でまわっていた時に眼前に忽然と現れた。寂しい場所に似つかわしくない派手なネオンだった。緑山ホテルと書かれた看板の周囲を丸いネオンが点滅を繰り返している。ネオンが回転しているように見せたいのだろうが、三ヵ所ほど電球が切れて、ホテルの経営者の狙いとは逆効果になっていた。切れた電球を放置しているから、修理代もないほど寂れていると客は判断するにちがいない。さらに近づいてじっくり観察すると、ネオンには埃や泥が付着していて、きらびやかというより、みすぼらしくさえ見えるのだ。

一目でラブホテルとわかった。健全な若いカップルなら、車で通りかかっても敬遠するにちがいない。利用するのは、せいぜい遠方から来た訳ありの不倫カップルくらいなものだろう。

訳ありのカップル。フフッ、わたしたちがそうみたいねと女は思った。

「どうだい、ここでちょっと休まないか？」

運転席の中年男が言い、彼女の膝に手を延ばしてきた。男の手はゆっくりと彼女の内股へ這いのぼっていく。彼女はさりげなく男の甲の上に手を重ね、男の手の動きを止めた。

「いいわよ」

彼女は重い疲労を感じていた。こういう寂れたホテルでも、温かいシャワーや風呂はあるだろう。ひさしぶりに汗を流したい。このところ、何日も風呂に入っていないし、毛穴には垢が詰まっていることだろう。

「わたし、お腹が空いてるの。死にそうなくらい」

「ああ、死ぬほど食わせてやるよ」

車はホテルのほうへ右折した。一階建ての横長の建物だ。駐車場には車が三台入っている。

「物好きな連中ね」

彼女がつぶやくと、男は「え？」と聞き返してきた。

「こんなみすぼらしいホテルに泊まる人がいるから驚いたの」

「外はみすぼらしくても、中は最高だぜ。ハニー」

古い外国映画でも見すぎたのだろう、この男。わたしのことをハニーだなんて言ってさ。ばっかじゃない？

男は車を一番端のスペースに入れると、キーを抜いた。彼女を完全に信じていないようだ。

「ここでちょっと待っててくれ。俺、チェックインしてくるからさ」

男はそう言いおいて、一人で建物中央のフロントへ向かった。薄闇が辺りに忍び寄り始めており、彼女は闇にまぎれて、こっそり男のあとを追った。玄関のドアは開かれており、中からホテルの係員と男のやりとりが聞こえてきた。

「ちょっと泊まりたいんだけど」

「はい、ご宿泊ですね。前金で六千円いただきます」

「はいよ。あ、それから、何か食べるものないかな？」

「おにぎりでしたら、お作りできますが」

「じゃあ、それでいいから、部屋まで届けてくれないかな」

「かしこまりました」

キーを受け取る音がして、男が玄関から出てきた。男は彼女が目の前にぬっと立っているのを見て、ぎょっとしたようだった。

「おっと、ここにいたのか。ちょうどよかった。俺たちの部屋は一番端っこの101号室だとさ」

男が先に立ち、彼女がそのあとをついていった。これだけ暗くなっても、ホテルの建物がずいぶん老朽化しているのがよくわかる。切れかかった蛍光灯が各部屋の前についており、明かりを求めて大きなスズメ蛾が楕円軌道を描いて飛びまわっていた。蛾が激しく蛍光灯にぶつかるたびに、かなりの鱗粉が飛び散り、きらきら輝きながら落ちてくる。

「ずいぶん薄気味悪いホテルだな」

男は鍵穴にキーを差しこんで、ドアを開けた。ひどく暑くて、すえたにおいがする。部屋の中央に大きなダブルベッドが据えてあった。

彼女はまっすぐ窓際まで行って、カーテンを開け放った。

暗くても外に濃いガスがたちこめているのがわかる。眼前に黒い沼が広がっていた。

瘴気《しょうき》のようなガスが水面から白く立ちのぼり、それが山全体へ霧を供給しているかのように見える。

隣の部屋から明かりが漏れていた。そこの窓辺に人の気配を感じたので、彼女は窓を閉めた。

「わたし、お風呂に入りたいわ」

男の許可をもらって、彼女は浴室に入った。寂れたラブホテルのわりに、浴室だけはゆったりとしていた。目的が目的のホテルだから、金をかけるべきところには最低限の金を使っているようだ。

浴槽に体をつけ、首筋をこすると、垢が出た。何日も風呂に入っていなかったので、体の隅々までこすった。よくこれほどまで汚れたものだと苦笑しながら、湯を捨て、今度はシャワーに切り換えた。

ふと奇妙な感覚を覚えた。

誰かが浴室の中にいる？

そう思ったのは、シャワーカーテンの向こうに黒い影が走ったように思ったからだ。

だが、すぐにあの男が入ってきたのかと思いなおした。

せっかちな男だ。こっちとしては、ベッドに寝かせてもらえれば、いくらでもやらせてやろうと思っていたのに。

男は彼女が山道を歩いている時に車で通りかかったのだ。「お嬢さん、ヒッチハイクですか？　お乗りになりませんか」とセールスマンのように愛想のいい男だった。彼女に断る理由はなかった。男は詩が好きだという。ランボーや中原中也を特に気に入っているというが、どうも話を聞いてみると、それほどくわしいというわけではない。付け焼き刃の印象だが、彼女にはそんなことはどうでもよかった。男に話を合わせているうちに、表面上は意気投合し、道筋でたまたま見かけたこのホテルに入ることになった。

あの男なら、バタ臭い顔だし、体もよさそうだ。一回くらい抱かれてもいいかなと思った。男にもしばらくご無沙汰だったし。

「ちょっと待ってね」と言って、彼女はシャワーカーテンを一気に開け放った。

だが、浴槽の外には誰もいなかった。

全身から冷や汗が出てきた。彼女は浴室に入る時、内側から施錠したことを思い出したのだ。ふり返ってみると、さっきの影はあの男ではなかったような気がする。あいつはわりと長身だったが、影のほうはずいぶん小さかった。

彼女は誰かに監視されているような感覚を覚えた。いや、考えすぎか。人間というものを信用できなくなってから、ずいぶんたっている。人間に対する不信感が彼女の精神を歪めてしまっていたのだ。

彼女はバスタオルに身を包んで、浴室を出た。

男は黙って、テレビを見ていた。彼女が「お先に」と言うと、ああとうなずき、彼女の体を凝視しながら浴室へ入っていった。

男が置いていった背広のポケットを探る。名刺が一枚。安中市の車販売会社の浦田清という名前だった。免許証と財布はなかった。彼女を完全に信用していない証拠だ。その時、ドアにノックの音がした。彼女はバスタオル姿でドアまで行き、チェーンを掛けたままドアを開ける。

「お食事をお持ちしましただ」

異常なほど腰の曲がった老婆が外に立っていた。手拭いを頭に巻きつけ、まるで農作業を終えてきたばかりといった様子だ。

彼女はチェーンをはずしてから、ドアを開ける。老婆はお握り六個とお碗が二つ載った盆を持っていた。彼女は「ありがとう」と言って、盆を受け取った。老婆はうつむいたままで彼女と目を合わせようとはしなかった。老婆はそのまま受付のある玄関のほうへ歩み去った。

彼女は不吉な胸騒ぎを覚えたが、まだ湯気の出ているおにぎりを見て、猛烈な空腹感に襲われた。一個をつかむと、一瞬のうちに飲みこんだ。梅干しの酸味がさらに食欲を刺激し、彼女はもう一つ頬張った。タラコが入っていた。こんなに美味なものがこの世に存在するのかとさえ思えた。

それから、毒々しいほどの黄色に着色されたたくあんをかじった。ひさしく味わったことのない食感だった。ふだんは忌み嫌っている不自然なほど甘い人工甘味料や化学調味料もこの時ばかりは天上の美味に思えた。

おにぎりをさらに一つ。今度はおかか味だった。北海道の片隅で暮らしている両親のことが一瞬頭をよぎる。高校卒業までは陸上部に在籍しながら勉学に励んでいた田舎の少女だった。大学に入学したばかりの時、クラスにオルグに来ていた上級生に「ちょっと我々の集会をのぞいてみない？」と誘われて軽い気持ちで行ってから、彼女の人生は大きく変わった。

真っ白な頭の中に、たちまち過激な学生たちの思想が脱脂綿に赤いインクが染みるように吸いこまれていった。彼女は人民は立ち上がらなくてはならないと思いこみ、授業をそっちのけで革命運動に傾倒していった。田舎から来た女子大生にとっては、何でもよかったのだ。最初に新興宗教に誘われていたら彼女は熱心な信者になっていたかもしれないし、テニスサークルに誘われていたら彼女はスポーツや恋を楽しむミーハーな女子大生になっていたかもしれない。最初に出会ったものが、彼女の運命を決めたはずだ。

あれから九年——。長かったのか、短かったのか、彼女には判断ができない。

だが、すべては終わったことだ。今、彼女は警察の網をかいくぐり、緑山と荒岩山の中にアジトを転々と移しながら、逃げのびていた。

彼女は、感傷的な気分を排除し、非情な自分にもどった。両親のことも忘れた。

彼女はバスタオルを床に落とすと、全裸のまま、広々としたベッドに横たわった。またぞろ、誰かに見られているような奇妙な感覚が襲ってきた。

だが、彼女はかまわず、足を大きく開いた。体には自信があった。過去、彼女の上を何人もの男が通りすぎていった。死んだ男、尻尾をまいて逃げていった男、みんな情けない奴らばかりだった。

その時、浴室のドアが開き、男が現れた。全裸だった。股間に屹立する男性の象徴が男の気持ちを端的に表していた。

「いいわよ、いつでも。さあ、わたしを殺して」

天井にオレンジ色の照明があった。彼女はそのスポットライトのような光の中心に腰が入るように移動した。彼女は腰を浮かして男を挑発した。

「ああ、もちろん殺してやるよ。ハニー」

上気した男の顔に残忍な笑みが浮かんだ。「殺してやる」には二つの意味があった。


……………

6 ──「トイレの探検」

24

風がないのに、なぜか蠟燭が大きく揺らいでいる。炎の作る赤い筆先が嘘発見器の波動を描く線のように右へ左へ大きく振れる。それはまた我々の心の動揺を象徴しているようでもあった。

ユースケは那珂川映子に関する話を語り終えると、内容を咀嚼するかのように静かに目を閉じた。その話のどこまでが現実で、どこまでが虚構なのか、私には判別がつかなかった。

台風のさなか、水底《みなぞこ》から浮上した廃校の教室で百物語をやるという異常な状況。その中で、私たちは異様に興奮し、話はエスカレートしていた。なぜ、ホテルに泊まったのが那珂川映子で、その相手の男というのが殺人鬼の浦田清なのか、ユースケは明確に説明していないが、妙に説得力のある話だった。理屈よりは、話の内容だ。おもしろければいいという考えが根底にあるからだろうか。

私は知らず知らずユースケの話に引きこまれていた。もちろん、ユースケの話は稚拙で、文章化すれば読むに耐えないものなのだが、私自身、話に修正を施していることをここで明らかにしておこう。それにしてもユースケの訥々《とつとつ》とした語り口には、肌に粟を生じさせるほどの凄味があった。ユースケは、この異様な雰囲気を楽しんでいるのかもしれなかった。

ショックが癒えて、ようやく一息ついた時、私は一つの異変に気づいた。満男の姿がないのだ。

「あれ、進藤君は？」

蠟燭のまわりには三人しかいなかった。

「便所に行ったのは覚えてるけどな」と弘明。

「迷子になっちゃったのかなあ」

ユースケは、まだ話の余韻に浸っているのか、他人事《ひとごと》のように話している。

「誰か見にいったほうがいいんじゃないかなあ」

私はユースケを見た。弘明もつられてユースケに目を向ける。

「僕はいやだよ」

ユースケが首をふった。

「三人で行こう。みんなで行けば怖くない」

私は立ち上がる。

「でもさ、秀才よ」

弘明が言った。「結界ってのがあるんだろ。むやみに外に出ちゃ危ないんじゃないか」

「お守りを持っていけばいいよ。いくつか予備を持ってきてるから」

私は家内安全祈願として祖母にもらった生島足島《いくしまたるしま》神社のお守りを出した。「杉山君は何か持ってるか？」

「俺は、鎮守様の大吉のおみくじを持ってるぞ」

弘明は財布からくしゃくしゃになった紙片を取り出した。

「ユースケは？」

「僕、持ってない」

ユースケはぶっきらぼうに言った。

「じゃあ、君だけここで留守番する？　私と杉山君で見てくるけど」

私が意地悪く言うと、ユースケの顔色が変わった。

「やだよ。僕も連れてってくれよ」

「ＯＫ。辰巳君には家内安全の御札を貸すよ」

「蠟燭はどうする？　消すのか」

弘明が冷静に指摘する。「それに、見張りがいないと、危ないんじゃないか」

「いや、そのままにしておくべきだと思う」

我々三人は結界を踏み越えて、教室の外へ出た。その途端、屋外の強風のうねりが耳に飛びこんできた。教室のほうをふり返って、蠟燭が消えていないか確認するが、蠟燭の炎は別世界にあるように着実に燃えている。

私が懐中電灯を持って、先に立った。私の次をユースケ、しんがりを弘明がつとめた。

「おーい、進藤君、いたら返事してくれ」

廊下の両方向へ声をかけるが、応答はなかった。聞こえるのは風の音と、屋根から滝のように流れ落ちる雨音だけだ。懐中電灯の頼りない光は、漆黒の闇の中に飲みこまれ、その先をのぞかせなかった。

「便所に行ってみようぜ」

男子トイレに達すると、戸を押した。錆びつく音は、骨を削っているような不快な気分にさせた。私は首を突っこんで照明を当てた。

誰もいないが、三つある個室のほうの戸が閉まっていた。

「くせえな。満男の奴、クソしたのかな」

弘明は鼻をつまむと、手で扇ぐまねをして、くすくす笑った。

確かにそうだった。トイレの中は誰かが脱糞したばかりの生々しいにおいに包まれていた。私が戸口で懐中電灯を照らし、弘明がまず手前の個室から戸をノックした。

応答がなかったので、弘明は戸の差しこみ錠をはずして中をのぞいた。泥まみれの和式の便器は腐ってところどころ穴があいていた。

「いないぜ」

次の個室も同じだった。そして、その次、一番奥の個室だ。

「ここだ、ここだ」と言って、弘明がおどけながら戸を叩いた。返事がなかったので、彼は戸の錠をはずし、手前に引こうとした。だが、動かなかった。

「おかしいな」

弘明が力を入れたが、戸はびくともしない。「いるなら、返事をするはずだよな」

「そうだね」

私も試してみたが、戸は動かなかった。「進藤君、いるの？」

「のぞいてみたほうがいいんじゃないかなあ」

ユースケの言葉を私は待っていた。

「よし、辰巳君、君がのぞくんだ」

「僕が？　いやだよ」

「多数決だ」

私が手を挙げると、弘明がすかさず手を挙げた。ユースケに使い走りさせる時に、いつもやるパターンだった。「よし、二対一で辰巳君の負けだ」

「ひどいよ」

泣きそうになったユースケの背中を私は強く叩いた。長身の弘明がキリンのように頭を下げたので、私はユースケに弘明の肩に乗るよう指示した。

ユースケがしぶしぶ弘明の首をまたぐと、弘明は苦労しながら立ち上がった。肩車されたユースケの手が、内側から錠の下ろされた個室の上部にかかる。

「さあ、早くのぞけよ」

弘明に促され、ユースケは泣く泣く両手を戸の上端に乗せた。彼は弘明の肩の上で立ち上がり、なおも躊躇していた。

「ぐずぐずするな。おまえ、満男が心配じゃないのか」

弘明の一言で、ユースケは気持ちがふっ切れたようだった。彼は「わかったよ」と怒ったように言うと、勢いよく顔を個室の上に伸ばした。私は思わず唾を飲みこんだ。緊張の一瞬がすぎたが、ユースケは凍りついたように個室の中を見下ろしたままだった。

「おい、ユースケ、どうしたんだよ」

弘明が呻き声をあげる。「いつまでも立ってられちゃ、肩が痛くてたまんねえよ」

すると、ユースケは何を思ったのか、個室のドアを乗り越えて、個室の中に飛びこんだのだ。あっという間の出来事だったが、すぐに個室の内側から戸が開いた。

ユースケが出てきて、「誰もいないよ」と涼しい顔で言った。

個室の中には、確かに誰もいなかった。もぬけの殻という言葉が私の脳裏をよぎった。

私は個室に入り、便器の下を照らした。

したばかりと思える真新しい大便が乾いた汚泥の上にとぐろを巻き、胸の悪くなるような悪臭を放っていた。満男はどこへ行ったんだろう。

三つの個室は、便器の下で通じているようだ。弘明が隣の個室に行き、便器から首を下へ突っこんだ。

「床下には誰も隠れてないぞ」

私たちのトイレ探検は、何とも未消化で割り切れない思いを残して終了した。ついでに隣接する女子トイレものぞいたが、そこも人の気配はなかった。

校舎の外で、嵐が猛威をふるっている。まるで校舎全体が巨人の腕で揺るがされているようだ。ぎしぎしと軋む音が不気味だった。風が野獣のように咆哮し、雨が壊れたドラム缶を叩きつけるように降っていた。

我々は無力感に襲われながら、三年の教室にもどった。満男の身にもしものことがあったとしても、二階まで探索する気持ちは失せていた。

ところが、驚いたことに、蠟燭のそばに黒い影があったのだ。我々の気配に影がゆっくりふり返る。満男が不敵な笑いを浮かべていた。

「おまえら、どこへ行ってたんだ。心配するじゃねえか」

満男はズボンのポケットからくしゃくしゃになった諏訪大社の交通安全の御札を取り出し、私に突き返した。「秀才。これ、あんまり効かなかったみたいだぞ。ケッ」

そう言った満男の顔から虚勢の仮面が剝がれ落ち、理科の実験で化学反応を起こしたかのように一瞬にして不安の色に塗りつぶされた。満男の肥満体がひとまわり縮んだような気がした。

7――「台風上陸」 25

「俺さ、なんか、頭が変になっちゃったんだよ」

満男が両手で自分の頭を押さえつけ、悲痛な顔で私を見た。こんな弱気になった満男を見たことがない。「空耳っていうのかい、耳鳴りっていうのかい。耳の中で変な声がするんだよ」

「幻聴かなあ」と私。

「ああ、それそれ。幻聴だ。誰かが俺の耳に妙なことを囁きかけるんだよ」

満男は大きくうなずく。

「何が聞こえるの？」

「清ってさ」

「清？　浦田清のこと？」

「『清、やめんかい。清、いいかげんにしろ』って、俺に言うんだ。気味が悪くてたまんないよ」

満男はびくびくと周囲を見まわして、ぶるっと身震いした。蠟燭の周囲のほの明かりは教室の隅に達するまでに貪欲な闇に飲みこまれ、その奥は黒い壁があるだけだ。一つ目の蠟燭が尽きたので、私は二番目の蠟燭の芯に火を移した。

「いつから？」

「さっき、トイレに行ってからだ」

「そりゃ、悪霊にとり憑かれたんだな」

弘明が茶化すが、満男ににらみつけられ、きまり悪そうに肩をすくめた。

「おまえらのせいだ。おまえらが俺を脅かしやがるから」

満男はいまいましそうに毒づいた。

「それより、進藤君がトイレに行ってからのこと、くわしく話してくれない？」

私は満男の言葉を遮った。

「話すことはないよ。腹の具合がおかしくなったから、便所で用を足しただけのことさ。そんな時にのぞきやがって。すけべ野郎が」

満男の話は、矛盾しているように思えたし、会話の歯車が嚙み合わなかった。

「のぞいたって？」

私は聞き返した。

「おまえらが俺を脅かそうとして、いたずらしたじゃねえか」

「こっちは何もしてないよ。君がなかなかもどってこないから、三人でトイレへ行ってみただけだもの。ノックしても応えがないから、辰巳君が上からのぞいただけのことさ」

「けっ、ふざけやがって。このドすけべ」

満男はユースケに怒りの矛先を向けた。

「だけど、個室の中には誰もいなかったよ」とユースケ。

「俺はいたさ。しゃがんでたんだ」

満男はのぞかれたと主張するが、ユースケがのぞいた時、個室には誰もいなかった。時間のずれか、ちょっとした行き違いがあるのかもしれない。

「『制裁するぞ』って、怒鳴りやがって」

満男は口をつぐんだ。彼には話したくないことがあるのかもしれなかった。「でも、まさか……。あれ、おまえたちじゃなかったのか」

「那珂川映子じゃあるまいし。今どき『制裁』だなんて時代遅れの言葉なんか使わないよ」と私。

「もうやめようよ。みんな、無事だったんだからよかったと思わなくちゃ」

ユースケが険悪なムードを打ち破ろうと声をかけてきた。「『百物語のつづきをやろうよ。時間がないんだからさ。そうだろ、秀才?」

私は時計を見た。午後九時をすぎていた。

「そうだね。一時中断したけど、そろそろ再開しなくっちゃね」

蠟燭は全部で十本持参してきていた。一本の蠟燭で話が十くらいできるだろうとの計算だ。そのうちの一本はすでに燃え尽き、二本目に入っている。私はトランジスタラジオのスイッチを押した。定時のニュースの時間はすぎていたが、台風関係の臨時ニュースがタイミングよく流れてきた。男性アナウンサーの硬質な声が、電波障害を起こしているせいか、高くなったり、かすれたり、あるいはぷつりと切れたりする。そのことがまた我々の不安をかき立てた。

『……大型の台風は御前崎に上陸し、本州中部を横断し、そのまま北上する見込みです。中部地方や近畿地方で断続的につづいている大雨は静岡県に局地的な強い雨を降らせています。……気象庁によると、大雨は日本付近に停滞する前線に南から暖かく湿った空気が流れこんでいるためで、……前線は今後もほぼ同じ位置で停滞し、台風の北上につれて活発化しそうです。……静岡県中央部の大井川では河川の堤防が切れ……』

現実的な自然の脅威が、我々のつづけている百物語に影響を及ぼし、ストーリーを歪めているような気がしてならなかった。

「ええと、ユースケはどこまで話したっけ？」

弘明が言った。

「ベッドの上で浦田清と那珂川映子が対決するところだったよ」

ユースケの目にまた興奮の色が浮かんできた。

8——「密室・殺人」　26

101号室のドアには「Don't Disturb」の札が掛かったままだった。

緑山ホテルの主人、辰巳次郎はドアをノックした。あと一回、あと一回とつぶやきながら、すでに十回ほどドアを叩いていた。

「お客さん、お客さん、もうチェックアウトの時間ですが」

ここに二人の客がチェックインしたのは、昨夜の午後五時半すぎだった。食事がほしいというので、おにぎりを母親に持っていってもらったのが六時を少しまわった頃だ。

今は正午を十五分ほどすぎており、太陽は中天高くのぼっていた。

「いいですか、これが最後ですよ。鍵を開けますからね」

辰巳は中の人間に聞こえるように、大声で怒鳴った。客の車は駐車場に停めてあった。

まだ新車のように真新しい車なので、車を置いて出ていったはずはない。それにすでに前金で宿泊料は徴収済みなのだった。

まず思いついたのは、客室の二人に不測の事態が起こったということだ。いくら、セックスが目的で朝方まで励んでいたとしても、寝すごしたとは考えにくい。

心中？

二人が不倫の間柄で、もはや逃げ道がないと判断して、自ら命を断ったのか。ホテルのような客商売をやっている身には、不倫心中が一番こたえるのだ。これまでにも客室で二回ほど心中事件があって、警察の介入を受けていた。警察はまず変死と疑ってかかるから、厄介だ。現場検証のため、しばらくその客室は使えないし、よくない噂はすぐに広がってしまう。旧街道にあって、ただでさえ、客が少なくなっているのに、あの二つの事件は営業不振に追い打ちをかけた。そして、事件があったのは、なぜかいつも101号室だった。あの部屋に呪いがかけられていると思いたくもなる。

そして、今――。辰巳は気が滅入っていた。

最初に異変を指摘したのは彼の母親、秀子だった。朝方、フロントで仮眠していた辰巳を揺り起こし、「次郎や、101号室が変なんだ」と言ったのだ。

初め、またいつもの母親の癖が始まったかと思った。このホテルを建てたのは辰巳の父親、つまり母親の亭主である。戦後間もなく建った時、緑山ホテルは観光もしくは街道の旅人のための宿泊施設だったが、新しい街道が山裾を迂回していくようになってから、急速にすたれてしまい、実質的にラブホテルになってしまったのだ。

　隣町の旅館から嫁いできた母親にとって、それは屈辱的な出来事だった。彼女は妙な道徳観を持ち気位が高いので、セックス目的で泊まるカップルを不浄な存在とみなし軽蔑した。息子の辰巳次郎といえば、最初からラブホテルと割り切っていたので、むしろ、父親が四十歳で病気で急死して後を継がなくてはならなくなった時、建物を改築してもっと手広く、派手にやろうと考えた。

　母親の反対を押し切って、一階建てのモーターホテル形式のホテルを作ったが、最初の数年は物珍しさが手伝って、遠方からも客が来たものだ。だが、近隣にも派手な設備を売り物にするラブホテルができていくとともに、客足は遠のいてしまった。

　一応結婚はしている。裕介という中学三年の息子もいる。だが、妻はラブホテルのそばの住居に住むことをいやがり、実家のある作田町で息子ともども暮らしている。子供の教育上よくないし、いじめにあうかもしれない。それに、学校から遠いというのが妻の表向きの言い分だが、本当は辰巳の母と暮らすのがいやなのだ。正直にいえば、辰巳自身も母と暮らすのはあんまり好きではなかったのだが。

　母は口うるさく、仕事のことにまで口を挟んだ。

「次郎、ああしなさい」「あの二人はどうも怪しいよ」「わたしがあのふしだらな娘の母親だったら、即刻殺してやるね。あんな禿じじいとよろしくやって。あのじじいは安中の鉄工所の社長さ」「あの男、青葉ヶ丘中の教頭だよ。相手は英語の教師だ。へん、人格者ヅラして、ベッドの上でやることはマントヒヒ以下だよ。『ゆかり君、君の体はすばらしいよ。ヒッヒッヒ』だなんて言ってほしくないね」

母親は近隣の情報に通じ、客の素性もかなりの程度まで把握していた。「あたしが知ってることをばらしたら、町中、大騒ぎになるよ。まあ、校長や町長の首はふっ飛ぶだろうし……、フフッ、あたしがよからぬ人間なら、この情報をネタにゆすりをして一財産作ろうと考えるかもね」

実際、母親は詮索好きだった。チェックインの時、客の相手をするのは辰巳だが、母親は物陰からこっそり客の品定めをした。どうも客室の近くからものぞき見しているようで、辰巳が止めても聞く耳を持たなかった。

「次郎や、101号室が変なんだ」

と母親が言ってきた時もまたいつもの病気が始まったと、最初はうんざりしたのだった。「ちょっと見てきておくれよ、次郎」

「うるさいな。いいかげんにしてくれよ、母さん。まだ九時すぎだよ」

他に二組の客がいて、冷蔵庫や電話代がかかっていないので、そのまま車で出ていったのが九時前だった。101号室は泊まりで金をもらっていた。一応十時をチェックアウトの時間と決めているが、約款などにはっきりうたっているわけではなく、世間の常識程度の認識だった。中には十二時近くまでぐずぐずしている若いカップルも時々いるので、そういう時には内線で注意することにしている。

十時まで待ってチェックアウトする様子がないので、一度内線で電話してみた。受話器はすぐに取られたが、相手は何も言わなかった。

「お客さま、チェックアウトの時間でございますが、どうなさいますか？　時間延長もできますけれど……。十二時まで追加三千円で……」

電話はいきなりガチャンと切られた。礼儀知らずめと少し腹は立ったが、二人が部屋から出てきた時に、追加料金をもらうことにした。だから、彼は101号室のドアにずっと目を向け、チェックしていたつもりだった。

十二時になっても客は出てこなかった。もう一度内線を入れてみたが、今度は応答がなかった。

「次郎、見てきたほうがいいんでないのかい」

母親が言うまでもなく、辰巳は101号室へ行ってみることにした。それで、さっきからチャイムを鳴らしたり、ドアを叩いたりしていたのだ。

「次郎、合鍵を使うんだ」

「わかってるよ。母さんは引っこんでてくれ」

苛立った辰巳は母親を怒鳴りつけた。それからもう一度ドアを叩き、大声で声をかけたが、応答がないとみると、マスターキーを取り出して、鍵穴に差しこんだ。カチリと錠が解けたのを聞いた時、彼はいやな予感を覚えた。以前の心中事件の時の直感と似ていた。もわっとした腐臭のような生暖かい空気が彼のほうへ流れてきたのだ。

まずい。十時に電話をかけた時はまだ生きていたのだから、その後に自殺を決行したのかもしれない。今のうちに助ければ間に合うだろうと思った。

「次郎、早くするんだ」

母親の声を背後に聞きながら、彼はドアを手前に思いきり引いた。ガクンと激しい抵抗を受けた。ドアが反動でもどった。

「くそっ、チェーンが掛かってる」

辰巳は毒づきながら、建物の背後にまわった。部屋の窓側には黒沼という大きな沼が広がっている関係で、ボートでもないかぎり背後から直接部屋に近づくことはできなかった。どんよりとした曇り空とはいえ、視界は悪くない。水面は波ひとつなく、静かに黒っぽい濁った水を湛えている。客が部屋から沼のほうへ脱出したとは考えられなかった。

彼は母親に声をかけた。

「母さん、ペンチを持ってきてくれないか」

人の気配がしないので、ふり返った。母親の姿はなかった。

「まったく。肝心な時、いつもいないんだから」

辰巳は仕方なく事務所へ駆けもどり、大きなペンチを持ってきた。これまでにも、部屋の中で腹上死した老人とか、心臓発作を起こした者が何人かいて、何度かチェーン錠を切断する必要に迫られたことがあった。

彼は101号室のチェーンにペンチの刃先をあて、一気に切った。くそ、これでチェーン代がかかるな。ただでさえ、厳しい台所事情なのに、この出費は痛い。おまけにまた死人が出たとなると、よからぬ噂がたち、致命的な大打撃を被るだろう。

苦々しい気分で、彼はドアを引き、部屋の中に駆けこんだ。

部屋の中央にでんと据えられたダブルベッド。寝乱れた跡はあったものの、そこには誰もいなかった。ただ、シーツに血のような赤い染みがあるのが気になった。

奇妙だ。胸糞の悪くなるようなにおいは、この血から出ているのだろう。

辰巳はベッドの下やテレビの裏を見てみた。誰も隠れていない。

その時、浴室のほうでごとりと物音がしたのでどきりとした。客がいるのか。強引に部屋に入ったのはまずかったかなと後悔した。

「失礼しました。お客様」

と声をかけると、浴室の中から「誰もいないよ、おまえ」と母親の声がした。

「まったく、いつの間に」

辰巳は浴室を確認した。確かに母親の言うように誰もいない。客室には他に隠れるべきところはないのだ。窓を確認したが、錠は内側からしっかり掛かっていた。

「奇妙だ」

彼は独りごちる。客はどこへ消えたのか。十時に内線電話をかけた時は中にいたのに、十二時に部屋を破った時は室内から消えている。ドアのほうは辰巳がずっと監視していたし、沼側へは逃げられない。たとえ窓から脱出したとして、どうやって鍵を掛けることができるのか。ドアは内側からチェーンが掛かっているのだ。

「これは密室ではないか」

昔よく読んだ探偵小説に密室殺人というのがあった。状況があれに酷似していた。シーツに残っている血は、何らかの暴力沙汰があったと考えるべきだろう。

部屋の中に客たちの「遺留品」はなかった。

二人の客はこの世から煙のように姿を消しているのだ。

「次郎、よかったじゃないか」

母親が言った。

「ばかやろう。どうしていいんだよ。いくらおふくろだからって、人の不幸を喜ぶなんて許せない」

「次郎、誤解しないでおくれ」

母親が珍しく哀れな声をあげる。「死人が出なくてよかったといいたかったんだよ。これでまた心中事件が起こったら、もうおまんまの食い上げになるだろう、おまえ？」

「まあ、確かにそうだけど……」

たとえそうであっても、寝覚めの悪い「事件」だった。

客の車はそのままに放置されているし、どうも釈然としないのだ。

これは警察に届けるべきだろうか。

辰巳次郎は深い物思いに沈んだ。

…………

9——「トイレの密室」 27

「さっきの便所も同じ状況だったな」

ユースケが興奮気味に言った。「個室の内側から鍵が掛かっていて、のぞいてみたら、誰もいないって状況さ。犯人は空中に消えてしまったんだ」

「でもね。便所の個室ってものは、厳密に言えば、いくら鍵が掛かってたって上からは自由に出入りできるんだよ」

私は反論した。「君の父親、夢を見てたんだよ」

確かに密室殺人事件というのが探偵小説にはある。私だって、横溝正史の『本陣殺人事件』や『獄門島』などを夢中になって読んだことがある。だが、実際にはそんなことは起こらないものなのだ。紙の中の嘘っぱち、絵空事《えそらごと》にすぎないのだ。

「何か見落としがあったかもね」

私はしらけた口調で言った。それより先へ進みたかった。「さあ、次は進藤君の番だよ。君はまだ一度も話してないよね」

満男は瞑目して、一人だけ思考の世界に沈んでいるようだった。弘明に肩をつつかれると、満男は口に人差し指を当ててしーっと言った。

「なあ、みんな。聞こえないか?」

満男は両耳に拡声器のように太い手をあてた。

校舎は、まるで難破船が大波に洗われるように激しく振動していたが、結界を張った教室は別次元にあるごとく静かだった。

「何だよ。何も聞こえないぞ」

弘明がぶつくさ言った。

「車の音だよ。エンジンの音が聞こえないかね、諸君」

満男は懐かしそうに目を細めると、どこか遠くのほうを見つめた。別人格の人間が彼の体に憑依《ひょうい》したような大人びた言い方だった。肥満気味の体には、今や威厳と風格が加わっているようにも見える。

満男が言った「諸君」という呼びかけが、私をひどく不安がらせた。まるで誰かの霊が乗り移って、満男の口を通して話しているみたいではないか。

10――「脱出行」 28

「先生、帰りたいよ」

梓ゆきえはしゃくりあげていた。深い闇に閉ざされた緑山の中で、高倉千春の運転する車は立ち往生していた。台風の接近に伴って、帰路を急いでいた彼女たちを山に閉じこめたのは倒木だった。山麓へ降りる道を遮断し、別ルートも崖崩れや落石のせいで通行できなくなっていた。

水不足で弱りきっていた木が、大量の水で息を吹き返すより先に根元から倒れてしまったにちがいない。

女性教師と二人の女生徒は、山の中の狭い範囲に閉じこめられていた。カーラジオは途切れることなく台風情報を流しつづけている。台風はすでに静岡県の御前崎付近に上陸し、そのまま本州を横断するという。台風としての規模は大きくないが、大雨と強風を伴っており、早くもその被害が中部地方の各地で出ていた。

「大丈夫よ。助けにきてくれるから」

赤沢厚子がゆきえの背中を撫でて慰めているが、彼女自身も今では半べそをかいていた。

「こんな台風の中、誰が来てくれるのよ。道だって通れなくなってるじゃない」

ゆきえの言っていることは正しかった。この場合、無用な慰めを言ったら、よけいに生徒の不安を煽り、彼女たちをパニックに陥れてしまうだろう。

彼女たちがいるのは、荒岩山から緑山に入ったあたりだ。退路を断たれた末に進路も妨害されている。時々、強風が横から殴りつけるように吹きつけ、車体を激しく揺さぶった。千春は、巨人の国にまぎれこんだガリバーのような心境だった。

「わたしたち、このまま死んでしまうのね」

ゆきえが悲痛な声で言った。

「悲観的になっちゃだめよ。生きることを考えるの」

厚子がすかさず言い返す。「ねえ、先生。何か言って」

「わたし、逃げ道を考えてるのよ」

千春は冷静を装ったが、成功しているとは思えなかった。

「ほら、先生も言ってるじゃない？　もう逃げ道がないんだから」

ゆきえがすすりあげる。

その時、千春の頭にある考えが浮かんだ。

「そうだわ。逃げるんじゃなくて、どうせ逃げられないものなら、こっちから乗りこめばいいんだわ。雨風をしのげるところに一時的に避難するのよ」

「先生、そんなところがあるの？」と厚子。

「だって、よく考えてごらんなさい。ここはダムに沈む前までは村があったところよ。まだ住める家が残っていてもおかしくないわ」

「でも、水が……」

「ダム底は干上がってるわ」

「そうか、先生、やったね」

厚子はゆきえの肩を叩く。「ゆきえ、喜んで。あたしたち、助かるわよ。台風が抜けるまでそこに避難してればいいんだもの」

「ほんと？」

ゆきえの声に明るさがもどってくるとともに、車内に楽観的なムードが流れた。いつまでつづくかわからないが、このムードが壊れないうちにすみやかに移動しなくてはならなかった。

「そうとわかったら、出発するわよ」

千春はエンジンをかけて、アクセルを踏んだ。ヘッドライトの明かりに波打つ下生えの草々が照らしだされた。そして、そのすぐ先は光の届かない暗黒の世界だ。

森の中の道をゆっくりと進んでいくうちに、左へ曲がる道が見つかった。ゆるやかな傾斜で道は下っていた。そう、発想の転換なのだ。逃げることから、敵の本丸に乗りこんでいく発想なのだ。

「この道だわ」

確信があるわけではないが、他に考えられなかった。道があれば、必ず終着点があるはずだ。この道はけもの道にしては広すぎる。

ハンドルを切って、下り坂に入っていった。タイヤが砂利を嚙み、小石を弾き飛ばした。カアンと石が幹にあたって跳ね返り、後部座席のガラスにぶつかった。二人の女生徒はキャッと悲鳴をあげる。

千春は車を停めて、車内灯をつけた。石があたったところに蜘蛛の巣状のひびができていた。

「大丈夫、前進あるのみよ」

ダッシュボードの時間表示は、九時十四分を示している。千春は前方に注意を集中し、車を徐行させながら坂を下っていった。ヘッドライトの向こうに希望があった。少なくとも、そう考えないとやりきれなかった。

「二人とも頑張るのよ」

生徒に対するよりも自分に対する鼓舞の言葉だった。

突然、背後でずしんと地響きがあった。バックミラーを黒くて大きな影が素早くよぎった。樹齢数百年の大木が倒れたような音だ。間一髪のセーフ。首を縮めて怖がっている余裕はなかった。

崖から崩れたとおぼしき岩石が、路上の至るところに散乱している。

ゆきえが声を押し殺して泣いていた。気丈な厚子も今はゆきえにしがみついている。

「しっかり、もう少しよ」

三人の運命は、ひとえに千春のハンドルさばきにかかっていたのだ。ダッシュボードの淡い光に、彼女の手の甲の血管が浮きだして不気味な影を作っていた。

11——「鐘」

29

どこかで鐘が鳴っている。

空耳だろうか。私は耳をすまして、周囲を窺った。他の三人も不安そうに首をめぐらせているところを見ると、鐘を聞いたのは私だけではないようだ。

「鐘が聞こえるぜ」

満男がぽつりと言った。低い音だが、嫋々《じようじよう》たる音色はなぜか心に沁みこんでいく。一回、二回、三回……。その間、四人は息を止め、耳をすましていた。しんとした静けさが、教室の中に満ちた。

「十回だ。十回で終わったぞ」

ユースケが言った。私は腕時計を見た。十時一分だった。

「どこかで時計が鳴ってるんだ」

「柱時計みたいな音だったぞ」

「どうして廃校に時計があるんだ」

みな思い思いの感想を口にした。

「よし、この辺で百物語を中断して、学校を探検しよう。休憩を兼ねてね」

私の提案は、悪ガキどもに好意をもって受け入れられた。みんな、口には出さなかったが、本心は恐怖から解放されて、息抜きしたかったのだ。第二時限の終わり、話は二十まで進んだところだった。

「よし、一人一人お守りを持って、校舎の探検にいこう」

結界を越えると、途端に自然の猛威がステレオ音響のように周囲からぐんと迫ってきた。私は歯を食いしばって、恐怖を意識の下にねじ伏せた。

12――（片岡雄三郎・特別授業講義録より抜粋②）　30

さて、諸君。終業の鐘が鳴ったことだし、この辺でわが緑山中学校の内部を見てみたいと思わないかね。

よろしい。せっかくの特別授業だ。堅苦しい講義ばかりでは、諸君も飽きてしまうだろう。見てみたいというのが諸君の総意のようなので、私が諸君の先に立って案内しよう。何しろ、私はこの学校の生き字引みたいな存在だからな。

（えへんと咳払いの音）

さて、私がこの学校に赴任してきたのは、昭和五年だった。その頃は県の師範学校を卒業したばかりの教育の理想に燃えた若者だった。当時、時代は戦争に向かってまっしぐらに進んでいたが、それほど暗い世相だとは思わなかったな。私はお国のために奉公できる人間を一人でも多く作ろうという信念の下、頑張った。

その当時、ここは緑山尋常小学校と名乗っていた。諸君は信じないだろうが、木のにおいと温もりがまだ残っていたのだ。あの頃はよかった。

この学校では今の小学生の年齢の子供たちが学んでいた。そう、人数にしたら、百五十人はいただろう。それから、戦争に突入し、学校は緑山国民学校と名称が変わった。昭和十八年、私のところに赤紙が来た。つまり、召集令状というわけだ。子供たちを置いていくのは悲しかったが、私にもお国に奉公する義務があった。ミッドウエーの海戦に破れ、お国の形勢は悪くなっている時ではあったが、我々一般人民にはそうした情報は知らされず、私自身も神国は負けないという気持ちでいたのだ。

緑山の村中の人たちが国旗を振って私の出征を見送ってくれた。「片岡雄三郎君万歳! 天皇陛下万歳!」の声が、この広い谷間に轟きわたったのを今でも鮮明に覚えている。泣けたよ。この人たちのためにも頑張るぞと思ったね。だが、その一方で教育すべき子供たちのために死んではいけないという気持ちもあった。

私は配属が決まると、すぐ南支に派遣された。南支、つまり南支那だ。今の中国をかつては支那と呼んだが、その南に位置するフランス領のベトナムやラオス、カンボジアはひとくくりで南支と呼ばれていた。私はベトナムからカンボジアへ転戦した。そうそう、自慢というほどではないが、まだ即位したばかりの十代の若きシアヌーク国王をジャングルの中で見たことがあるぞ。

それからタイに行き、マレー半島からスマトラ島へわたった。ビルマに向かわなかったのが、結果的によかった。多くの戦友をビルマで失ったが、自分は比較的戦闘の少なかったスマトラに行ったことで、命を失わずにすんだと思っている。

それでも、何度か敵と遭遇した。お国のためとはいえ、敵兵を一人だけあやめたことがある。相手は中年のオランダ兵だ。夜間、立哨している時、いきなり相手がジャングルの中から飛び出して、私に向かってきたのだ。私は自己防御のために殺さざるをえなかった。咄嗟《とっさ》に銃剣をかまえたところに、敵兵が飛びかかってきた。私は恐怖で体が麻痺状態で、それが結果的に幸いした。硬直した私の銃剣に相手の胸が突き刺さってきたのだ。相手が小さな悲鳴をあげ、信じられないような目で私を見た。私だって自分の目が信じられなかったよ。

深々と刺さった相手の体を私は悲鳴をあげて放りだし、腰を抜かして、その場にへたりこんだ。

その時私は一人だったが、すぐに応援が駆けつけてきて、小隊長がよくやったとほめてくれたよ。今でも、あのオランダ兵の目を忘れることができない。あの男にも家族はあっただろうに。青い目が混濁していく瞬間、私は男の目にその家族を見たと思った。

今でもうなされることがある。夜中にがばっと起きて、十字を切る。私は浄土宗の人間だが、その時だけはオランダ兵が信仰していたであろうキリストに許しを乞うのだ。

おっと、ずいぶん脱線してしまったね。

終戦後しばらく、私はスマトラ島に留まり、昭和二十四年に復員してきた。そして、また緑山の地にもどったのだが、その二年前に学制改革があった。

この学校は小学校と分離し、新制の緑山中学校として新たな道を歩み始め、私は小学校ではなく、中学校の教師として再出発することになったのだ。

(激しく咳きこむ音)

失礼、最近どうも胸の調子が悪くてね。戦後、栄養状態が悪い時に、軽い結核を患ったことがあって、どうもその時の古傷が痛むらしい。

(スリッパを擦る音)

それでは、まず二階のほうから説明しよう。階段に注目してほしい。ここに歴代の校長の肖像画が並んでいたが、今では私だけのものになってしまった。私が校長になったのは麓に移転してからだが、同じ名称の学校に在籍したわけだし、その功績に免じて許してほしい。

だが、私は学校を去ってこのまま壁に掛かって、諸君やこの学校を見守りたかったたのだ。悪いことをしたり、いじめがあったら、私はこの高みから諸君にどしどし注意を与える。わかったかね。

(痰を切る音)

いいか、諸君、遠慮しないで叱責するから、そのつもりでいてほしい。

私の魂は、この校舎の中を漂っているのだ。それを忘れないように。

(えへん。スリッパを擦る音)

ええい、くそっ。この痰ときたら、しつこくて。

…………

13――「肖像画」　31

「おいおい、この肖像画、気味が悪いな」

弘明が階段の踊り場に立ち止まり、懐中電灯の光を肖像画にあてた。髪を七三に分けた角張った六十前後の男の上半身像が描かれている。スポーツで鍛えたようながっしりした体格で、体全体から自分の意志は絶対曲げない頑固さが窺える。偏屈といってもいいほどだ。

「今、あいつ、俺たちをじろりと見たような気がするぜ」

肖像画の目が、にらみつけるように我々を見下ろしていた。少し位置を変えても、男は確固としていささかも視線を逸らさない。四方八方どこにいても、にらみつけているような不思議な描き方をされているのだ。私は日光へ行った時に見た「八方にらみの竜」を思い出した。天井に描かれた大きな竜は、部屋のどこにいても視線を逸らさず、厳しい目でにらみつけてくるのだが、この校長の目はそれを彷彿とさせる。

「脅かすのはやめてよ」

ユースケが、天然パーマの髪に手を突っこみながら、髪をかきむしった。

「この人は校長だよ。うちの父親の話では、ずいぶん厳格な人だったらしいね。いたずらする生徒には、容赦なく体罰を与え、震えあがらせていたんだって」

私はその他にも、校長の芳しからぬエピソードをいろいろ聞いていた。「片岡雄三郎といえば、泣く子も黙るって評判だったんだってさ」

あ、そうか。私は職員室に片岡という名前があったことを思い出した。迂闊だった。あれはこの片岡のことなのだ。

私は、片岡雄三郎が感情の起伏が激しく、機嫌が悪いときにはささいなことで怒りを爆発させたことをみんなに話した。遅刻した生徒には校庭をウサギ飛び十周、いたずらを見つけた時は容赦なく往復びんたを食らわせ、剣道の竹刀《しない》で尻を思いきり叩くということもあったと。

「うちの父ちゃん、耳をぶたれてから、耳があまりよく聞こえなくなったってさ」

満男が憎々しげに言う。

「今だったら、暴力教師ってことで、PTAの突き上げを食うよな」

弘明も同調した。

「でも、機嫌がいい時は反対に気味が悪いほど優しくなったそうだよ」

私はフォローしておいた。「何でも、戦争に行ってきてから、性格が変になったんだって」

「今も生きてるの？」とユースケ。

「さあ。引退後は山向こうの松井町に住んでるって話は聞いたけど、もう死んでるかもしれないね」

「だけど、秀才。ちょっと変だと思わないか？」

弘明が口を挟んだ。

「何が？」

「いいか、この学校はダムが干上がるまで、水の底にあったんだぞ。もし、この肖像画が水に沈んでたら、こんな形で壁に掛かってると思うか？」

弘明は言外に、最近になって誰かが絵をここに掛けたんじゃないかとほのめかしているのだ。「絵だって、消えないでちゃんと残ってるんだぞ」

でも、誰が？　こんなところに誰がわざわざ掛けに来るのだ。

屋外の風雨の音が、重苦しい沈黙に包みこまれてしまった。不気味な静けさがあたりを支配した。四人は戸惑い気味に顔を見合わせた。

「なるほど、確かにそれは言えるね」

私は肖像画の表面を手でなぞった。額は石膏を固めたようなもので、絵はガラスでちゃんと保護されていた。「ガラスで守られて、大丈夫だったんじゃないのかなあ。この校舎にしたって、水没してたのに、ちゃんと残ってるんだから、それほど不思議だとは思わないけどね」

「気持ち悪いから、上に行こうぜ」

弘明が私の肘をつついた。

「そうだね。懐中電灯はもったいないから、節約のためにみんなのは消してね。一つだけつけとくから」

私が先導役になり、後ろから三人がついてきた。

二番目を歩くユースケが、ほとんど悲鳴に近い声で言った。「ねえ、ここに誰かがいるんじゃないの？」

「ばかやろう、幽霊じゃあるまいし」

満男がユースケの頭を小突いた。

「百物語なんて、悪ふざけをするから、こんなことになるんだよ」

「うるせえ、黙らねえか」

満男がユースケの腰を蹴飛ばした。ユースケはたまらず、前につんのめり、階段の手すりにつかまった。手すりがぐらりと揺れ、根元からぐずりと崩れるように折れた。階段の下に落ちかかったユースケの体を満男が慌てて後ろへ引きもどす。

「気をつけろ。ばか」

歯が抜けるように、折れた手すりが階段の下の闇溜まりの中へ落ちていった。数秒後、どすんと鈍い音が返ってきたが、その音は私の心臓にぐさりと突き刺さった。

「ばかやろう。おまえがよけいなことを言うからだ」

しんと静まり返った暗闇から、今度は嵐の音が押し寄せてくる。我々は魔物に追いたてられるように二階へ上がった。

14――(片岡雄三郎・特別授業講義録より抜粋③)

32

……さて、諸君、待たせたな。二階を案内しよう。

まず左手の最初の部屋が一年生の教室だ。まあ、ここはくわしく説明することもあるまい。机や椅子は片づけられてしまったが、往時を偲ぶことはできるだろう。

私はまだ新米教師の頃、この教壇に立って、私をじっと観察する生徒たちを見つめた。

新制中学として再出発したこの学校に、戦地から復員してきたばかりの私は赴任していきなり一年の担任を任されたのだ。諸君は信じられないだろうが、初めての授業の時は緊張して足が震えたよ。声だって、たぶん上擦っていたと思う。みんな山国で育った悪童どもだから、いたずらが大好きで隙あらば攻撃してくる油断ならない連中ばかりだ。最初のうちは私もなめられて、椅子に画鋲を置かれたり、黒板消しを教室のドアに挟んで、私が入る時に落ちるように仕掛けられたりしたものだ。

だが、私はかっとなると、自分を抑えられなくなることがある。ある時は怒りのあまり級長を黒板の前に呼び出して、「おまえの監督不行き届きだ」と鉄拳の制裁をした。それからだ、いたずらがぴたりとなくなったのは。みんな、私を怒らせたらどうなるか身をもって知ったのだろうな。

(黒板を竹刀《しない》で叩く音)

私は柔道部と剣道部の顧問をつとめて、厳しい指導をしたが、一生懸命やる生徒には、優しく接したし、怠ける生徒には容赦なく手をふり上げた。そうした教育が効果をあげて、県の大会でもかなりの上位に食いこむようになったのだ。

私は生徒はもちろん、父兄や地域住民の尊敬を集めるようになった。

もちろん、勉学の優秀な生徒には、それなりの指導をした。野沢北高校へもかなりの数の生徒を送りこむこともできたし、高校にあがった連中も地元の信州大学はもちろん、東京や仙台の旧帝大に進んでいった。

私は鼻高々だった。

勉学ができない子供であっても、スポーツに秀でた者もいるし、手先が器用な者もいる。だめな人間は一人もいない、みんな何かしら特技を持っているというのが私の考えだ。私は少しでも長所があれば伸ばしてやるという方針で、生徒一人一人に接した。

国の中央で活躍する者、地域の発展のために尽くす者など、さまざまだが、卒業後もみんな私を慕ってくれている。今度の特別授業にしても、卒業生たちが、引退し無聊をかこっている私のためにセットしてくれたのだ。

今、私が話していることはすべてテープに録音されており、まとめられたものが卒業生の希望者に贈られることになっている。私は諸君が一家団欒のひととき、息子や娘たちに昔こんな熱血教師がいたんだよと話しているのを想像しながら講義をしているわけだ。

少々退屈なところもあるだろうが、しばらく我慢して付き合ってほしい。かつて、諸君は私の前で忍従を強いられただろう。それがばねになり、諸君は社会へ羽ばたいたのだ。そのことをもう一度思い出してほしい。

（スリッパの音）

おっと、この柱に傷がついている。諸君の先輩のいたずら書きだ。

相合い傘に、「片岡」と「島村」と書いてあるのが見えるだろうか。これに関しては、私は許すことにした。なぜなら、「片岡」は私のことだし、「島村」とは私の妻だからだ。

私と島村さつきは、この学校の同僚だった。さつきは美術の教師で、私より一つ年上だった。この不器用な熱血教師にとって、唯一頭が上がらない存在だった。下宿先が隣同士で、学校の往復によく一緒になったのが接近するきっかけとなったのだと思う。彼女は、教育における私の悩みにも耳を傾けてくれたし、私も東京から疎開してそのままこの地に留まった彼女の悩みを聞いた。

そんな若い二人が恋に落ちるのは当然だ。

（ドアを開ける音）

さて、この隣の教室が美術室だ。狭い村の中で二人きりになれる場所は少なかった。狭い地域社会では噂が伝播するのは早く、めったなことはできない。したがって、我々の逢瀬の場所はこの美術室になった。

放課後、彼女はここで何人かの生徒を集めて美術部の顧問をしていたが、生徒たちが帰ってから、我々は二人だけの時間を楽しんだのだ。最初に結ばれたのが、私が宿直の時だった。

まあ、こういう授業だから、くわしいことは言えないが、恋の炎はたちまち燃え上がってしまった。石坂洋次郎の『青い山脈』などが評判を呼んでいた時期だったのを今でも鮮明に覚えているよ。我々はあの小説の中の主人公と相手役だったと思っていたものさ。

隠密に行動していたつもりだが、誰かが見ていたんだろうな。我々の噂はすぐに村中に広まってしまったのだ。

だから、我々も婚約することで、噂に対抗した。噂はすぐに温かい祝福の嵐になったというわけだ。

（咳払いの音）

また脱線してしまったね。つまりだ、このようないかつい校長の私にも人並みに恋の病を患う時期があったということを言いたかったのだ。私にだって、感情はある。恋だってするし、生徒の一人一人のことで思い悩むこともあるんだよ（笑）。

どんな子供にだって長所はある。それを見つけて、拾いあげ、育てるのが教師としての務めなのだ。私も至らないところが多い人間である。それは自覚していることでもあるが、その私でさえ、匙《さじ》を投げた生徒がいた。

それが、さっきも言及した浦田清という奴だ。

確かに、あいつにも同情すべきところはある。私生児だったし、実母の都合で松井町の養父母のところに預けられたのも、可哀相といえば可哀相な境遇だ。

養父母は子供ができず、もらった清を猫可愛がりした。盲愛というやつだな。清を「ぼくちゃん、ぼくちゃん」と言って、何でも言うことを聞いたり、ほしいものを買ってやったのだ。もともと頭のねじの狂ってる奴の狂気を助長したという意味で、養父母の責任も重大だ。

浦田清は、家庭の事情でこの学校にほんの一時期、通っていたことがある。だが、預けた先が音《ね》を上げて、清を安中に送り返してしまった。

清がここに通っていた短い間、私は彼の疑惑の行動をうすうす知っていたが、証拠がなかったので、何も言えなかった。彼がここを出ていってから、悪質ないたずらがなくなったことで完全に証明されたと思う。

あいつは表面はまともに見えるが、裏でやっていることは陰険きわまりなかった。飼育していたウサギの惨殺、ガラス割り、壁に書いた卑猥な落書き。女性の性器を白墨で書いたり、教師を中傷する言葉を書いたりしたものだ。

表立っていじめはしないが、悪童のボスに対して陰険ないたずらをしたらしい。本人にではなく、家族に対して、いやがらせをしたり、変な噂を流したり、ボスの心の内面に動揺を与えるような卑怯なやり方だった。

後になって、何となくわかってきたが、あいつのやり方はじわじわっと効いてくる。ちょうどボクサーのブロー攻撃のようにだ。そうそう、あいつは美術部にも入っていたつけ。私の妻も一時、彼の指導をしたことがあった。

（スリッパを擦る音）

おっと、また脱線してしまったな。浦田清のことは、警察に任せればいいとして、私は特別講義をつづけなくてはならない。

さてと……。

おやっ、教室の外に誰かいるのかな。浦田清だったりして……。私だって、たまには冗談を言うのだよ（笑）。

（ドアを開ける音）

…………

15——「彫像」 33

進藤満男が一年の教室のドアを少しだけ開けて、中をのぞきこんだ。

「ほら、見ろ。誰もいないじゃないか」

満男はそう言うと、滑りの悪いドアを苦労して全部開けて、まず最初に自分が中に入った。それから、私と弘明がつづき、最後にこわごわといった様子で、ユースケが入ってきた。

一年の教室はがらんとしていた。椅子もなければ机もない。やはり泥が床全面を覆っていた。窓ガラスが完全になくなっているので、窓からかなり激しい雨が吹きこみ、窓際の泥はぬかるんで、床に一部水溜まりができている。

「すごい風だな」

猛威を奮う台風は、教室をほとんど直撃するほどだった。ガラスがあったら、たちまち粉微塵《こなみじん》になってしまうだろう。二階のほうが直接風を受ける位置にあるため、一階より風の被害が大きかった。それでも、木っ端《こぱ》や細かい泥のようなものが頬にちくちくと当たってくる。

どこか遠くのほうでごろごろと雷鳴が聞こえる。こんな台風の時に、雷が鳴るのは不思議だったが、数瞬の後、稲妻が走った。

「隣を見てみようぜ」

我々は一年の教室を出て、その隣の美術室へ入った。こちらも広さは同じくらいだったが、イーゼルやスケッチや未完成の彫像や絵の具の干からびたパレットが無造作に床に転がっていて、いかにも美術室の趣だった。

だが、その中でもひときわ目を引いたのは、男を描いたデッサンだった。どうして水没した校舎の中にそんなものが残っているのか。

「あいつだよ」

ユースケが言った。

「さっきの階段にあったのと同じさ」

「校長か？」

満男が目を剥いた。

「こっちの絵はずいぶん若いけど、同じ人間を書いてるような気がする」

「ユースケに同感」

そう言いながら、私はわけもなく背筋を走る冷たさを意識していた。それに、この未完の彫像もよく見ると……。

「これも校長だぜ」

弘明が気味悪そうに言った。「どうなってんだよ」

手分けして物陰に誰か隠れていないか確認したが、不審なものは見つからなかった。それより、大人が一人入れるくらいの大きな木箱の中に、いくつもの白い頭像が雑然と置かれていたのだ。まるで首狩り族に切られた頭部のようだった。

おかっぱ頭もいれば、坊主頭もいる。生徒が自分の顔をモデルに作ったらしく、ぎごちないのだが、それでいて生々しい存在感があった。それが賽《さい》の河原に積み上げられた供養の石のように、いくつもごろごろと積み重なっているのだ。奇妙なことに、その彫像のすべてが上向きにされていた。

「あれ」と言って、ユースケがその中の一つを取り上げた。私たちの視線もいっせいにユースケの両手の中の頭像に向いた。

面長で、外人のように鼻筋が通っている彫像だった。決して出来がいいものとは言えないが、モデルの特徴をしっかりとらえている感じだ。私は既視感を覚えた。どこかで見たことがある顔だ。

「こ、これ、浦田清だよ」

ユースケの悲鳴に呼応するように、屋外の風が校舎の隙間を笛にして、哀しげな旋律を奏でていた。ユースケの悲鳴が途切れたが、その口は瞬間冷却されたように大きく開かれたままだった。私たちは声を失って、不気味な彫像に視線を釘付けにしていた。強力な磁石に吸いつけられたように視線を逸らすことができなかったのだ。

ユースケ自身も頭像を放り出そうと手を振るが、頭は吸盤で吸いついたように離れなかった。

「何だよ、こいつ。畜生」

ユースケは足をばたばたさせて、両手をふりまわした。見かねた満男が、ユースケの手からひったくるように頭像を取り上げ、木箱の中に投げ出した。頭像はごつんと鈍い音を立てた。高い鼻の先がぽろりと剝離した。

木箱の中から「浦田清」が恨めしげに満男を見た。

「うへえ、気持ちの悪い奴だ。俺をにらみつけやがったぜ」

満男は吐き捨てるように言った。弘明が上擦った声で笑った。

「満男、そんなことすると、おまえ、呪われるぞ」

「けっ、勝手にしろってんだ」

「でも、どうして、こいつがここにあるんだろう」

私は木箱の中にしまってある頭像を見ながら、秦の始皇帝陵から最近見つかった兵馬《へいば》俑《よう》を思い出していた。無数にあるあの等身大の彫像は皇帝の死体を護衛するためのものだと新聞に書いてあった。厳しい面構えの彫像たちは、墓を暴く賊に今にも飛びかからんばかりに見えたが、この木箱の頭像たちも誰かを守護しているように見えた。

だが、一体誰を守るというのだ。

木箱は水を吸って、ぼろぼろの状態だったが、頭像だけはほとんど昔と変わっていないようだ。

私は、おやっと思った。

おかっぱ頭や坊主頭の少女の中に、一つの頭像があって、私の目を引きつけた。大人の女性だ。たまご型の顔で、ウェーブのかかった髪が顎のあたりまで伸びて、整った顔だちをしている。頭像としての出来が悪いので、本物をどれだけ写しているのかわからないが、かなりの美形に見える。おそらく、中学の教師だろう。

それから、またあの校長がいた。若き日の校長と女教師がまるで道祖神の夫婦同士のように寄り添っている。それを「浦田清」がうらやましそうに見ている。隙あらば、女を襲おうとしているように見えるのは私の考えすぎだろうか。

その時だった。廊下のほうでごとりと物音がしたのだ。

風がたてる音とは異質の音だった。建物全体を震わせる台風の音が一瞬やみ、その音だけがことさら大きく響いた。

四人は動きを止め、廊下のほうへ耳をすました。

私は唇に人差し指をあてながら、足音を忍ばせて、扉のほうへ移動していった。私は身振りで満男と弘明に後ろの扉へ行くよう指示し、ユースケに私についてくるように合図した。二手に分かれて、廊下に潜む人影をつかまえるつもりだった。

私たちが前の扉に達した時、満男たちも後ろの扉についた。私は大きく「それっ」と叫んだ。前後の扉が同時に開かれ、四人は廊下へ飛び出した。

だが、廊下には誰もいなかった。

廊下の突き当たりの扉が、風に吹かれ開閉を繰り返していた。扉が開く時、ドアは鞭で骨を叩くような大きな音をたて、突風が廊下を吹き抜けた。階下で重いものが倒れる音がした。

ユースケがひいっと喉の奥で悲鳴をあげて、その場にしゃがみこみ、両手で耳をふさいだ。

「僕、もう帰りたいよ」

16——（片岡雄三郎・特別授業講義録より抜粋④） 34

さて、諸君。次は音楽室を案内しよう。

（ドアを開ける音）

バッハにモーツァルト、ベートーヴェン、ブラームスの肖像画が壁にずらりと並んでいるのを見てくれ。壮観だろう。私は同盟国だったドイツの作曲家は大好きだが、どうもクラシック音楽は苦手でな。

ただ、リヒャルト・シュトラウスという作曲家は気に入っている。その御仁はわが国の紀元二千六百年の時、勿体なくも畏くも天皇陛下のために献上し奉る、奉祝祝典音楽を送ってきたのだ。ラジオで聞いたことがあるが、なかなか厳粛で立派な曲だったぞ。それから、同盟国イタリアのイルデブランド・ピッツェッティという作曲家の紀元二千六百年奉祝の交響曲もあったが、正直言うと、こっちは好みじゃなかった。

（咳払いの音）

私は歌はうまいほうじゃないが、歌をうたうのは大好きだ。この学校が国民学校と名乗っていた時、よく歌った曲がある。

当時、紀元二千六百年を祝って歌ったものだ。先生が歌ってみるから、よく聞くように。

（深呼吸の音）

「紀元二千六百年」
金鵄《きんし》輝く　日本の
栄《は》えある光　身にうけて
いまこそ　祝《いは》へ　この朝《あした》
紀元は二千六百年
　ああ　一億の胸は鳴る

（溜息）

どうだね。音程が少し狂ってるかもしれないが、往時の息吹《いぶき》が伝わったのではないかと思う。

ああ、懐かしい。この歌を聞くと、胸がきゅんと締めつけられるよ。戦地でこの歌を思い出し、お国のために戦おうと誓ったものだ。でも、後で考えると、戦地から生きてもどれて幸せだった。そうでなかったら、私はこの中学校に赴任することもなく、みんなと顔を合わせることもなかった。それに、私自身のことだが、生涯の伴侶とめぐり合うこともなかったのだ。

さて、このピアノで旧緑山中学校の校歌を弾いてみよう。一本指で弾くので、ぎこちなく聞こえるだろうが、まあ、許してほしい。余興だよ、余興。

(息を吸う音)

みどりしたたる　山のなか
静かにたたずむ　わが学びの舎《や》
希望に燃える男《お》の子と女《め》の子
共に学ばん　明日《あした》のために
ああ　緑山　緑山中学校

この曲はもともと国民学校の校歌だったのだが、新制中学校になった緑山中学校のために歌詞が一部作りかえられている。

さて、諸君、校舎めぐりの感想はどうだったかな。

（鐘の音が流れる）

お、もう時間か。では、二時間目の特別授業をこれで終える。

（起立、礼という掛け声。ドアを開ける音。スリッパの音が遠ざかっていく）

35

17——「奇跡の鐘」

我々は音楽室に入っていた。壁に掛かっていた作曲家の肖像画はそのままだったし、ピアノも残っているが、鍵盤が錆びついて、骨を叩くような不気味な音が出た。机も椅子もなく、教室の中はがらんとしていた。

「ここにもいないぜ。一階にもどろう」

と満男が言った時だった。

鐘はこんな時でなかったら、丘の上の教会の鐘楼から響くような風情ある音色で我々の心を楽しませていたかもしれない。だが、時間も場所も最悪の場面だった。すでに夜の十時をすぎ、台風はさらに勢いを増していた。二階にあるもう一つの部屋。札がないのではっきりしないが、工作室か作業室のような感じの部屋に誰もいないのを確認して、やれやれといった気分で一階へもどろうとしていた。

それがこの世の終わりを告げる鐘のように聞こえたのは、私だけだっただろうか。三人は声を失っていた。

「みんな。今の鐘、聞こえた?」

私の問いに、三人はうなずいた。

「空耳じゃないよね?」

「ああ、間違いなく一階から聞こえたぞ」

満男が言った。「行ってみるか。こっちは四人なんだぞ。束になってかかったら、絶対に負けるもんか」

「よーし、みんな。武器になるものを持っていこう」

私が号令をかけると、満男と弘明がおうと応じた。我々は美術室に入ると、思い思いに壊れたイーゼルや頭像を手に持ち、隊列を乱さずに階下へ降りていった。

踊り場で、懐中電灯の光にあたった校長の肖像画が、我々に迷惑そうな一瞥《いちべつ》を投げてきた。私は思わず顔を伏せて、階段に光を当てた。

鐘はまだ鳴り響いていた。鳴らす者の心の不安定さを表すように、気まぐれに強くなったり弱くなったりしている。

「職員室のほうだぞ」

満男が光の届かない闇に向かって、突撃隊長のようにイーゼルを突き出した。

「いや、小使い室だ」

弘明がはやる満男の気持ちを抑えつけた。

今度は満男が先頭になり、私と弘明とユースケが一列になってつづいた。

小使い室のドアが開いていた。というより、ドアが風のためにはずれて、廊下に倒れていたのだ。暗黒の空間から悲鳴のように唸る生ぬるい風が吹きつけてきた。懐中電灯を持っている私と満男が部屋の中に飛びこんで、サーチライトのように眩い光を素早く這わせた。まるでＦＢＩの特殊部隊が悪の巣窟に突入する気分だった。

「あれだ」

私が叫んで指を差した。

小使いによって授業の始まりと終わりを告げる真鍮の鐘が、窓際のフックに掛かっており、破れた窓から吹きこむ風に左へ右へ振り子のように揺れていた。

死せる小使いの魂が、大自然の力を得て甦ったような不気味さが私の胸にひしひしと伝わってきた。私はこの日初めて腹の底から突き上がる恐怖を肌で感じた。

「なあ、これって、百物語のつづきなのかよ」

弘明がぽつりと漏らした。「俺たち、呪われちまったのかな」

「百物語の中に取りこまれちゃったんだよ」

ユースケが絶叫し、両手で両耳をふさいだ。「だから、こんなこと、いやだと言ったのに」

屋外の風が咆哮していた。校舎がみしみしと不吉な軋み音をだしている。ユースケの悲鳴が絶妙の和音を奏でていた。

真鍮の鐘が風に飛ばされてフックから落ち、廊下のほうへころころと転がりだした。まるで休み時間を告げるようにけたたましく鳴った。

36 〔休み時間〕

……こつこつと何かが叩かれている。

彼女はゆっくり覚醒していった。

ここはどこ？　わたしはどこにいるの。

粘りつくような重い暗闇が、彼女の体をすっぽり覆い隠している。わたしはベッドの上。廊下の常夜灯の光がドアの曇りガラスを通して、部屋の中に忍びこんでくるので、物の輪郭ははっきりつかめた。六つあるベッドには、彼女の他に誰もいない。

彼女は一人でその広い病室にいた。体に粘りつくような暑気が部屋に重く淀んでいる。窓を開ければ、涼しい夜気が入ってくるはずだ。そう思って、窓へ視線を移した時、彼女の全身に鳥肌が立ち、部屋の中はたちまち冷気に包まれた。

こつこつと窓ガラスが叩かれている。黒い影が窓に張りつくようにして彼女を凝視していた。

記憶が寄せてくるさざ波のように脳裏に甦ってきて、彼女は瀕死の金魚のように口を開いた。

「どうしてほしいの？」

しゃべっていないのに、彼女の意志は相手には伝わっているようだ。

――中に入れてくれないか。

そうだわ。さっき、あの人が中に入れてくれと言っていたんだっけ。

「でも、だめなのよ。ここは診療所なんだもの」

窓の内と外でテレパシーのような会話が交わされている。相手の伝えたいことはなぜか彼女の耳によく入ってきた。

――君に会いたいんだ。

「だめよ。わたしは病気なの。あなたにうつったらたいへんよ」

――いいんだ。かまわない。君が好きだから。

「そういう問題じゃないでしょ。それにあなたとは初対面なんだから」

――僕が君に口づけすると、君は甦るんだ。

「わたしは白雪姫みたいに眠ってるんじゃないのよ」

――僕は君が好きなんだ。僕を救ってほしい。

「まあ、吸血鬼みたいな人」

――お願いだから、ここを開けてくれ。君と結ばれたい。

「結ばれる？　何のこと？」

その時、稲光が走った。一瞬の光芒の中、男の顔が闇の中に浮かんだ。光のあたり方でそう見えたのかもしれないが、鼻が大きく、日本人離れした顔の男だった。彼女の背筋を冷水が流れるように戦慄が駆けのぼる。あの男、わたしをどうしようという気？

「人を呼ぶわよ」

——呼んでみたら？

男は大きな口を開けてせせら笑っていた。口の中に巨大な暗黒があった。男を取り巻く暗闇よりさらに濃い暗黒だ。彼女はそのまま見ていると、底無しのこの世の外に吸いこまれてしまいそうな恐怖を感じた。

目を閉じて、妄想をふり払おうとした。

——そんなことをしてもだめだぜ。

「看護婦さんを呼ぶわよ」

——呼べよ、早く。

彼女は上半身を起こし、病室のドアに向かって叫んだ。

「助けて、誰か来て」

そのまま待ったが、応答はなかった。廊下はしんと静まりかえったままで、さっきより深い沈黙が底なしの絶望を伴ってもどってきた。

——みんな、死んでるぜ。

「死んでるって、どうして？」

――フフフ。

「ま、まさか。あなた……」

――いや、冗談さ。みんな、死んだように眠ってるって意味さ。草木も眠る丑三つ時といってね。

男の手が窓枠にかかった。

「帰ってよ、お願いだから」

――いや、だめだ。汚れを知らないおまえの体に触れてからだ。

「助けて」

――開けろ、開けろ、開けろ。

男は笑っていた。白い歯だけが、操り人形のように闇の中で揺れた。

彼女はベッドから足を下ろす。逃げようとする気持ちとは裏腹に、足が麻痺して動かない。男の笑い声が蜘蛛の糸のように彼女の体をがんじがらめにした。

――開けろよ。開けないと、こっちから割るぞ。

彼女は腹這いになりながら、腕の力だけでドアのほうへ向かう。お願い、誰か来て。

――さあ、走れ、走れ、走れ。

男の哄笑が彼女の脳に直接届いた。いくら耳を強く押さえても、男の笑いが彼女の鼓膜を震わせつづける。

——泣け、泣け、泣け。

三．第三時間目

さて、これから三時間目だ。

諸君もそろそろ私の授業のやり方に慣れてきたと思う。

暗くなってきているが、心配しないように。諸君のご両親には、私と一緒だから心配しないようにと連絡してあるからね。

ほら、そこのデブ。おまえは静かにできないのか。落ち着きのない奴め。

廊下に立ってるか。ああん？

（竹刀を叩く音）

竹刀で鍛えなおしてやりたいところだが、最近は親たちがうるさく口を出すようになってね。少子化の影響もあるのだろう。家庭で甘やかしすぎて、しつけがなっておらんのだ。まったく、嘆かわしいことだ。

私がこの学校に赴任してきた頃は、容赦なくびんたを張ったものだ。まあ、叩かれて喜ぶ生徒はいないよ。おそらく叩いた教師を憎むだろう。

37

だが、卒業してからは違う。あの時、先生に叩かれたことが私を更生させましたとか、悪の道に染まるところを救っていただきました、先生のおかげで目が覚めました、先生の愛の鞭のありがたさが今になってわかりましたといった便りがよく来るのだ。

私にも熱心なあまり行動にいきすぎた面があったかもしれない。完璧な人間でないのは承知しているからね。だが、そんな感謝の言葉をもらうと、教師をやっていてよかったと思うよ。そんな生徒は教育者の誇りであり、宝である。

さて、前置きはこのくらいにして、今度の授業もまた社会だ。

…………

(片岡雄三郎先生講義テープ1・サイドAから)

38

1――「五本目の蠟燭」

「……御前崎に上陸した台風3号は進路を北へ取って進んでいます。……現在のところ、関東地方から東海、近畿と暴風雨圏は広がっており、明日未明に日本海へ抜ける見込みです。……」

トランジスタラジオが台風の情報を流しつづけている。一階の三年の教室にもどった時、私が感じたのは母の胎内にいるような安らぎだった。不安を煽る外界と違って、結界の中にいると、それだけで不思議に保護されている気分になるのだ。それは他の三人も同じようだった。

ほとんどパニック状態に陥っていたユースケも、三年の教室に入って蠟燭の火を見た時、安堵したように溜息をついたほどだ。

四本目の太い蠟燭が毛筆のような長い炎を立ちのぼらせている。外部の風の影響を受けているようにも見えず、天上天下唯我独尊、己の強い意志を誇示するように着実に燃焼をつづけていた。

それが我々を安心させた。ここにいるかぎりは安全だという意識が我々の気持ちをしっかりとらえていた。いずれにしろ、台風のさなか、この学校から脱出することは不可能だったし、中にいるほうがはるかに安全だった。

私はラジオのスイッチを消すと、ユースケに聞いた。

「君は風に飛ばされて死ぬのと、怖がって死ぬのと、どっちがいい？」

「そりゃあ」

ユースケは一瞬逡巡し、問いかけるように三人の顔色を窺った。

「木が倒れて下敷きになるのと、幽霊と会うのと、どっちがいい？」

私はたとえを変えて、再び問いかけた。

「そ、そりゃあ」

ユースケが突拍子もなく高い声で言った。

満男がユースケの頭を小突いた。

「そりゃあ、何だよ？」

「幽霊のほうがいいさ。決まってるじゃないか」

ユースケがごくんと唾を飲みこんだ。

「ほんとにそう思う？」

私はしつこく念を押した。

「ああ、そう思うよ」

「よし、それで決まった。では、このまま百物語を続行する。いいね、みんな？」

満男と弘明から異口同音に「うん」と無愛想な肯定の声が返ってきた。私がユースケに質問したのは、弱気になりかけた三人の気持ちを引き締めるためでもあった。

「想像が紡ぎだした妄想なんか、笑い飛ばしてしまえばいい。幽霊に人を殺せるわけないよね。その辺をよく考えてよ、みんな」

私は執拗に念を押した。

「幽霊に人を殺せるものか」

満男がいまいましげに答えた。

「幽霊より生身の人間のほうが怖いよ。例えば、浦田清なんか……」

私は意識的に言葉を切った。

「浦田清は死んでるさ。伝説上の人間なんだ」

弘明が言葉を挟んできた。「うちの父ちゃんが言ってたけど、噂が一人歩きしてるんだ」

「へえ、その根拠は？」と私。

「今まで黙ってたけど、俺の父ちゃん、浦田清本人に会ったことがあるんだぜ」

弘明は誇らしげに言った。

「杉山君の父さんが？　ほんとに？」

弘明の父親、杉山繁は作田町でタクシーの運転手をしていた。「どこで？」

「ああ、山の中でさ」

「いつ？」

「半年くらい前だ」

私は五本目の蠟燭に火をつけた。百物語が再開されるのだ。弘明は緊張気味に唇を舌で湿らせた。


…………

2――「赤い小指」 39

杉山繁は、作田町から山向こうの松井町へ向かう長距離の客を乗せた帰り、緑山山中を走っていた。今日は早番なので、夜の八時で仕事は終わりだ。回送の札を立てて、鼻唄をうたいながらハンドルを握っていた。

今日は稼ぎがよかった。帰ったら、羽黒下《はぐろした》駅前の赤提灯でいっぱいやると決めていた。「おふくろ」という店では名物の蜂の子が食べられる。佃煮風に甘く煮た地蜂の幼虫は彼の大好物だった。

杉山は子供の時分、父親に連れられて地蜂の巣を取りにいったことが何度もある。群れから離れて単独で飛んでいる地蜂を生け捕りにすると、白い紐をその腰につけてから解放する。父親は子供たちを引き連れ、印をつけた地蜂の後を追いかけていくのだ。これがいかにも山国的な狩りとして楽しかった。

あの頃はまだ緑山集落が廃村になっておらず、山のあちこちに地蜂の巣があった。

彼の父親は大工だった。手先が器用で、遊び道具は何でも作ってくれた。貧しい生活だったが、繁は手品師のような父が大好きだった。

「おーい、繁。遅れるなよ。走れ、繁、走ってこい」

父親は杉山や弟たちに声をかける。地蜂は空を飛ぶわけだから、どこでも自由に行ってしまう。一方、下から蜂を追う人間は、山道だろうが、くさむらだろうが、川だろうが、そのまま突っ切っていかなくてはならなかった。少しでも目を離すと、地蜂を見失ってしまうのだ。

そうやって苦労して巣を見つけた時の喜びはまた格別だった。蜂が飛びこんだ地点を見つけると、父親は軍手をしたまま地面に手を突っこんで慎重に蜂の巣を外へ取り出す。

そして、帰ってから父親はピンセットを使って、巣穴に入っている蜂の幼虫を一匹一匹丁寧に取り出して、フライパンで煎って食べるのだ。外見は気味が悪いけれども、一度食べたらその味に病み付きになる。戦後の食料事情の貧しい時期に、地蜂やイナゴは重要な蛋白源であり、それなりに美味なものだった。

杉山は成人してから蜂の巣取りに何度か挑戦したことがあるが、父親ほど器用に取れなかった。地蜂の巣は昔に比べて数が減ったし、彼自身、タクシーの仕事が忙しく、なかなか食する機会に恵まれなかった。最近、その地蜂を食べさせる店が自宅近くにできたので、繁は大喜びだった。季節もので、いつもあるとはかぎらないが、夏のこの時期、甘辛く煮た蜂の子を食べさせてくれるのだ。

杉山は息子の弘明を連れて、その店へ何度か出かけた。今日はあいつも連れていってやろう。女房が逃げてから、息子をあまりかまってやれないので、たまには息子孝行してやろうと思った。

彼が今走行している道は旧街道だった。山麓を迂回するルートの半分の時間で帰れるので、急いでいる時には使っていたが、夜はあまり条件のいい道ではなかった。できるなら、夜間走行はやめたほうがいいが、今は急いでいた。

診療所をすぎて、緑山に入った時だった。

前方にちらっと明かりのようなものが見えた。谷底の緑山集落が廃村になってから何十年もたっているし、ここに人がいるわけがない。緑山ダムの関係者なら、当然車を使うだろう。だが、その明かりは懐中電灯のような淡い光量だった。

蛍か。いや、違う。

杉山の胸にいやな予感が兆した。

彼はタクシーを徐行させながら、注意深く進んだ。

光が右へ左へ揺れている。何か探し物をしているのか、それとも酔っぱらって、ふらふらと歩いているのか。

いや、そんなばかな。こんな人里離れた山の中で探し物するのも変だし、酔っぱらうにしても酒を飲ませる店さえないのだ。

杉山のタクシーは次第に光に近づいていったが、その時、不意に光が消えた。彼はヘッドライトをアップに変えた。

ライトの先には、ダム底より深くて暗い森があるだけだった。彼は光が海綿体のような闇に貪欲に吸いこまれていくような不気味さを覚えた。

杉山は光が見えた地点で車を止め、エンジンをかけたまま、しばらく様子を窺った。サイドウインドーを少しだけ開ける。もし、危険が迫ったら、すぐにアクセルを踏める態勢にした。

そこだけ森が途切れていた。窓の隙間から、森の音が忍びこんでくる。風の音、葉擦れの音、鳥の寝息、小動物の息づかい。そうしたもろもろのものが一緒くたになって、森林独特の夜の音色を形成しているのだ。

杉山は運転席でしばらくじっと耳をすました。そして、危険がないと知ると、サイドウインドーをさらに下ろし、夜のにおいを嗅いだ。さっきの光は夜行性動物の目だったにちがいない。人の気配を感じて、くさむらの中に逃げこんでしまったのだろう。彼は煙草に火をつけて、車の外にゆっくり煙を吐き出した。

よし、そろそろ出発させるか。

ふっと吐息をついて、アクセルに足を踏みかけた時だった。いきなり、闇の中から何かが飛び出した。野犬のような動物かと思ったが、野犬のほうがまだましだった。それは人間の手だったのだ。

手は電光石火の動きで、ウインドーの隙間から入ってくると、杉山の胸ぐらをつかんだ。

「ぐうう」と杉山の喉から呻き声が漏れた。窒息すると直感した彼は、上半身を勢いよく右へひねって、手を振り払おうとした。

引っ張りこまれた男の顔が窓から入りこんできた。

その時だけ、雲間に隠れていた月が現れ、光が男の顔を照らした。

異様なほど鼻の大きな男だった。くそ、強盗か。

このままではやられてしまうと思った杉山は、口にくわえていた煙草を発作的に相手の額に押しつけた。

男がぐえっという動物的な呻きを漏らした。相手がひるんだのを杉山は見逃さなかった。アクセルを思いきり踏みつけた。急発進に、杉山の体が背もたれに叩きつけられたが、相手はもっとダメージを受けたはずだ。男の顔が窓枠に強くあたり、視界から消え去った。

そして、木がぼきんと折れるような音がした。

「ざまあ見やがれ」

車がくさむらを切り裂いていた。車一台がやっと通れるほどの道とはいえ、彼は道をはずれていないはずだ。

だが……。

おかしいなと思った時、彼の全身から血の気が引いた。

男の手が車の窓枠をがっしりつかんでいたのだ。

「この野郎!」

杉山は相手を振り払うために、さらにスピードをあげた。少しでも運転を誤れば、道の外は谷底だ。あいつに殺されないかわりに自分だけが天国、いや、地獄の底へまっしぐらだ。左側に重心がかかり、車はバランスを失っていた。

ええい、この野郎。くたばれ。

ここからが正念場だ。この道二十年、ベテラン運転手の腕の見せどころだった。アクセルをさらにぐいと踏みこみ、道をはみ出さない程度に車を蛇行させた。車が男の体を引きずっている感触があったが、杉山は車を止めなかった。これは正当防衛だ。山で追いはぎに遭ったと思えばいい。

数分で、車の左側にかかる力が抜けた。ああ、やっと男をふり切ったか。安堵するとともに、脂汗が全身からどっと溢れてきた。ダムへ向かう道との分岐点を左へ進む。狼煙台をすぎて下りになれば、作田の町はもうすぐだった。早く山麓まで突っ走るのだ。

「走れ、走れ、走れ」

自分を鼓舞するために、杉山は叫んだ。「走れ、走れ」

「繁、走るんだ。早く」

自分の声が、地蜂を追う今は亡き父親の声とオーバーラップした。「走れ、繁。ぐずぐずしてると、地蜂が逃げるずら」

背後から幼い弟たちの泣き声がする。草色の作業着を身につけた父の背中が、道なき道のくさむらの中に見え隠れしている。

「ああ、走るぞ。走って走って、走り抜いてやる」

父の声が励ましになった。杉山の腹から力がこみ上げ、笑いが弾けた。

「走れ、走るんだ。繁」

「ああ、頑張るぜ、親父」

「走れ、清、走れ」

「ああ、わかってるさ」

「走れ、清、清、清、清ぃぃぃぃぃぃ」

奇妙なしわがれ声が杉山の耳に入ってきた。

「親父、俺の名前は繁だぜ。親父も耄碌《もうろく》したもんだなあ」

耄碌と言ってから、杉山は親父は十年前に死んだことを思い出した。耄碌のしようがないぜ。杉山は大口を開いて笑った。

「清ぃぃぃぃ」

語尾が低く長く伸びる奇妙な声がまた聞こえてきた。杉山の全身が粟立った。なんだ、なんなんだ。清って、一体誰なんだ。

「走れ、清、抜かれるな。清、清ぃぃぃ」

窓の外を白いものが走っている。車のスピードと同じくらいの速さだ。女だ。女が走っている。まるで異界から迷いこんできたような女が髪をふりみだして疾駆している。

「うわっ、助けてくれ」

「負けるな、清。一等賞だ」

女の甲高い声が森の夜気を鋭く切り裂いた。

杉山の車は森を抜けて、丈高い雑草の生い茂る草原を通過し、完全に山麓に入った。集落の家々の明かりが見えてくる頃、車の外の幻影は消えていた。

うへえ、何だったんだよぉ。

あんな呪われた山の中、通らなければよかったんだ。

杉山がタクシー会社の車庫に車を入れようとした時、彼は慄然とした。両手が震え、運転できない状況になった。

「清」の正体がわかったのだ。

あれは浦田清だ。闇の中からぬっと現れたあの白い顔、異様に大きな特徴的な鼻。新聞を騒がせている浦田清の顔に酷似していた。いや、浦田清そのものだった。

杉山はハンドルに両手をついて、重い吐息をついた。それから、ゆっくり車を出て、助手席側のドアを見た。

把手が血まみれになっていた。把手の隙間に、生身の人間からもぎ取られたような小指が挟まっていた。第二関節の切断面は赤黒く、骨がのぞいていたのだ。

*

「その話、俺、知ってるぞ」

満男はそう言って神経症のように目尻をひくひく痙攣させた。

蠟燭の炎は赤々と長く天井に向けて伸びていたが、弘明の話が佳境に入ると、聞き手の動揺を表すかのように、ちらちらと揺れた。血の気を失った満男の顔は、蠟燭の光をそのまま浴びてオレンジ色に染まっていた。顔にできた深い陰影が満男の不安の大きさを表している。

私もその噂を聞いていたので、口を挟んだ。

「辰巳君のホテルで浦田清が目撃されたのは、いつ頃なの？」

ユースケは額に手をあてて、首をひねりながら考えた。

「たぶん、半年前の話だと思うけど」

「話はずいぶん脚色されてるみたいだけど……。浦田清が最後に目撃されてから半年たってるとすれば、時間的にもぴたりと合うよね」

浦田清伝説は、話だけが一人歩きしているきらいがあった。ちょっとした目撃談に尾ひれがつき、伝わるごとに過大になっているようだった。ただ、全部を嘘と決めつけることもできず、ある程度本当のことが混じっているので、よけい混乱するのだ。

「杉山君の親父さんは、どうして警察に通報しなかったの？」

私は弘明に質問をふった。「血まみれの指が本物だったら、君の親父さんが轢《ひ》き逃げしたのかもしれないんだよ」

「いや、よく見てみたら……」

弘明は曖昧に言葉を濁した。

「どうだったの、君の親父さんが浦田清を轢いたの？」

「いや、どうもそうではないみたいだ」

弘明は膝を抱え、暗い目をしてまた語り始めた。その双眸《そうぼう》のそれぞれに半分まで減った蠟燭が映っている。それはまるで瞋恚《しんい》の炎《ほむら》のように見えた。

3――「轢《れき》死体」　40

ひきちぎられた小指は、肉屋の店頭に並んでいる肉片に似ていた。それはまだ乾ききっておらず、湯気が立ちのぼっているように生臭い臭気を放ち、杉山繁は吐き気を催した。腹からの激しい突き上げに、彼は駐車場の境界の金網に向かって走り、思いきり吐いた。

こんなことなら、時間がかかっても山麓を迂回して帰ればよかったのだ。

杉山はビニール袋に肉片を入れると、売り上げの精算をしてから帰宅した。ああ、俺は轢き逃げしてしまったのだと暗澹たる気持ちになった。警察に逮捕されたら、息子の弘明は一人で暮らすことになるのだ。それだけは絶対に避けたかった。自分のためにも、息子のためにも。

「親父、どうしたんだよ」

中学生の弘明が、心配そうに彼を見る。ふだんあまり話さない息子だが、杉山の様子が常軌を逸していたと見え、声をかけずにいられなかったのだろう。

「おまえ、酒でも飲みにいくか？」

もはや蜂の子を食べる気力もなくなっていたが、酒だけは飲まずにいられない気分だった。

「俺も飲んでいいの？」

弘明が進藤工務店のどら息子と陰でこそこそ酒や煙草をやっているのは、杉山だってうすうす勘づいていた。

「ばかやろう。未成年は塩ジャケとお茶漬けでも食ってろ」

二人は「おふくろ」へ行って、カウンターの席に並んで座った。杉山は痛飲した。つまみは必要なかった。酔うことで、轢き逃げのこと、走る女のことを忘れたかったのだ。明日は非番なので、思いきり飲むことができた。

気がついた時、彼は自宅の布団の中にいた。昨夜のことは何も覚えていなかった。時間は正午近く。弘明はとうに学校へ行っているようだった。女房が逃げだしてから、息子は食事も一人で作っているし、何でも自分でやっている。申し訳ないと思う気持ちはあるが、実際問題、杉山には食費をわたす以外、何もしてやれなかった。

まだ酔いが残っていて、天井がぐるぐる勢いよく回転していた。ゆっくり起き上がると同時にあのことが甦ってきた。

「走れ、繁」

「走れ、清」

杉山の父親とあの走る女が、声を掛け合っている。杉山は「うるせえ」と怒鳴りつけて、妄想を無理やり追い払った。幻聴が消えていくとともに、今度はちぎれた小指のことが気になってきた。あの肉片はビニール袋に詰めて、どこへ持っていったっけ。むかついた気分で、トイレに行こうとした時、寝室の入口にメモが画鋲で張りつけてあった。

「親父、ビニール袋は俺が処分しておいた。昨日聞いたことは二人の間のヒミツにしておこうぜ。心配するな」

弘明の筆跡だった。

まずい。酔った勢いであいつにかなりのところまでしゃべってしまったにちがいない。杉山は自分のあまりの不甲斐なさに頭を抱えこんだ。あんな恐ろしい秘密を息子と共有してどうする気なのだ。

杉山は息子の下校を待ちきれず、一人であの現場へ行ってみることにした。ぽんこつだが、十年以上も乗って体の一部分になっている愛車だ。いったんハンドルを握ると、酔いやむかつきは消えた。

そして、彼は一路、緑山の山腹へ向かったのだが、夜通るのと昼間見るのとでは、山の印象がまるで違っていた。あれだけ怖がったのが嘘のように、辺りは何の変哲もない平凡な山の中腹だった。タクシーに取りついた浦田清は亡霊だったのではないかと思った。清の名前を連呼する女にしたって、恐怖に駆られた杉山の想像力が紡ぎだした映像にすぎないのかもしれない。

だが、あの第二関節からちぎれた小指はなんだったんだ。あれも想像の産物だったのか。

車は浦田清をふり払ったと思われる地点に差しかかった。そこは木がまばらなかわりにクマザサが深く生い茂っていたが、ブルドーザーのようなもので強引にクマザサを薙《な》ぎ倒したような跡がしばらくつづいていた。

昨夜、杉山のタクシーの左側の窓に人がしがみついていれば、当然そうなるであろうと思われる跡だった。浦田清でないにしても、人間を引きずったのは間違いないのか。

杉山は車を停めて、外へ出てみた。

簡易舗装された路面は、整備があまりなされていないので、至るところにひび割れができている。特に路肩の崩れ方がひどい。そのままじっくり観察していくと、大きな血痕を見つけた。まだ生乾きで黒くなりかけているところだった。大きな金蠅が数匹、べたべたした血の中に入りこんで、せわしなく触手と口を動かしている。

大きな血痕はそこだけだったが、生臭いにおいが辺りに漂っていた。

杉山は周辺に注意深く目を凝らした。すると、道から少し奥まったクマザサの葉にべっとりと血がついているのが見つかった。

杉山は茂みに足を踏み入れて、葉をかき分けながら少しずつ奥へ進んでいった。よく注意すれば、そこはけもの道のように踏み分けたと思われる。血痕は点々とつづいており、彼は誘われるように歩いていった。

茂みの奥で誰かが甲高い声で喧嘩をしていた。

浦田清が誰かと争っているのかと思った。

そこは木が倒れているせいで、森が円形脱毛症のように途切れて、上空からの陽射しが強くなっていた。植生がそれまでと違って、ずいぶん葉の大きな落葉樹の若木がいくつも生えている。杉山は腐った倒木をまたいで、腰を屈めながら進んでいった。

彼は森が切れている場所の少し手前で茂みの中に腰を下ろし、様子を探った。

人がいると思ったのは誤解だった。黒いものが上空を旋回しながら、かしましく騒いでいたのだ。十羽ほどのカラスが地上におり、何かをついばんでいる。

腐臭のようなにおいが急にきつくなったように感じられた。

杉山はわっと言って、立ち上がり、カラスに向かって駆けだした。驚いたカラスが数羽、ぐわっと鳴いて飛び上がる。逃げ遅れた一羽がまだ地上にいたので、彼はわめきながら追い立てた。

カラスの飛び去った場所に人が倒れていた。

若い女だった。死んでいるのは触れてみるまでもなくわかった。グレーのズボンに赤と黄色のチェック模様のシャツ。上半身に乱れはなかったが、ジーンズのチャックがはずれて、中からピンク色の下着がのぞいていた。

死体のわきにデイパックが転がっている。靴がトレッキングシューズであるのを見ると、ハイキングをしていたのかもしれなかった。

「俺が殺したのか」

昨夜、タクシーに引っかかっていたのはこの女だったのか。暗がりで白く見えた顔を浦田清のものと見誤ったのか。

「俺が轢いたのだ」

この女は道を間違えて、夜道をさまよっていたにちがいない。そこへ現れたタクシーをつかまえようとしたが、止まってくれないので、必死にドアにしがみついたのだ。その証拠に彼女の左手には軍手がはめられていた。

「うわっ」と悲鳴をあげて彼はもと来た道へ出ると、車に飛び乗った。さっき追い払ったカラスたちが上空を旋回し、犯罪者をとがめるような鳴き声をたてている。道が狭く、車を転回させられないので、彼はいったん松井町のほうへ出てから山麓の道路から迂回して帰ることにした。あの死体をそのまま放置することはできないし、警察に知らせる必要があった。

どうしたらいいか考えているうちに一つの考えが浮かんだ。彼は大型スーパーマーケットの公衆電話から一一〇番通報したのだ。

「緑山で女が殺されている。俺が殺した」

声の特徴を消すために低いしゃがれ声にした。

「あなたは?」

「浦田清だ」

杉山は逆探知されないように具体的な場所を手早く告げて電話を切った。たとえ逆探知されても、公衆電話の所在地は松井町だ。杉山のところまで警察の捜索の手が及んでくるとは思えなかった。

4――「復讐の誓い」 41

「くそっ、ふざけやがって」

浦田清は独りごちた。「よくもちくりやがったな」

新聞では、浦田清本人から「女を殺した」という通報があって、警察が指定した場所へ急行したところ、女性の死体が見つかったと大々的に報じていた。

彼が読んだのは、緑山に近い作田町内だった。民家のメールボックスに差しこんであった新聞を抜き取って、山にもどってから読んだのだった。

緑山山中で、ハイキングしていた女が殺されたという。通報したのは犯人の浦田清ということになっているが、彼には通報した記憶がない。誰がタレこみやがったのか。

一体、誰が？

新聞では、通報者は声を低くして男か女かわからないようにしていたという。逆探知で松井町内の公衆電話から掛けたことまではわかっているが、通報者の特定はできていなかった。死体が発見されたのがN県で、通報があったのはG県で警察の管轄が異なっているために行動が遅れたことが通報者に幸いしたらしいのだ。

いずれにしろ、清は通報者を探しだして復讐しなければならなかった。密告者にはそれ相応の仕置きをしなくてはならないのだ。この「浦田清さま」を怒らせたらどういうことになるのか身をもって知ってほしいのだ。

「見つけたら、ぶっ殺してやる」

絶対に。

5──「魔性の女」

42

浦田清はこの山の中に、魔物が住んでいることを知っていた。

それはあの女だ。裏切り者を制裁すると称して仲間を殺す悪魔だ。元は学生運動の活動家だったが、警察から逃れる過程で狂気に陥り、自分の仲間たちを次々と抹殺していった女だ。そして、愛人だった男性リーダーもカマキリの雌が雄を食い殺すように残虐に殺した。彼は彼女と二度遭遇したことがある。ヒッチハイカーだと思って車に乗せたが、逆に襲われたのだ。屈辱的な体験だった。

清はあの女を探して、毎日山狩りをしていた。緑山中学校へ通っていた時期、野山を駆けることを覚え、今でも道なき道を進むことは苦にならなかったし、彼自身、獣のように野山を歩くことは好きだった。

今度あの女を見つけたら、殺さなくてはならなかった。殺すことが運命づけられていた。

あの女は変装の名人で、どんなものにも化けることができた。もともと特徴のない顔をした女だった。厚化粧をした顔写真が広く世に流布しているが、実際はあんな顔ではない。特徴がないからこそ、顔に化粧を施していろいろな人間に化けることができるのだ。老婆にもなれるし、中年女にもなれるし、若妻にもなれる。場合によっては、男にも化けられるかもしれない。

実体をとらえることができない、厄介な女だった。

だが、目だけは変装することはできない。外面をいくらカモフラージュしても、あの貪婪に光った狂気の目を変えることは不可能だった。

清はあの女の息づかいを肌で感じることができた。

あの女は彼の近くにいる。この森の中でじっと息を潜めているのだ。

6——「夜の狩人」 43

そして、あれから半年——。

浦田清はまだ彼を陥れた通報者を特定できていなかったし、あの魔性の女に出会うこともなかった。何もできないまま、彼は緑山の山中に潜んでいた。

那珂川映子はまだ生きている。この山の森林の中にじっと息を潜めて、休眠期の明けるのを待っているような気がしてならなかった。

あいつが目覚めて動きだすのは、天変地異があった時くらいのものだろう。

台風3号。本州中部だけを直撃する珍しい台風は、今、本土に上陸し、緑山とその周辺の大地を揺り動かしていた。

あいつが動きだしたら、俺はあいつに戦いを仕掛けるのだ。

清がねぐらにしているのは古い中学校だった。今は山麓に移転した緑山中学校の前の校舎だ。住民が移住しても、この校舎だけはそのままここに残された。解体するにも金がかかるというのがその理由だが、そのおかげで清は助かっている。ここでは雨も風もしのげるし、潜んでいてもわからない。緑山に逃げこんだ彼を追って、地元警察が山狩りをした時、この学校も捜索の対象になったことがあった。清は校舎の二階の天井裏に潜んでいて難を逃れたのだが、ここには他にも無数の隠れ場所があるのだ。

何ヵ月いても、まだ行っていない場所さえある。緑山中学校の旧校舎は奥深く、魔物を飲みこんで離さないような恐ろしさがあった。

中学生の頃、一年くらいの間、緑山中学校へ通ったことがある。あの当時、彼の担任になったのは……。

片岡雄三郎だ。戦争に行ったことを自慢している危険思想の持ち主、教育熱心のあまり生徒に容赦なく体罰を下した。清もその犠牲者の一人だ。

「清、その腐った根性を叩きなおしてやる」

「清、先生に逆らうと、鉄拳で制裁するぞ」

「おまえのようなくず、見たことがない」

ああ、よく言ってくれたものだよ。今でも清は右の鼓膜に鈍痛があり、聞こえがよくないのは、片岡の体罰のせいだった。

片岡雄三郎は最後、山麓に移転した緑山中学校の校長として定年を迎え、今はG県側の松井町で引退生活を送っている。郷土史家なんて、たいそうな肩書をつけて、ろくでもない本を書いているそうだが、見つけたら全部まとめて燃やしてみたいものだ。物知りの清は焚書坑儒《ふんしょこうじゅ》というむずかしい言葉を知っていた。

そうそう、片岡の野郎にもし会うことができたら、絶対に叩きのめしてやりたいと思っている。

清は今、保健室のベッドの上に横たわっていた。緑山中学校のろくでもない記憶の中で、保健室には唯一いい思い出が残っている。授業を抜け出して、ここで休息をとった時の記憶は彼に安らぎを与える。保健の女教師が彼に「浦田君、どうしたの？」とにこやかに聞いてくる時、彼は素直に「頭が痛いんです」と答えることができた。その若い教師に、彼は産みの母親の幻影を重ね合わせていたのだ。

狭い部屋だった。ベッドは二つあり、黄ばんだ粗悪な布のカーテンで仕切られている。清はデスクに向かう教師の背中を見るのが好きだった。白いブラウスから透けて見える白い肌が刺激的だった。思い返せば、その遠い記憶が彼をああいう暴力的な犯罪に駆りたてるのかもしれない。

風が強くなっていた。台風は本州に上陸し、この学校のほうへまっすぐ突っ走っているのだ。目を閉じると、校舎の中で誰かが騒いでいる。まるで悪ガキどもが一緒になって何を仕出かしているようでもある。

それも幻聴か。

ゆっくり休息をとっておこうと思って、清はまた目を閉じた。

ふと彼は違和感を覚えた。きな臭いにおいを感じとったのだ。何だ、これは。

彼はゆっくり上半身を起こした。保健室の中に明かりはなかったが、米軍の使っている赤外線の暗視メガネを装着した彼の目は、夜行性動物のように闇に動くすべての物体をキャッチすることができた。ある軍事マニアの家に忍びこんだ時見つけた逸品だ。

清は動きの鈍い戸をゆっくり動かして、頭を廊下に突き出した。一瞬、蠟燭のような光が彼の目を捉えた。

あいつか。

見つけたら、生け捕りにしてやれ。

清は野生動物並みの速さで廊下を走りだした。

俺は夜の狩人だ。

7――「ミッドナイト」 44

「ぼ、僕、便所に行きたいんだけど」

さっきからしきりにもじもじと腰を動かしていたユースケが、こらえきれずに立ち上がった。「ねえ、誰か、一緒に行かない？」

「どうしておまえと行くんだよ？」

満男が冷たく言い放った。

「危険防止のためさ」

「つれションは、ごめんだぜ」

「ねえ、弘明でもいいからさ」

ユースケは必死に頼みこむ。

「俺さ、恐怖で金玉が縮みあがってるからな。小便は一滴も出ねえよ」

弘明は股間を押さえてにやついた。

「秀才は？」

「行きたくない」

「目障りだ。おまえ一人でさっさと行ってこい」

満男がユースケの腰に蹴りを入れた。「人のことはどうでもいいんだ」

「ちぇっ、何だよ。みんな、冷たいなあ」

ユースケは秀才から借りた善光寺の合格祈願のお守りと懐中電灯を持つと、しぶしぶ結界の外へ足を踏み出した。バリアを抜ける時、またしても微弱な電流を浴びたような気がした。

外界はなぜか風がさっきより弱まっていた。廊下を吹いていた風がやみ、建物内に不快な熱気が重く淀んでいる。それにもかかわらず、ユースケは寒けさえ感じていた。

教室をふり返ると、三人が額を寄せ合って話をつづけていた。バリアの中はこっちの世界とは違っているのかもしれない。

ユースケは、トイレの場所を目測してから、一気に駆けだした。

押し戸を開けて、トイレに飛びこんだ。それから、ズボンのチャックに手を延ばした時、小用のトイレがないことに気づいた。

まずい、間違って女子トイレに来てしまった。ぱんぱんに張った膀胱から刺しこむような痛みが寄せてくる。まあ、いいか。女子トイレで用を足しても誰もとがめるわけではない。

彼は一番奥の個室に入ると、戸を閉め、ズボンの中から大きく膨らんだペニスを取り出した。小便を勢いよく放出している時、彼は違和感を覚えた。何かが変だ。

それから違和感の正体に思い当たった。

「まさか」

誰かが小便をしているのだ。この女子トイレの別の個室で。

急に小便を止めたので、ペニスの根元がきゅんと締めつけられるように痛んだ。痛みが遠のいていくとともに、今度は不安感が膀胱を締めつけてきた。彼は息を殺し、耳に全神経を集中した。

小便の音はやがて止まった。

個室のドアが開き、トイレを出ていく音がした。

今教室にいる三人のうちの誰か？

そう、そうに決まっているさ。この校舎には他に誰もいないはずだし、そうでないと説明がつかないもの。

それにしても、いたずら好きな連中だ。彼がびびるのを承知して、三人で示し合わせてからかっているにちがいない。

「その手には乗らないからな。ばーか」

と声を出した。廊下を歩く足音が止まった。それから足音がもどってきた。ドアを開く音、そして中を窺っている様子がはっきりと感じとれる。

戸をノックする音がした。

女子トイレには個室は全部で五つあったが、そのうちの一番向こう側の戸だ。煙草のにおいがぷんと漂ってきた。

ち、違う。あいつらじゃない。満男や弘明は隠れて煙草を吸っているけれど、体からにおうほどではなかった。ユースケが今嗅いでいるのには、体に染みついた濃厚な脂のにおいも混じっていた。ヘビースモーカーの大人のにおいだ。

しかも、においの中に強烈な敵意のようなエネルギーが感じられた。敵意は戸を浸透し、個室の中まで及んできた。波動で人を殺せるのであれば、ユースケの体はずたずたに引き裂かれたにちがいない。

嘘だ。そんなばかな。

「ここにはいない」

と誰かが囁いた。足音が近づいてきて、またドアにノックがあった。

「ここにもいない」

窓際のユースケの個室まであと二つだった。ユースケは生きた心地がしなかった。

隣の個室の戸が苛立たしげにノックされた。

時間はまもなくミッドナイトだった。

…………

8 ——「台風の目」　45

浦田清の目に光が見えたのは、女子トイレの付近だった。

那珂川映子にちがいなかった。

あの女はナイフの名手だった。油断すると、返り討ちに遭うだろう。向こうが警戒を解いて隙を見せた時が攻撃のチャンスだった。

百獣の王であろうと、糞をする時は自らを死の危険にさらす。それと同じだった。那珂川映子が用を足す時、彼に千載一遇のチャンスが訪れるのだ。

浦田清は足音を忍ばせて女子便所に達すると、静かにドアを開け、五感をフル作動させた。赤外線の暗視メガネで闇の中を探る。赤い画面の中に動く影はなく、殺気も感じられなかった。危険のにおいもしなかった。

妙だな。考えすぎだったか。

赤外線を照射された範囲内に人影はなかったし、彼の肌も危険を感知しなかったのだ。廊下に出て、校舎の両翼を見通した。不審な人影はなかった。

どうも神経質になりすぎているようだ。下手をすると命取りになりかねないぞ。清は急に尿意をもよおして、トイレの戸を押した。入ってから、そこが女子トイレであることに気づいた。どうも動揺しているようだ。落ち着け、落ち着くんだ。

彼はとりあえず個室に入って、放尿した。

トイレを出て廊下に出た時、説明のできない不安を感じた。何かが変だ。トイレの中にやはり誰か潜んでいるような気がしたのだ。息を潜めて、彼の動きをじっと観察していた誰かがいるような……。

トイレにもどり、個室を一つ一つ確かめてみることにした。

一番手前のは彼が用を足したところだ。まさか、ここにはいないだろう。彼は最初の個室を飛ばして二つ目の個室の戸をノックした。応答がなかったので、自分で開けてみる。異状はなかった。

「ここにもいない」

その次の個室も同じだった。そして、三つ目の個室を確認する時、戸をノックする必要がないことに気づいた。誰かが潜んでいるのなら、応答するはずがないではないか。それに、かえってこっちの動きを相手に教えてしまう危険性があった。

己の愚かさを呪いたくなった。我ながらおめでたい奴だ。こんな調子だと、あの女になめられてしまうぞ。

彼は三つ目の個室を戸の外に耳をつけて、様子を探ってから戸を開いた。異状はなかった。

そして、四番目に耳をつけた時だった。

人の気配を感じた。トイレでなく廊下のほうで、足を擦るような音がしたのだ。彼は戸口のほうへ移動していった。そして、そのまま自分の気配を消し去った。長い逃亡生活の末、彼が身につけた独自の葉隠れ術とでも言うべきものだ。

しばらく耳をすましてから、ゆっくり廊下に忍び出た。廊下には誰もいなかった。暗視メガネの届く範囲に生き物はいなかったし、彼の五感も他の生命体の存在を感知しなかった。

どうも神経過敏になっていたようだ。

いつの間にか風が弱くなっていることに気づいた。いや、完全に吹きやんでいる。これはどうしたことだろう。その解答はすぐに出た。

そうか、台風の目に入って、風がぴたりとやんだのだ。これを神の配剤と言わずして何と表現すればいいか。

今のうちに、学校の周辺の見まわりをしておこうか。彼の狩人としての本能が、早く女を狩れと命じていた。

彼は校舎裏手のごみ焼却炉のそばに車を隠していた。下仁田《しもにた》町で盗んだ車だ。山が落ち着いた時、この車であの女を生け捕りにするつもりでいたのだ。

敵もさる者。彼の動きを察知しているかもしれない。

フフッ。小さな笑いがエネルギーを溜めこみ、やがて哄笑に変わっていく。清の爆発的な笑いが旧校舎を震わせた。

時間は真夜中をすぎていた。流れる雲の切れ間から上弦の月が顔をのぞかせている。月光に白々と照らされた緑山の中腹は、暗視メガネがなくてもはっきりと物の輪郭をつかむことができた。

9——「六本目の蠟燭」 46

「ねえ、いくつ終わった?」

トイレから帰ってきたばかりのユースケの声は、蠟燭の炎の揺らめきに合わせて不安げに揺れている。断末魔の叫びを象徴するような蠟燭の炎の最後の光が消えていくとともに、また新たな蠟燭に火がつけられた。消えかけた炎がまた新しい炎となって息を吹き返す。五本目の蠟燭が終わり、六本目に入ったのだ。話もちょうど五十を超えた勘定になる。

「ちょうど折り返し地点だよ」

私が意識的にぶっきらぼうに答えると、ユースケが絶望の吐息をつく。眠いのか、目のまわりが真っ赤になっている。すでに真夜中をすぎていた。誰が何を話したのか、記憶が曖昧になっているのは、異形のものが四人の頭に直接侵入し、それぞれの脳に指令して、恐怖の物語を紡ぎださせているせいかもしれなかった。

話の整合性、矛盾点、時間的な差異など、話はひどくいびつなのだが、こうした状況では奇妙に説得力があった。

「ユースケ、どうしたんだ？　まるで幽霊にでも会ってきたような顔をしてるぜ」

満男が嬉しそうにからかった。

「いや、何でもないけど」

「ちびったか。ズボンが濡れてるぞ」

弘明がユースケのズボンを指差す。チャックのそばに水に濡れた跡があった。

「あ、汚ねえなあ。ユースケ、あっちへ行けよ。シッシッ」

満男が野良犬でも追うように手を振った。ユースケは恥ずかしそうに三人から離れ、膝を抱えて座った。

「僕ねえ……」

「何だよ、ションベン垂れ」

満男がユースケの弱点を執拗に突いた。

「何でもない。何でもないよ」

ユースケは、「どうなっても知るものか」とつぶやいて、黙りこんでしまった。

10――（片岡雄三郎・特別授業講義録より抜粋⑤）　47

……二階の窓からの眺めも一応説明しておいたほうがいいだろう。

この校舎が廃校になってから約二十年、かつてここに学んだ者ですら村の存在を忘れかけているだろうし、覚えているにしても、記憶は曖昧模糊としているにちがいない。

そこで、復習をかねて、私が案内してみよう。

ここは旧緑山村。人口は一番多い時で四百戸、千五百人もいた。昭和二十年代後半から三十年代にかけてで、三クラスもあった。みんなも承知しているように、ここは各学年に一つの教室しかないので、当然、あぶれる生徒が出てくる。そんなわけで、校庭に臨時のバラックを二棟建てて、急場をしのいだのだ。復員してすぐ赴任した私は、目もまわる忙しさだったことを今でも懐かしく思い出すよ。

（咳払い）

交通が不便で決して裕福とはいえない山村だったが、緑多い平和な村だった。そんな村に一大事件が起こったのは昭和二十年代後半だった。戦前から、山麓の水道用水、農業用水、工業用水の確保、そして洪水調節、発電の五つの目的のため、ダムが必要だという声が上がっていたが、戦後になって大渇水を期に、案が具体化してここの緑山村に白羽の矢がたった。住民にとっては大迷惑だった。それでも、補償金などの優遇案が提示され、結局住民の過半数の賛成を得て、村の集団移転が決まったのだ。

今二階のこの教室から見える景色は、すっかり荒廃しきっているが、昔はここが全部緑だったと想像してみたまえ。

ああ、目を閉じると、校庭で遊ぶ生徒たちの姿が浮かんでくるよ。

（溜息の音）

私が赴任してきた時、生徒たちが歓迎の印として、校庭に大きく「ヨウコソ」と文字を描いてくれた。棒を引いて書いてくれたのだが、二階に上がって初めて見えるようになっていた。心憎いやり方に、私は感動を覚えたものだ。

私はここで仕事をするんだ。生徒たちを指導するのだと決意を新たにしたのさ。確かに行きすぎた指導はあったかもしれない。熱心になりすぎたあまり、今の言葉で言う体罰を加えたこともある。でも、これは生徒を愛していたからこそ出た行動なのだ。それをわかってほしい。くどいようだが、何度でも言うぞ。

さて、ダム建設のための測量が始まり、着工からわずか七年という短期間でダムは完成した。校舎はほぼ同程度の大きさで移転したが、やはり昔の校舎のほうがよかった。山の中腹の校舎は校庭が狭く、見晴らしもよくなかったからね。

ダムのコンクリートの打設が完了し、湛水《たんすい》が始まると、緑多き村はだんだん水に沈んでいった。校舎の一階に水が進入し、だんだん水位をあげていく。そして、校舎がすっかり水没した時は、本当に涙がこぼれたものだよ。沈没船の船長は船に留まって最後を見届けるというが、私もできるものならそうしてみたいと思ったものだ。

(勢いよく洟《はな》をかむ音)

失礼。鬼教師の目にも涙だな。

村人の多くは、先祖代々の土地を捨てるに忍びなく、山の中腹に移転していたが、やがて高度成長の波が日本全国を覆い、山間地の過疎が進行するとともに、次第に山向こうの地へ移っていった。哀しいことに、緑山はこうして完全に廃村になってしまったのだ。

私は山麓のほうの新緑山中学校の校長として定年を迎えたが、やはり思い出すのは緑したたる山の中にあった旧緑山中学校だ。

ちょっと感傷的になったようだな。

諸君、想像してみたまえ。

(鐘の音が響く)

おっと、もう時間か。ずいぶん早いな。でも、ちょっと早すぎるんじゃないか。小使いさんが間違えて鳴らしたのとちがうかな。私が確かめてくるから、諸君はこのまま待っていたまえ。

11――「吠える山」 48

浦田清は何か重いものに蹴つまずいた。

鐘だ。昔の小使いが授業の開始と終了を知らせるために鳴らしたものだ。鐘はけたたましい音を立てて廊下を転がっていった。

「畜生！」

清は怒りを己にぶつけた。暗視メガネをつけてこの体たらく。もし敵が身近にいたら、反撃されかねなかった。

「ばかやろうめ、たるんでるぞ」

彼は怒りを足に込め、何もない暗闇に向かって跳躍し、思いきり蹴りつけた。ビュンと空気を切り裂く音がした。渡り廊下にムササビのように両の手足で着地する。急速に怒りを鎮め、足音を忍ばせながら裏口から表へ出た。月光に照らされた地表には一面に葉が敷きつめられていた。青葉が大自然の暴力に強引に木からむしり取られたのだ。葉の絨毯は大量の水を含んで、踏みしめるごとにじゃぶじゃぶと音を立てた。風は完全に収まっていた。あの暴風雨が夢だったのではないかと思えるほどだった。

彼はごみ焼却場まで走って、隠しておいた車から落ち葉を取り除いた。「濡れ落ち葉」とはよく言ったものだ。葉は車体にぴたりと貼りついてなかなか取れなかった。

盗んだ四輪駆動の車は、こうした悪条件の時に威力を発揮するはずだった。

清の内面には怒りの炎が熱く燃焼していた。己の不甲斐なさを誰かにぶつけたかった。女の中に己の怒りをぶちこみたかった。これからあの女との命をかけた凄絶な戦いが始まるのだ。確証はないが、そんな予感がしてならなかった。

エンジンは快調に始動した。下ろしたウインドーから青臭いにおいが入ってくる。台風の間、息を潜めていた鳥の不安げな声が木の茂みの中から聞こえた。ヘッドライトをつけると、鳥たちはたちまち臆したように黙りこんだ。

車は台風の影響を受けていないようだった。ワイパーで水気を払い、落ち葉の敷きつめられた道路をいったん緑山から抜ける方向へ走りだした。

倒木は至るところにあった。幹の途中から裂けた枝が道に飛び出していたり、崖が崩落している箇所もある。車は障害物を巧みに避けながら、ある時はそのまま乗り越えながら、快調に飛ばした。

彼の怒りが車のスピードに転移する。彼を邪魔するものはこの世に存在しない。ヘッドライトに驚いて逃げるタヌキやニホンザル。彼はスピードを上げて、我が物顔に森林の中の道を進んだ。清が車に乗りこむことで、車はその心臓になり、血液になり、神経になった。彼は内なる怒りをエネルギーに転化したのだ。

山は吠えた。彼もエンジンを全開にして咆哮した。ハンドルを握りしめながら、最大限に声を張り上げた。そして、笑った。

どのような障害物も、彼の前には砂漠の蜃気楼のようなものだった。ただ前進、ひたすら前進するのみだった。彼にとって、知らない道は存在しなかった。けもの道だろうが、廃道だろうが、彼の記憶と嗅覚が瞬時に進むべき道を判断する。

地図上に載っていない道を四輪駆動車は駆ける。そして、ダム底への道と荒岩山方面へ抜ける道の分岐点に到達した時、彼は奇妙な音を聞いた。

谷底に響く鐘の音だ。まるで授業の開始を告げるように、それはかつての集落に高らかに、誇らしげに響いた。それはまた清の遠い過去の記憶を喚起した。乾きかけた疥癬《かいせん》の隙間に指を突っこみ、無理やり剝がす感覚に似ていた。神経の古い傷口からは膿のまじったどす黒い血が流れだした。

「おのれ、片岡雄三郎め」

おぞましい記憶の中に存在する暴力教師が、清の心の傷口に大量の粗塩《あらじお》を塗りこんでいる。清は教師の狂気に満ちた暴言を聞きながら、精神的な痛みをこらえていた。

「おい、清。鍛えてやるぞ。これが愛の鞭だ。鞭のかわりに竹刀で受けてみないか。腰の骨が折れるくらい痛いぞ」

「いたずらの罰にウサギ飛びで校庭十周だ。涙が出るほど嬉しいだろう。先生の愛を受けてみろ。それっ、清」

「そこに這いつくばれ。先生が背中に乗るから、おまえは体を持ち上げてみるんだ。背筋を鍛えてやるぞ」

あの野郎。見つけたら、ぶっ殺してやる。

怒りが倍加した。アドレナリンが体の隅々まで行きわたっていくのが実感できた。全身の血液が沸騰点に達しかけていた。

だが、あの教師がこんな台風のさなか、中学校にいるはずがなかった。空耳だ。興奮した頭がとんでもない妄想を生みだしてしまったのだ。

今は現実を直視すべきだった。

憎悪を燃やせ。あの女を闇に葬るんだ。

12——「女狩り」

浦田清があの女に初めて会ったのは、そう、一年前のことだ。

彼は盗んだ車で緑山の山中を走っていたことがあった。車にくわしかったので、車はよく盗んだ。遠く長野市や松本市方面へ出かけて、路上駐車してあるのを盗んで乗りまわし、適当な時期に取り替えたりして、巧みに逃げていたのだ。警察の目も節穴《ふしあな》だ。清はかなり大胆に行動していた。警察が真面目にやっていれば、彼を逮捕できる機会は何度もあったと思う。検問に遭遇してもうこれまでかと観念しかけた時も、すんなり通された。何で見逃されたのか今もってわからない。

清は警察に捕まらないのを神の思し召しだと思った。堂々と行動したので、かえって疑いを持たれなかったのだろう。大胆と油断は違う。彼はその点だけはき違えないようにしていた。

一年前のその日、荒岩山の鞍部から緑山への登り道に入り、しばらく行ったところでポニーテールの若い女が一人で歩いているのを見つけた。

赤いシャツに白のジーンズ。バックパックを背負っていた。腰のくびれ、尻のぴんとした張り具合を見ると、年齢は二十代前半だ。

彼の頭の中で蜂の羽音のような不快なざわめきが聞こえた。

頭を万力で固定し、旋盤で頭皮を削られるような不快な感覚だ。この現象が起こる時、きまって彼の精神に異変が起きた。

羽音が女のささやき声に変わった。

「清、聞こえるか?」

女が耳元で彼に呼びかける。

若い女のポニーテールが、メトロノームが拍子をとるように右へ左へ規則正しく揺れていく。カチッ、カチッ、チン。カチッ、カチッ、チン……。彼の内面を暴力的な怒りが野火のように次第に範囲を広げていく。

「ねえ、清。清ってば」

耳元の女の声のテンションも、彼の怒りに比例して高くなっていった。

「何だよ」

罵声を返す。ハンドルを持つ手が怒りで震え、それにつれて車が右へ振れた。車がやっと一台通れるほどの狭い山道だった。彼は立木に衝突しそうになって、左へハンドルを切った。

「俺の耳元でぐじゃぐじゃ言うな。運転に神経が集中できないだろうが」

「おや、そうかい。あの女が気になって、運転に身が入らないんじゃないのかね」

「ばか言うな」

「おっと、おまえ。そのズボンのふくらみはどうしたんだい？」

彼は何も言い返せなかった。

「ほうほう、認めたね」

「やかましいや」

彼はサイドウインドーを下ろして、クマザサの茂みの中に勢いよく唾を飛ばした。

「もっと素直になれないのかねえ。いいんだよ、体は正直なものなんだから、そんなに抑えつけなくてもさ。体が健全な証拠さ。『健全な体に健全な魂が宿る』っていうじゃないか、おまえ。気持ちを内に閉じこめたら、体にさわるよ。そんな時は思いっきり外へ吐き出すのさ」

「うるせえ」

怒りが加速度をつけて高まっていく。

「あらあら、そんなに大声を出すと、あの女に聞こえてしまうよ」

実際、前を歩く女は彼の車に気づいて、時々背後をちらっとふり返っていた。彼は深呼吸して、車のスピードを時速二十キロほどに落とした。

カーステレオのボタンを押すと、まるで今の天候を象徴するような激しい曲想の旋律が流れてきた。上空を覆う雲も厚くなっているようだ。それとともに、耳元の雑音が聞こえなくなった。

ふん、くそ野郎め。彼を支配していた女の呪縛から逃れ、彼は独り立ちした。口許が笑みで割れていく。さあ、これからが俺の出番だ。

「お嬢さん、こんな山の中を一人で歩いちゃ危ないよ」

実際、このところ、不審な失踪事件が相次いでいるのだ。それを知らない人間はいないはずなのに、あの若い女はなんて無防備なんだろう。寂しい山道を一人で歩くこともないのに。お気軽なヒッチハイクかね。だったら、拾ってやろうか。

彼は車を停めて、ドアを開ける。

「もしもし、お嬢さん」

彼は若い女に声をかけた。自分でも驚くほどの柔和な声だった。女の足が止まり、ゆっくりふり返った。後ろ姿もけっこうよかったが、前のほうも充分及第点をやることができる。いや、目はきつそうだが、かなりの上玉だ。

彼はベレー帽に手をやり、暗唱している大好きなランボーの詩の一節を口ずさんだ。今時、ランボーなんて言っても、名前さえ知らない若者が増えた。昔は詩を暗唱するだけで、女は尊敬の眼ですり寄ってきたものなのに……。嘆かわしいかぎりだ。

「もしもし、お嬢さん」

再び声をかける。女は立ち止まったまま、彼が近づくのを待った。その目には、なぜか感情がこもっていない。

「お嬢さん、お困りのようですが、どちらへ行かれますか?」

女は黙って林道の前方を指した。

「緑山の村のほうですか?」

女はうなずいた。

「どうです、乗っていきませんか?」

女が口許に薄笑いを浮かべた。肯定の印なのだろう。

「じゃあ、どうぞ。狭くて恐縮ですが、私も向こうに行きますので」

そう言いながら、彼のうちで興奮が高まっていった。

耳元でまた例の声が聞こえた。「上玉じゃないか。やれ、やるんだよ。いつものように女がぼろぼろになるまでやっちまうんだよ」

「清、やれ、やるんだよ」

彼は「うるせえ」という言葉をかろうじて飲みこむと、王女さまを迎える王子のように頭をさげて車のドアを開けた。あとは俺の出番だ。おまえは引っこんでろってんだ。

にやりと笑って、ポケットに手を入れた時、彼の首筋にひんやりしたものがあたった。

彼は一瞬、何が起こったのか理解できなかった。フフフと低く抑えた声が頭上で聞こえた。まさか、あの女。

「さあ、乗せていってよ」

若い女は刃先の鋭い包丁を彼の首につけていた。「さあ、案内してくれよ、おにいさん。緑山へ。わたしは急いでるんだから」

彼は何が起こったのかわからず混乱していたが、とんでもなく悪い籤《くじ》を引き当ててしまったことだけは確かだった。いつもの女たちとは違っていた。

形勢は逆転している。女には一分の隙もなく、劣勢をはね返すことは困難のようだった。

どうしよう。耳元でさっきまで「清、やれ！」と彼をけしかけていた女は、今は完全に沈黙していた。

全身に鳥肌が立つことは、生まれて初めての経験だった。彼は今、服従する悲哀を肌で感じていた。屈辱的な展開だったが、清は仕方なく女を乗せて車を走らせた。女の周囲には殺気が漲り、へたに逆襲すれば殺されかねないような気がする。

「あんたは誰だ？」

清はバックミラーをのぞきこんだ。にやりと笑い返した女の目には狂気が宿っていた。

「さあ、誰でしょう」

女はくすくす笑いながら言った。「でも、わたしはあなたを知ってるわよ」

「ずいぶん大胆ね、浦田清さん。地元を乗りまわして大丈夫なの？」

「え？」

「あんた、女刑事か？」

清はとうとう年貢の納め時が来たかなと観念しかけた。

女はヒステリックな声で笑いだした。

「まさか。わたしが刑事に見える？」

「だって」

「清さん、なんか食べるもの、持ってる？」

ナイフを持つ女の手に力が入った。「あたし、とってもお腹が空いてるの」

「ポテトチップスならあるけど」

「じゃあ、早く頂戴」

「そこのビニール袋に入ってる」

「早くこっちにまわして。左手でやるのよ」

清は言われたとおりに袋を後部座席へまわした。すると、女は片手で器用に袋を破り、ポテトチップスをぽりぽりと食べ始めた。

「ああ、おいしい。わたしの大好物だわ。逃げてると、なかなか手に入らなくてね」

逃げる？　この女は何を言っているのか。それから、津波のような恐怖が一気に押し寄せてきた。

この女、まさか……。額から脂汗が浮きだし、ハンドルがぶれた。手配写真と印象がまるで違っていたが、目だけはそのままだった。

「やっと答えがわかったみたいね、清さん。でも、運転には気をつけてね。二人とも谷底に落ちたら、警察が悲しむじゃない？」

那珂川映子の口から揚げたポテトのにおいが漂ってくる。空腹だった清の胃袋の中で、胃液が回転し、今にも喉元へ逆流してきそうだった。

「制裁されないように気をつけてね」

那珂川映子はポテトチップスを一袋ぺろりと平らげると、清に道を指示した。「はい、そこを右へ曲がって」「そっちじゃないわ。その道よ」「そうそう、そこの道。早くしてね」

彼女が降りたのは、診療所の近くだった。

「はい、ストップ。じゃあ、自分の目にタオルをきつく巻いて。言うことを聞かないと、制裁するわよ」

女は本当に「制裁！」と叫んだ。狂気を孕《はら》んだ甲高い声が、清の脳味噌を貫き、細かく切り刻み、攪拌《かくはん》した。

「わ、わかったよ」

清は屈伏する悔しさを噛みしめながら、命令された通りにし、女の次の指示を待った。強く噛んだ唇から金臭い味が染みだした。

だが、指示はいつまで待ってもなかった。どうしたんだよと思いかけた時、タオルがはらりとほどけて、膝に落ちた。

いつの間にか、人の気配が消えていた。

あれは夢だったのかと思いかけたが、後部座席に無造作に捨てられた空っぽのポテトチップスの袋がそれを否定していた。

那珂川映子は音もなく車から降り、深い森の中に消えていたのだ。

その後も一度、彼女を車に乗せたことがある。獲物と思って乗せた女と大胆にもうらぶれたラブホテルに入った。抱こうと思って女の体に乗りかかろうとした時、初めてあの女だと気づいた。セックスはしたが、最初から最後まで女に主導権を握られていた。彼の体を締めつける女の脚力、吸いつくような肌、彼は体中の精気を吐き出した童貞男のようにめくるめく性体験をした。朝起きた時、女の姿は消えていた。してやられたと思って、悔しかった。

清が今日も最初に目指したのは診療所の付近だったのだ。あの辺から女狩りをして、緑山のほうへ追いこんでいくのだ。

バックミラーに映る赤外線の暗視メガネに、怒りの炎が燃えさかっていた。

13──「マーダー、マーダー」

50

杉山弘明が一人でトイレに立つのは初めてだった。ずっと我慢してきたが、今や膀胱が破裂しそうになっていた。

ユースケをからかっていた手前、怯えたふうを装うことはできなかった。彼とて怖いものは怖いのだ。手には生島足島《いくしまたるしま》神社の学業祈願のお守りがしっかり握りしめられていた。秀才に借りた懐中電灯を持って、結界から出た時、SF映画で見たような時間の壁を通り抜けたような気がした。蠟燭の炎に自分の長身がさらに拡大され、壁にひょろ長く映しだされていた。いくら強がっていても、影は嘘をつけない。彼の気持ちの動揺が揺れる黒い影として壁に投影されていた。

弘明は廊下に出て、注意深く左右を見る。懐中電灯の光を両側に走らせ、異状がないかどうか確認した。光が届かない先は、異次元の世界のように見える。できることなら行きたくないが、膀胱が発する緊急指令は彼の恐怖感を上まわっていた。

素早くトイレを往復して、また教室にもどるのだ。ばかげたイベントだが、まあ、仲間の付き合いだから仕方がない。この化け物の巣窟みたいな学校を一人で探検するより、百物語をやっているほうがまだましだった。弘明はタクシー運転手の父親の話を適当に脚色して、おもしろおかしく話していたが、この校舎の持つ雰囲気が自分の口に影響を及ぼし、話の内容がエスカレートしていると感じていた。他の連中もきっと同じだろう。トイレは手前が女子用、その奥が男子用だった。ユースケは女子トイレに入って失敗したが、少しくらい遠くてもやはり男子トイレへ行くべきだろう。

そう思うと、彼は全速力でトイレへ向かった。廊下を覆う泥で足音は吸収された。トイレの戸を押して、中に入った。異状はない。

小便用のオープンスペースに立ち、放尿しようとした。屋外では物音一つしない。いや、かすかに水の流れるような音がする。あれだけ大量の雨が短い間に降ったのだから、溜まった水が下のほうへ流れるのは自然の現象だ。月が出ているらしく、白々とした冷たい光が窓から差しこんでいる。

とんでもない大量の小便が出た。だが、出尽くした後も残尿感があった。

弘明はズボンのチャックを閉じてから、懐中電灯の光でトイレの中を照らした。何でもない。ただの排出場所。俺は少し神経過敏になっていたようだ。

満男やユースケの話に影響されていたのだ。さっきの校内探検で誰もいないことが確かめられたばかりではないか。あの鐘にしたって、小使い室にあった古い鐘がたまたま風で転がったにすぎないのだ。

弘明は女子トイレものぞいてみることにした。過去の亡霊が恐怖感にとらわれた想像で増殖しているにすぎないのだ。トイレのような閉塞した空間では、怪談話のようなものがすぐに生じてくるのだ。

台風の目だ。

何とも不可思議な現象だった。ブラックホールのような空間にすっぽり包まれた学校の周囲では、雨垂れと水の流れる音以外はいっさいしなかった。水音がかえって不気味な沈黙を引き立てる役割を果たしていた。

弘明は女子トイレの扉を開き、首だけを突っこんでみる。懐中電灯の光で暗闇の中を隈なく照らした。どうということはない。

すべてがばかばかしくなって、笑いだしたくなった。大きく息を吸いこんで本当に笑おうとした時、彼の目に何かが飛びこんできた。

泥まみれの床の上で、それは黄金のように眩く妖しい光を放っていた。

触っちゃだめだ、放っておけ。さもないと、取り返しのつかないことになるぞ。

弘明の内面の声が懸命に警告を発している。

だが、好奇心のほうがまさっていた。彼は女子トイレの中に足を踏み入れて、転がっているものを拾い上げた。

赤いクレヨンだった。誰が落としたのだろう。最初からここにあったのだろうか。金色の筒を右へまわすとクレヨンが出てくる。

彼は水の出なくなっている手洗いの水道の壁に、文字を書くことにした。何を書こうかと考えた時、とっさに妙案が浮かんだ。

グレーの壁に大きく赤く「バカ」と書いた。書いてからくだらないと思い、「緑山中学校なんか、なくなっちまえ」と付け加えた。

そして、弘明は悪乗りして、いつかテレビで見た怪奇映画の中で出てきたおまじないを書いた。

「マーダー、マーダー」

これを書いて呪文を唱えると、必ず殺人鬼が現れるという筋書きのB級ホラーだった。実際に壁に記してみると、冗談ながらも、けっこう鬼気迫るものを感じて、おもしろかった。弘明の喉から忍び笑いが漏れる。

彼は声を出して、「マーダー、マーダー」と三回繰り返した。

クレヨンはやわらかいタイプなので、けっこう減りが早く、筒をさらにまわして中身を出した。女性器を書いたところで、クレヨンが根元からぽきりと折れてしまった。彼は舌打ちして、筒ごとクレヨンを投げ捨てた。

その時、ドアの向こう、廊下に人の気配がした。

誰かがトイレに来るのだろう。たぶん秀才にちがいない。あいつ、この落書きを見て腰を抜かすほど驚くだろう。弘明はいたずら心を出して、一番奥の個室に入ると、懐中電灯を消して、こっそり外の様子を窺うことにした。

トイレの戸が静かに開く気配がした。

明かりをつけている様子はなかった。外の人物は月光の明かりでトイレの中が見えるらしく、ごそごそと動きまわっていた。だが、いっこうに個室の中で用を足す気はないようだった。

「畜生」と罵る声がした。それは低くしゃがれた声だ。三年の教室にいる三人の声質とは違っている。弘明は、思いがけない展開に息を殺して自分の気配を消した。

誰なんだ。

「畜生、よくもやりやがったな」

声を押し殺しているが、大人の女の声のように聞こえた。そんなばかな。どんな女がここに来るというのだ。

「ぶっ殺してやる」

突然、彼の隠れている個室の戸に何かがぶつかった。淡い光であっても、戸から突き出ているものがナイフの先端であることがわかった。鋭く尖ったナイフは戸を貫き、弘明の顔の前に突き出た。それはナイフの持ち主の怒りの強さを表していた。

弘明は口に拳をあて、悲鳴を無理やり嚥下した。悲鳴は重い鉛のように胃に沈み、胃液が胃の中で高速回転していた。

ややあって、戸が開き、誰かが廊下のほうへ出ていく気配がした。弘明はしばらく時間をおいてから個室を出た。

ナイフの柄が個室の戸に深々と突き刺さっていた。

14 ——「ヨウコソ」 51

弘明が教室にもどってきた時、その足はふらつき、目は虚ろで、ほとんど放心状態だった。

あの冷静でシニカルな弘明の異様な様子に、我々三人は声を失った。時間は夜中の一時をすぎていた。朝から歩き通したこともあり、疲労が極限に達し、猛烈な眠気が三人を襲っているところだった。それが弘明のただならぬ様子を見て、眠気はいっぺんに吹き飛んでしまった。

「杉山君、どうしたの？」

弘明は私の問いにも答えず、結界を踏み越えると、転がるように倒れこんできた。七本目の蠟燭の炎が消えそうになるくらい揺らぎ、また息を吹き返した。

満男が弘明の顔をのぞきこみ、両肩を揺すった。

「おい、大丈夫か？」

弘明の長い首が折れ曲がりそうに、前後に揺れた。弘明の虚ろな目の焦点が次第に合うと、彼はようやく口を開いた。

「お、おい、みんな。見たんだよ」

「ばかやろう。だから、何を見たのさ？」

満男が苛立たしげに聞いた。

「女だよ、女」

弘明が珍しく取り乱していた。「女便所に女が来たんだ」

「そりゃ、女便所に男は行かねえよなあ」

満男は鼻で笑った。

「ちょっと、やばいかもしれねえぞ」

「おまえ、怖じ気づいたんじゃないか」

「だったら、満男。おまえ、見てこいよ」

「ばかやろう」

そんな会話をしているのを見て、私は立ち上がった。私自身、そろそろトイレに行ったほうがいいかなと思ったからだ。

「じゃあ、行ってみようかな」

「秀才、やめとけ。殺されるぞ。相手は殺し屋だからな」

弘明が真剣な顔で言うのを見て、私は不安になった。

「わかった。じゃあ、みんなで見にいこう。それなら、問題ないよね？」

「ああ」

弘明は呻くように言い、しぶしぶ立ち上がった。

廊下に出ると、我々四人の不安な心情を示すかのように、左手から生暖かい強風が吹き抜けていた。何も見えない暗闇の中から風が来て、反対側の闇に向かっている。台風の目から抜けて、いよいよ吹きもどしの風が始まろうとしているのだ。

女子トイレの戸は開け放たれたままだった。

月光がトイレの窓から長い光を廊下にまで伸ばしていたが、我々が近づくにつれ、光量が弱まっていった。光が途切れたのは、上空の雲の影響かもしれない。雲はまた厚みを増し、晴れている領域を次第に侵しているのだ。

壁に異様な絵が描かれていた。

「俺が書いたんだ。そこに落ちてるクレヨンで」

弘明が震えを帯びた声で言った。私は床に転がっている筒状の小さなものを拾い上げた。

「これはクレヨンじゃないよ。口紅さ」

一目見て、わかった。私は筒を目いっぱいまわしてみたが、口紅は根元から折れて筒には断片だけが残っている。

弘明の話では、ちょっといたずら心を起こして、壁に落書きをしたのだそうだ。生々しい赤い女性器と男根が道祖神のように並べて書いてあり、「バカ」「緑山中学校なんか、なくなっちまえ」「マーダー、マーダー」という言葉が殴り書きされている。

「そうか、口紅だったのか」

弘明が迂闊《うかつ》だったと自分を責めるように頭を平手で叩いた。

「おまえが全部書いたのか?」と満男。

「俺が書いたのは、チンチン以外だ」

「じゃあ、チンチンを書いたのは?」

「女さ。この口紅の持ち主だよ」

「嘘言え。ここには俺たち以外に誰もいねえんだ」

満男はばかにしたように言った。「おまえ、夢を見てるのさ」

「だったら、これを見ろよ」

弘明は奥の個室の戸を指差したが、狼狽したように戸の表面を指で撫でた。「あれっ、ないぞ。ここにナイフが突き刺さってたのに」

戸には鋭利な刃物を突き立てたような跡が残っているが、それが弘明の言うようにナイフによるものだとは断定できなかった。

「おかしいな」

弘明は首を傾げて、トイレの中を見まわした。「女が『畜生』って叫んでたんだ。なんかやばい感じがしたぜ」

「確かに、杉山君の言うことにも一理あるけど」

私は壁の落書きをつぶさに見た。女陰と文字はずいぶん稚拙なタッチだが、男根はきわめてリアルな筆遣いでひどく猥褻な感じがした。これの書き手は、かなり手慣れていて、弘明とは別人のものだ。

「まさか、那珂川映子だったりして」

ユースケが自分の冗談に受けて、一人で手を叩いた。

緑山ダムの底より深い沈黙が一瞬にしてトイレの中に満ち、空気が凍りついた。誰もその可能性を考えていたが、あえて口に出さないでいたからだ。ユースケが困惑したように黙りこんだ。

「ばかやろう。那珂川映子はとっくにくたばっちまってるさ」

満男が笑ってとりなそうとしたが、笑い声は空虚に響いた。

「もう一度、校舎の中を探検してみない?」

私は落ちこんだ空気を払拭しようとした。不安を解消するには、不安の根本を確かめて疑惑を断つしか方法がないと思ったのだ。

「弘明君の話が本当だとすると、その女はナイフを持ってるんだよ」

ユースケはきわめて鋭い点を指摘した。誰も死にたくなかった。私自身、その謎の女が那珂川映子の可能性は低いと思っていたが、万が一ということもある。もしも彼女がこの学校に潜んでいて、我々と遭遇したら、どのような行動に出るか想像するのも恐ろしい。

「彼女が学校にいたら、我々はとっくに殺されてるはずだよ」

私は力を込めて一人一人説得にかかることにした。パニックになったら、私の手では収拾できなくなる。「進藤君、そう思わない？」

満男は「ああ」とぶっきらぼうにうなずいた。

「杉山君、君は？」

「俺もそう思うよ。冷静に考えたら、ここには誰もいないはずだものな」

弘明は元の皮肉屋にもどり、口許に笑みをたたえていた。「俺たちの貧困な想像力が作りだした化け物以外はな」

「じゃあ、辰巳君。君は？」

「うん、僕もそう思う」

ユースケは、あきらめ顔でうなずいた。

「だったら、これで決まりだね。みんなでもう一度探検しよう」

女子トイレを出て、まず職員室まで行った。先頭の私としんがりの弘明が懐中電灯を持った。だが、職員室には誰もいないし、いた気配もなかった。小使い室、理科室、図書室も、どこにも不審な人影はなかった。ただ、宿直室だけはドアの立て付けが悪く、びくともしなかった。

二階へ向かう階段を四人は一列になって登った。懐中電灯の光が揺れて、我々の姿がデフォルメされて壁に大きく投影されていた。

壁に掛かった肖像画の中から、片岡雄三郎が残忍な笑みを浮かべて、我々を観察していた。「おい、こら。そこの悪ガキども」と今にも怒鳴りつけてきそうだ。

足をすくませるユースケの背中を、三番目を歩く満男が突いた。

「早く歩けよ。臆病者」

怒鳴っている満男の声も震えを帯びている。満男は恐怖を隠すために意識的に声を荒らげているにちがいなかった。

二階に上がると、風がいちだんと強くなっていた。全開した窓から風が入り、板の隙間、窓など様々な「楽器」を使って、悲鳴や口笛に似た音を作りだしている。

美術室や工作室、音楽室も異状はなかった。

一年の教室の窓はガラスがはずれ、桟だけになっているので、風が勢いよく吹きこんでいる。我々はこわごわ教室に入ってみた。

窓から空を見上げると、雲が尋常ではないスピードで南西方向から北東へ流れている。黒い分厚い雲の群れが高速写真を見るように、あとからあとから無尽蔵に湧いてくるのだが、雲の上の月が時々透けて見えて、完全な暗闇にはなっていなかった。

飛ばされた枯れ枝の群れが、校庭で毛糸玉のように舞っていた。

「あ、あれ、見ろよ」

突然、私の耳元で満男が叫んだ。

彼の指す指先を追っていったが、私には枯れ枝に埋まった校庭しか見えない。

「何だよ」

「ほら、あれさ。字が書いてあるぞ」

なるほど、よく見ると、それは校庭に棒で引っ張ったようにして書かれた大きな文字だ。校庭にいた時、文字の形ははっきりしなかったが、二階から俯瞰してみると、その文字の意味するところははっきりしていた。

「ようこそ」

ユースケが怯えた声を発した。

そうだ、校庭には「ヨウコソ」とかたかなで記されていたのだ。

「ようこそ」と満男が復唱した。

何が「ようこそ」なのだ。

何が？

その問いに答えるかのように、鐘が鳴った。それは聞く者の胸に深々と浸透していった。

また鐘が鳴り、強風の音と共鳴した。

…………

15——(片岡雄三郎・特別授業講義録より抜粋⑥) 52

おう、鐘が鳴ったか。

間違いないようだな。さっきは誰かがいたずらしたが、今度は時間ぴったりに鳴ったな。

どうだ、諸君。ひさしぶりの授業でさぞ疲れたことだろう。私もさすがに疲れた。学校を離れて何年もたつからね。それに喘息持ちなので、湿気が多いのが苦手なんだ。今日はむしむししていやな天気だな。

（激しく咳きこむ音）

いや、失礼。このところ、めっきり体力が衰えているのが自分でもわかっているんだ。このまま老いて死ぬのかと思うとつらいね。

だが、弱音を吐いてばかりいられない。あと一時間残ってるからね。

次は修身、いや道徳の時間だ。諸君、もう一踏ん張りだぞ。

では、この時間はここまで。

（起立、礼の声。椅子を引きずる音。スリッパの音が遠ざかっていく。風の音。そのまましばらく時間が経過する。スリッパの音が再び近づいてくる。勢いよくドアを開く音）

だ、誰だ。

あんないたずらをしたのは誰だ。

おい、どうして黙ってる？　何か言ったらどうなんだ。

先生が何を言いたいのかわかってるのか。

（激しく咳きこむ音）

ああ、畜生。苦しい。

おまえたち、先生を侮辱すると、どういうことになるか、わかってるのか。

私がやりましたと素直に名乗り出ろ。今名乗り出たら大目に見てやるぞ。えっ、どうなんだ。

（しばらく沈黙）

まったく、なんということだ。

（重い溜息の音）

情けないよ。私が今まで教えてきたことは一体何だったんだ。諸君はこれまでの三時間をむだにする気か。

では、もう一度言うぞ。いたずらをした者、手を挙げろ。

誰もいないはずはないだろう。

よし、では、十数える間に名乗り出ろ。一、二、三、四、五、六、七、八、九……。

（大きな声で）十。

おお、何ということだ。

わかったよ。諸君、全員起立。誰かが名乗り出るまで、全員が立っておれ。連帯責任というやつだな。

よし、四時間目の授業が始まるまでそうしていろ。

これが最後通告だ。

風にあたって、頭を冷却するのだ。

では、諸君、次の時間で会おう。そのままの姿勢でいるんだ。いいな。

(ドアの開く音。足音が遠ざかっていく。鐘の音が低く鳴り響く)

16——「肖像画」 53

「誰なのかなあ。『ヨウコソ』なんて書いたのは?」

私は自分だけがやっていないことを知っていた。残る三人はみなトイレに行くと称して単独行動をとっている。いたずら好きな連中のことだ。校庭に行って、棒切れで文字を書くなんてことは造作もない。

「誰もやってないぜ」

弘明が心外だと言わんばかりに反論した。「秀才だって、この学校に入る前に、校庭に字が書いてあったのは知ってるだろう?」

「うん、まあね」

それは私も認めないわけにはいかなかった。

「俺たちが来るずっと前に誰かが書いたんだよ。きっと」

弘明の言い方には説得力があった。

「でもねえ……」

生まれかけた私の疑念を鐘の音が遮った。

「どうなってんだよ。また鐘が転がりだしたのか」

満男がうんざりしたように言った。

「行こうぜ。早く見てみよう。化け物が暴れだしたのかもしれない」

弘明が最初に教室を飛び出した。私たちもそれにつづいて駆けていったが、階段の上で急に立ち止まった弘明に危うくぶつかるところだった。

「杉山君、危ないよ」

非難する私を制して、弘明がある一点に懐中電灯の光を照射した。

我々の口から一斉にどよめきが漏れた。

校長の肖像画にいたずら書きがなされていたのだ。口のまわりが丸く赤い口紅で塗られており、そのわきに「バカ」と書かれていた。

「ずいぶんひでえことをしやがるな」

弘明が言った。「誰がやったんだ?」

誰もが言葉を失い、その場に呆然と立ち尽くしていた。

その時、一陣の突風が二階から吹きこんできた。肖像画の額がぐらりと揺れた。校長の顔が一瞬、とがめるように我々を見た。

「おまえたち、よくもわしを愚弄したな。許さんぞ」

その目は、無言のうちにそう告げているようだった。

校舎の外で地響きのような揺れが起こり、足元にずしんと伝わってきた。轟々と唸りをあげる音は崖崩れの音かもしれなかった。

その時の我々は、内と外から姿の見えない力に包囲されつつあったのだ。

〔休み時間〕

1

54

……こつこつと窓ガラスが叩かれている。黒い影が窓に張りつくようにして彼女を凝視していた。

――頼むから、早く中に入れてくれないか。

「ほんとに人を呼ぶわよ」

――呼んでみればいいさ。

「看護婦さんを呼ぶわよ」

――呼べよ。叫べよ。

男の手が窓枠にかかった。

――開けろ、開けろ、開けろ。早く。

男は笑っていた。白い歯が闇の中に浮き上がっていた。

——早くしないと、こっちから割るぞ。

彼女は逃げようとするが、恐怖のために腰が抜けていた。彼女は腹這いになりながら、腕の力だけでドアのほうへ向かう。お願い、誰か来て。

突然、ガラスが割れる音がした。あの男は本当に割ったのだ。

絶望的な気分に襲われながら、彼女はふり返った。錠のそばのガラスがいびつな形で割れている。割れたところから軍手をはめた手が差しこまれ、錠をまわしていた。すぐに窓が開かれた。

逃げるのよ、早く逃げないと、あの男に捕まってしまう。

彼女は腹這いになりながら、ドアのほうへ進んだ。風が開かれた窓から入ってきた。生ぬるいいやな風。

男が窓枠を越えて病室の中に飛びこむ気配がした。

——入ってきたよ、お嬢さん。

「お願いだから、帰って」

——ここまで来て、帰れるかよ。俺、ご馳走は拒まない主義なんだ。

「ご馳走?」

——ああ、おまえのことだ。

「何をする気?」

——言わなくても想像がつくだろうよ。おまえもねんねじゃないんだろう？

「やめて、助けて」

——ばかやろう、静かにしろ。

逃げようと腰を浮かせた彼女を男が背後から抱きにかかった。彼女の体がふわっと宙に浮き、そのままベッドまで運ばれていった。

鼻の大きな男だった。汗とにんにくのまじったような不快な体臭が男の胸元から漂ってきた。彼女は男に組み敷かれながら、目をつむった。

腰の辺りがひんやりとした。

——そうそう、おとなしくしてりゃ、そのうちに気持ちよくなるからな。

だが、男が彼女にしたおぞましい行為は激しい痛みを伴い、快楽にはほど遠いものだった。彼女はシーツを噛みながら神仏を呪うことしかできなかった。

2

55

台風は想像以上にひどかった。

診療所付近はまだそれほどでもなかったが、被害は森の奥深くへ進んでいくほど甚大になっていった。台風の目から抜け出て、吹きもどしの風がひどくなっているのだ。小康状態の時までかろうじて倒れずにいた木も、新たな暴風に耐えきれず、根元からごっそりと抜けたり、幹の途中から巨人にへし折られたような無残な折れ方をしている。いくら清がこの付近の山中の地理に通暁しているとはいっても、もはや車が通れる道も限られていた。それでも、四輪駆動の車はよくやってくれたと思う。盗難車とはいえ、愛着を覚えていたので、捨てるに忍びない。今までは足がつく前に町中に巧妙に乗り捨て、新しいものに替えていたものだが、今度の車は少し乗りすぎていたかもしれなかった。

校舎までは直線距離にして一キロくらいのものだろう。暴風雨の中、しかも暗い夜道を自分の嗅覚を頼りに行くわけだから、辿りつくまでに少し時間がかかるかもしれない。

突然、雷鳴と大音響とともに、樹齢数百年もありそうな巨木が道の前方に倒れた。バーンと破裂するような音がした後、木は根元から折れた。ぐわっと悲鳴に似た音を出した後、木は道をふさぐ形で倒れた。ずしんと地響きがあり、反動で木の根元が上へ大きく跳ね上がった。

上空から泥と水が大量に降りそそぎ、彼の車のフロントガラスまで飛んできた。ガラスにぴしりと蜘蛛の巣状のひび割れができた。

前方の道は完全にふさがれたし、後方も百メートルくらいのところで大きな崖崩れがあったようだ。

彼は車のサイドボックスに入っていた携帯用の雨合羽を取り出して、素早く身につけた。また倒木がないともかぎらないので、車から脱出するつもりだった。目指す旧緑山中学校は、この道の真下あたりにあるはずで、斜面をすべり降りていけば到達できるはずだ。

確かに恐怖心はあった。

自然の猛威のほうが人間より恐ろしいし、魑魅《ちみ》魍魎《もうりょう》や想像が生み出す恐怖をはるかに凌駕する。

恐ろしかった。目の前で稲妻が走った直後雷鳴が轟き、巨木が倒れる。強風を伴った横殴りの大雨が彼の体をふわっと浮き上がらせる。

あらゆる死に方が考えられた。倒木による圧死、崖からの滑落死、崖崩れによる窒息死、泥流の中での溺死。

だが、今の彼にはその恐怖心が逆に活力になっていた。四方から襲いかかる死の恐怖を打ち破ることが、彼のエネルギー源となった。

彼は車を乗り捨てると、舗装道から崖を降りていった。背後でガシャンと金属音がした。車が倒木に押しつぶされたのだ。無数のガラスの破片が彼のほうへ降り注いできた。背中に鋭い痛みが走った。

「くそっ」

崖に生えている木に体を預けて、背中から鋭く尖ったガラス片を抜き取った。抜き取る時、指が切れてひどい痛みが走った。錆びた味の血を飴をしゃぶるようになめながら、彼は滑るように斜面を下っていった。まるでグラススキーだ。草が濡れているので、滑りが加速度的に速まっていく。時々、木の枝に足をつけて、スピードをゆるめなくてはならなかった。

雨合羽はとうに破れ、ただのビニールの切れっ端になっていた。合羽を脱ぎ捨てて、身軽になった。

それでも、学校に近づいていくのが実感できた。あの呪われた学校全体が放つ毒気が彼を磁石のように引き寄せているのだ。いくら自然の脅威にさらされていようとも、彼は死ぬ気がしなかった。あの学校が彼を庇護しているのだから。

緑山中学校――。

あの学校で寝泊まりしていれば安全だった。警察がいくら山狩りをしようが、あの学校にいるかぎり捕まらない自信があった。捕まったら捕まったで、それも運命だと達観していたので、姑息に山中に逃げこむようなことはせず、小使い室の腐った畳の上で静かに横になっているだけだった。

警察が彼を見逃しているのも、すべて神の思し召しだと思った。あの学校は実在しているが、本当は彼以外の人間の目には見えない存在なのではないかとも思っていた。

それだけに、早くもどる必要があった。

あそこなら安全だ。あそこなら……。

その時、突然、彼はただならぬ気配を察知した。

誰かがいる。彼のそばに誰かがいる。

彼はとっさに目についた立木につかまった。己の気配を消して、全身を耳にして嵐の中に潜む何者かを探した。

「走れ、清。走れ」

あ、母さんか。母さんが帰ってきたんだね。気まぐれな……。

「母さん」

言葉を発すると、大量の雨水が口の中に入ってくる。「そうなんだ、母さんなんだね。今までどうしてたんだい。ずいぶん冷たいじゃないか」

相手は無言だが、彼は女のにおいを嗅いだ。

母の胎内で守られているような安堵感を覚えた。

「そうだよね、母さんだろう？」

どうして返事をしないんだ。

「走れ、清。走れ」

しゃがれただみ声が、嵐の中を突いて彼の鼓膜へ達した。

違う。母さんじゃない。

「誰だ?」

女の高笑いが、彼を戦慄させた。あの声は本当の声なのか、それとも彼の幻聴なのか。

「走れ、清。走れ」

今度は母さんの声だった。

じゃあ、さっきのは俺の勘違いだったんだね。

「わかった。早くもどれと言いたいんだろう。俺は今そうしてるところなんだよ」

彼の高揚感は最高潮に達した。

大自然の猛威を彼はエネルギーとしてとりこんでいた。

「殺せ、殺せ、殺せ」

母さんは命じていた。

彼の全身は火の玉のように熱く燃えたぎっていた。

…………

四・第四時間目

さて、諸君。休み時間は終わった。

どうだね。少しは頭を冷やしてみたかね。

先生だって、大人のつもりだ。いつまでも諸君に腹を立てているつもりはない。

ただ、いけないことはいけないと言っておかなくてはならない。ものにはけじめというものがあるのだ。

さあ、どうだろう。名乗り出る者はいないかな。私がやりましたと正直に告白する者。

やりにくいのであれば、こうしよう。いいか、全員、目を閉じろ。閉じたところで、自分がやった者、すみやかに手を挙げろ。誰も見ていないんだから、やりやすいはずじゃないかな。

（溜息の音）

うーん、強情だな。諸君も大人なのだから、少しは理性を働かせてほしいのだがな。

よし、これが最後通告だ。もし名乗り出ないのであれば、諸君全員に連帯責任をとってもらおう。

(沈黙)

え、どうだね? それでも、名乗り出ないのかな。

わかった。全員、廊下に正座して一列に並べ。

いいか、そのまま一時間座っているんだ。

こういうことをするのは、私の本意ではないが、仕方がない。これも社会勉強だと思って、じっと我慢するんだな。今から名乗り出ても遅いぞ。我慢にも限度があるということを知っておいてほしい。

……………

先生は無茶なことを言っていると思うか。え、諸君?

(片岡雄三郎先生講義テープ 1・サイドAから)

1 ——「ここにもいない」

57

暗闇の中、我々は三年の教室の中央で車座になっていた。蠟燭のそばにいるかぎり、危険は迫ってこないし、教室の外から隔絶されたように感じることができたのだ。板壁の向こうは別世界なんだ、台風はどこかよそで起こっていることなんだ。いくら結界の外で怪奇現象が起ころうと、邪悪なものはあくまでも想像の産物にすぎず、我々に直接危害を加えるわけがないのだ。

私も外界のことは意識的に忘れるようにしていた。肖像画に落書きがしてあったことも、鐘が鳴ったことも、我々が極度の緊張にあり、しかも台風という異常な状況下で感じた幻覚であり幻聴なのだ。

台風を含めたそうした外界の出来事が、目に見えない形で百物語に影響を与えるのは当然だった。外界と教室の中は相互に影響を及ぼし合い、互いの領域を侵食し合っているようだった。

百物語の内容は次第にエスカレートし、現実から遊離しているものになっているが、あくまでもそれは虚構であり、肝だめしの範囲内にあった。私は何度も自分にそう言い聞かせていた。

蠟燭は八本目になったところだ。

「ええと、浦田清がこの学校へ向かっているところまで話したよね？」

私が七十一番目の話の内容を再確認する。

「やばいんじゃないの。そんな話、勝手にでっちあげて」

ユースケが不安げに言った。「浦田清がほんとに来ちゃったらどうすんだよ」

「おもしれえじゃんか。どうもこの学校、寂しすぎていけねえよ。少しは人が集まったほうがにぎやかになるってもんだ」

満男は笑うが、それもどこか空元気のように聞こえる。

「那珂川映子はどうしちゃったんだ？」

弘明が珍しく真面目くさった顔で言った。「あの口紅なんだけど、どこかの女が落としたんだよな」

「昔の教師の持ち物だったんじゃないか」と満男。

「違うよ。あれは僕の母さんが使ってるのと同じメーカーのだよ。昔のじゃないさ」

ユースケが否定的な見方をした。「テレビでも新製品って宣伝してるし」

「ふうん、そうなると……」

満男は首をひねって、天井を仰ぎ見た。「もしかして……」

「もしかして？」と私。

「高倉たちじゃないか。先公たちがここに迷いこんできたかもしれないよ」

ユースケは顔を輝かせた。

音楽の高倉教師が女子生徒二人を車に乗せていたのを、我々は朝のうち目撃していた。赤沢厚子の話では、療養所に入院している桂木真知子の見舞いにいくということだったが、台風に巻きこまれた可能性も考えられた。

「先生たち、こっちに迷いこんできたのかなあ。来たら、大歓迎するぞ」

ユースケは歓声をあげた。

「ばかやろう、そんなはずねえだろう？」

弘明がきっぱり否定する。「トイレの戸にナイフを投げたのが誰か考えてみろよ。高倉があんなふざけたことをすると思うか？」

「そうか、先生がそんなことするわけないか」

弘明ににらみつけられて、ユースケは落胆したように頭を垂れた。

「あれは間違いなく那珂川映子がやったんだぜ」

弘明は那珂川説に固執する。

「だったら、那珂川映子はなぜここに来ないんだろう？」

私は冷静に言った。いたずらにみんなの不安をかきたてたくなかったのだ。「彼女がここにいたら、侵入者の我々を全員殺すはずじゃないの？」

「そうかな」

「そうに決まってるよ」

「秀才。おまえ、やけに自信ありげだな」

弘明はその時、手をはっしと叩き、私に指を突きつけた。「ここで起こってることって、秀才、全部おまえが仕組んでるんじゃないか。おまえが俺たちを脅かそうとして、いろいろ趣向を凝らしてさ」

「違う。そんなことはないね」

「おまえがここに探検に来る目的は、俺たち三人を怖がらせることだった」

クールな弘明にしては珍しく食い下がった。

「違う。夏休みが退屈だから、おもしろいことをしようと思っただけさ。結果的に怖いことが起きてるけど、自分は関係ないもの」

「じゃあ、聞くけどな」

弘明はしつこくからんだ。彼がトイレで体験したことを夢だと否定されて、少しむきになっているにちがいない。「秀才。おまえ、まだ一人で便所に行ってないよな」

「ああ、行きたくないもの」

「そろそろしたくなったんじゃないかな」

「ううん、全然」

「行けよ、一人で」

弘明は執拗に言い、同意を求めるように満男とユースケを見た。「おまえたちもそう思うだろう。せっかく肝だめしをやりに来てるんだから、みんな、最低一回は怖い目に遭ってもらわないとな」

「秀才、俺もそう思うぜ。弘明の言うとおりだ」

満男は弘明に同調した。

「僕もそう思うよ。やっぱ、不公平だと思うもの」

ユースケも賛同の意思を示した。

「ほれ見ろ。三対一だぜ。多数決で、おまえが今度はトイレに行くんだ」

三人の目がいっせいに私を向いた。多勢に無勢だ。私は仕方なく立ち上がった。

「わかった。行ってくるよ」

私は捨てぜりふを吐いて、結界から飛び出した。善光寺と諏訪大社のお守りを持っているが、そんなものが気休めにすぎないことを私は知っていた。実際に那珂川映子が潜んでいて襲いかかってこられたら、お守りごときで対抗できるはずがないのだ。実をいうと、私はポケットに護身用の果物ナイフを忍ばせていた。いざとなったら、これで応戦するつもりだったのだが、それにしても……。

教室をふり返ると、三人が私を凝視していた。もはや後もどりはできない。行ってみるしかなかった。

廊下に出ると、湿気を大量に含んだ強風が吹き抜けていた。風にまじった砂粒が痛いほど頬に突き刺さり、目を開けてはいられないほどだ。枯れ葉や小さな木片が廊下を舞っている。自然の猛威の中では、百物語で呼び出された亡霊の存在さえ霞んでしまいそうだ。

臆する気持ちが、強風の中で衰えていき、なぜか勇気が湧いてきた。

私は笑いの衝動を抑えるのに苦労した。体の中心部から波動のように押し寄せるエネルギーが全身を震わせる。そして、ついに抑制がきかなくなって、笑いだした。教室に残った連中にも聞こえるほどの大声で。

まず女子トイレをのぞくことにした。口紅が落ちていたのもそこだったし、女が潜んでいるとしたら、まずそこが考えられたからだ。

急に尿意を覚えた。尿意はトイレが近づくにつれ、我慢できないほど強くなっていった。私は女子トイレの扉を開け、手前から三番目の個室に飛びこんだ。ジーンズと下着を下ろすと、それを待ちきれないほどの勢いで小便が出てきた。すっかり小便を出しきって、ホッとした時だった。私の全身は不意に強力なエネルギーに包まれた。すべてを破壊しつくすほどの強烈な悪意だ。

「これだな」と思った。満男や弘明が感じたのも、きっとこれにちがいない。だが、すべて不安と恐怖が作りだす実体のないものなのだ。恐怖を感じなければ、そのエネルギーは小さくなり、やがて消えてしまうはずだった。

私は腹に力を入れて、気持ちを落ち着けた。静かに立ち上がり、ジーンズのチャックを閉める。

ノックの音がした。

もちろん、これは幻聴だ。入口に近いほうの個室の戸が叩かれているような気がした。騙されるなと自分に暗示をかける。

すると、「いないわ」と囁くような小さな声が聞こえた。嘘だ。あれも幻聴だ。いいか、幻惑されるな。おまえの心の臆病な部分が些細な音に過剰に反応しているだけなのだ。落ち着け、落ち着け。女がいるはずがない。

私は深呼吸して、胸の動悸を鎮めようとした。

狭い個室の中で、私の心臓の鼓動だけが増幅して聞こえた。

怖くない、怖くない。シャツの胸ポケットに入ったお守りを上から押さえつける。だが、落ち着こうとする意識とは裏腹に、不安はアメーバの細胞分裂のように増殖していった。

長い沈黙があった。

ほら、見ろ。さっきのノックはやはり幻聴だったのだ。外部の風の音が鼓膜に達して、ノックのような音に聞こえてしまったのだ。まったく、驚かせるじゃないか。そう思うと、潮が引いていくように不安が鎮まっていった。

さあ、さっさとここから出ていこう。もう教室の連中もいいと思っているはずだ。

私は差しこみ錠に手を触れ、戸を開けようとした。

そのタイミングを狙っていたかのように、またノックがあった。今度はさっきより近い。隣、私の隣の個室だ。彼方に遠ざかっていた不安が、倍以上になってもどってきた。

私は緊張して、耳をすました。誰もいるはずがないので、応答するノックはなかった。あたりまえだ。ここには私以外に誰もいないのだから。

私は神経過敏になっている。

これは現実のことではないのだ。黙って目を閉じていれば、何も起こらずに終わってしまうに決まっている。亡霊はただ私を怖がらせようとしているだけなのだ。

「他愛もない妄想の産物に決まってる」

とつぶやいた。声に出してみると、頭の中に巣食っていた魑魅魍魎どもはいっせいに退散を始めた。

ほら、他愛のないことなのだ。私はふっと笑う。

すると、また声が聞こえた。

「ここにもいない」

間延びした女の声だ。これも風が建物の隙間を声帯にして作りだしたいたずらだ。そう思うと、かえって楽しくなるではないか。

私は鼻唄をうたいだした。

夢、夢、みんな夢なんだ。少しも怖くないぞ。

ノックがあった。私の個室の戸だ。私の口は開いた状態で凍結した。嘘だ。嘘に決まっている。今のも風のいたずらさ。絶対に。戸の外で擦るような足音がした。

トントントントン。規則正しく、着実な音だった。風のいたずらにしては、少し高度のテクニックが必要だ。

私は息を止めて、音がやむのをじっと待った。

「ここにもいない」

また外で誰かが言った。戸が強く蹴飛ばされる。戸がみしりと音をたてた。

これも、風のいたずらと考えるべきか。でも……。私の中で不安が生まれ、楽観的な考えを心の中から一掃した。

答えを得るには、たった一つだけ方法があった。

ノックを返すのだ。それで戸の向こうの存在の反応をみるのだ。

戸の外に何者かがいるのは、もはや疑いのない事実だった。いくら夢だと糊塗しようとも、もはやごまかせない段階に来ていた。

足音が私の隣の個室の前に移った。それから、おもむろに戸が叩かれる。私は意を決して重々しくノックを返した。

戸の向こう側ではっと息を飲むような音がした。向こうにしてみれば、予想もしていない展開だったにちがいない。沈黙が戸を挟んだ両側で重く沈んだ。屋外の風の音も瞬間的に収まったように感じられた。

脂汗が額の生え際から垂れ落ちてきた。全身からひやりとした汗が溢れだす。息詰まるような緊張感に私の足の力が萎え、背後の壁にもたれて息を止めた。

どうしよう。魔物を呼び寄せてしまった。軽い冗談のつもりだったのに。

これは教室にいる三人のいたずらではない。明らかに別の誰かだ。

また外からノックがあった。

それから、私にとって予想外の展開になった。

いきなり、ばりばりと木が裂けて戸が倒れる音がした。隣の個室だ。外からの侵入者は内部からの者の反応に対して、暴力的な行動に出たようだった。

ヒュッと空気を切り裂くような音がした。台風の咆哮とは異質の鋭い音だった。どしんと戸が蹴りつけられ、私のいる個室を隔てる板が軋んだ。

「畜生、ここにもいないわ」

女がヒステリックな声で絶叫した。私のいる個室の中の空気が、薄い板壁の向こう側の女の放つ悪意で歪み、たわんだ。

私は生きた心地がしなかった。これは想像ではない。扉の向こう側にいる女の持つ悪意は正真正銘、この世に実在するものだ。

見つけられたら、私は間違いなく殺されるだろう。強い殺気が屋外の強風のように個室の外に渦巻いていた。

だが、このままここにいれば、必ず見つけられてしまうだろう。息を潜めて殺されるのを待つか、それともわずかな隙を見つけてこの個室から脱出するか。三人の仲間の待つ教室まで直線距離にしてわずかだ。もし廊下まで逃れて叫べば、助けはくるだろう。

私は後者の可能性に賭けてみることにした。どうせ殺されるのなら、少しでも助かる可能性のあるほうを選択すべきだ。

私は息を止めて、相手の動きを探った。

耳を澄ますと、人の気配が消えていた。かわって台風が校舎を激しく揺らしだした。まるで暴風雨のさなか、荒海で翻弄される船のようだ。海上を漂う船は傷みがひどく、あと少しの圧力が加わると、木っ端みじんになってしまいそうだった。

するとやはりあれは過剰な恐怖心が作りだした妄想にすぎなかったのか。

私にはそのほうがありがたかった。自然の猛威は今の私に安心感を与えた。さっきまでの不思議な体験はみな空想が作りだしたものだ。古い校舎に巣食っているかつての生徒たち、教師たちの魂も台風に反応したのかもしれない。

湖底に沈んでいた学校が、大渇水によって何十年かぶりに奇跡的に浮上したものの、傷みの激しい校舎は台風をまともに受けて悲鳴をあげているにちがいない。不思議な妄想は、校舎が発する悲痛なメッセージなのだ。

トイレの中には、平和がもどっていた。

私は出すべきものを放出した安堵感を今ようやく味わっていた。

把手に手をかけて、静かに戸を引いた。目の前に漆黒の空間が広がっていた。

相変わらず、台風は猛威をふるい、台風が通過した今も衰える兆しは見えなかった。

午前二時をすぎている。普通ならとうに眠っている時間なのに、私は少しも眠気を感じなかった。

誰もいなかった。怖がったのが不思議なくらいだ。私は足音をたてないように出口へ向かった。

扉に手をかけて、廊下へ出ようとしたその時だった。

私は再び猛烈な悪意に包みこまれた。一瞬、私は自分の身に何が起こったのか理解できなかった。

意識を失う寸前、雷鳴が轟いた。

トイレの壁に書かれた「マーダー、マーダー」の緋文字が瞬間的に炙《あぶ》り出しのように浮かびあがった。

そして、口を真一文字に結んだ女が凄まじい形相で私を凝視していたのだ。

「な、那珂川映子！」

どこか遠くで複数の女の悲鳴が聞こえたように思った。雷鳴の音と悲鳴が恐怖のデュエットを演じていた。

突然、とんでもない大音響がした。まるで猛スピードの車が校舎に突っ込んできたかのようなクラッシュ音だった。木が裂け、校舎が大きく傾いたような気がした。過去の亡霊たちが一斉に目を覚まし、おぞましい悲鳴をあげた。

2──「漂流教室」　58

女のような悲鳴が校舎を破壊するほど強く響いていた。それは結界の中にいる三人の少年にもはっきり伝わってきた。足元を震わせる地響き、校舎を揺らす風、ドラムを叩きつけるような雷鳴……。さまざまな音が一緒くたになって、この世の最後の到来を予感させる地獄図を描こうとしているかのようだ。

「なんかやばい気がするぜ」

満男が肉付きのいい顔をこわばらせながら言った。

「見てきたほういいんじゃないの？」

ユースケが眉根を寄せて、廊下のほうを探り見る。

「あの便所、ろくでもねえところだからな」

弘明は頭をかきながら他人事のように言った。「何が起こっても不思議じゃないぜ」

「どうする、見てくる？」

ユースケが満男と弘明の顔色を窺い、腰を浮かせ気味にした。

「弘明はどう思う？」

満男は最終判断を冷徹な弘明に任せた。

「俺は大丈夫だと思う」

「ほんとにそう思うか？」

満男は不安げに聞き返す。

「ああ、そうだ。どうも、こんなばかげたところにいると、俺たちの貧困な想像力が刺激されるんだ。おまえの今の話、なかなかよかったぜ。秀才が便所の戸を叩き返したところなんか最高だった」

「へえ、そう思うか?」

満男はまんざらでもない顔をする。

「国語の成績が2の奴が考えだした話にはとても思えないよ」

「けっ、大きなお世話だ。弘明、おまえはいつだって……」

いやみな奴だと言いかけた時、また絹を引き裂くような声が聞こえてきた。それは教室の中の空気を一瞬のうちに凍りつかせた。

「あれは、全部夢なんだ。耳をふさいでいればいいのさ」

弘明が言うと、満男とユースケは両手で強く耳を押さえつけた。

緑山中学校の旧校舎は大波に翻弄され、行方も知れぬ漂流の旅をつづけていた。

3――「帰還」 59

水に濡れた山の斜面は、想像以上に滑る。落ち葉が潤滑油的な役割を果たしているのだ。滑るがままに任せていると、かぎりなく加速度がつき、危険この上なかった。浦田清は時々立木につかまり、適当に減速しながら緑山中学校の旧校舎目指して降下していった。

台風の被害はもちろん森の中にも及んでいるが、山深く入りこんでしまうと、風は耐えられないほどではなかった。

上空の雲の動きは、肉眼でもはっきり見てとることができた。うっすらと明るいので、旧校舎の位置は感覚的にわかった。校舎全体が発する磁力とでもいうべきものが彼を引きつけていたし、彼の動物的勘はたとえ漆黒の闇の中であろうと目的地の位置を正確にとらえることができるはずだ。

「走れ、清。走れ」

女の声が彼を元気づけた。

あと三百メートルほどで学校へ到達できるはずだった。

すでに校舎の瓦屋根が木の間越しに見えた。

彼は全身の余分な力を抜いた。そして、スピードをゆるめると、今度は着実に一歩一歩踏みしめながら急斜面を降下した。

あと二百メートルの地点まで来ると、校舎全体を俯瞰《ふかん》できるようになった。清は今度は全身を耳にして、注意深く歩んでいく。

学校に変わった様子はなかった。人の気配も感じられない。

彼は校舎の裏側に降りて、ごみ焼却場のわきから裏口に達した。風に吹き飛ばされた青葉がひっきりなしに落ちている。風の凄まじさは森から抜けた途端、はっきりしてきた。

彼はドアを開けて、そのまま校舎に入る。廊下を足音を忍ばせて男子便所に入った。小用を足した後、小使い室にもどり、汗臭い湿った布団の上に身を横たえた。

疲労困憊の状態だったが、眠気は感じなかった。体の深奥で怒りが静かに燻っている。消し炭のように怒りを最小限に燃焼させておいて、いざ外部から力が加わったら、すぐに燃えあがるようにしてあった。

眠ってはいけないが、体を休めなくてはならなかった。何かが起こる予感がしてならなかったのだ。

「気をつけろ、清。油断するな」

「わかってるよ。俺を信用しろ」

暗闇に縦横にはりめぐらされた彼のアンテナは、近づいてくる危険なものをすでに感知している。網膜のレーダーに小さな白い光点が映っていた。

それは学校のほうへ近づいているが、まだかなり遠かった。

彼は目を閉じながら、レーダーの観察をつづけた。獲物が入ってくる前に少しでも多く体を休息させておく必要があった。

…………

4――「脱出」

60

那珂川映子は身の危険を感じたので、潜んでいたアジトを離れ、道なき道を這い登っていた。

水をたっぷり吸った土は粘りけを帯びているため、何度も彼女の足をとらえ、容易に登らせようとしなかった。敏捷な動きを身上にしている彼女でさえ、この登りには手こずった。

警戒信号が彼女の頭の中で点滅している。「早く逃げないと、やばいことになる。早く逃げろ、早く」と。

気持ちだけが空回りする。これまで数々の修羅場をくぐり抜けてきた彼女に、最大の危機が訪れているのだ。

彼女とて、恐怖心はある。

あいつら、ばかめ。勝手にくたばればいい。

ゲームには飽きた。もう付き合いきれなかった。

新たなアジトはあと数百メートルほど高い地点にある。見上げても、篠つく雨が目に突き刺さるため、視界がきかないが、彼女の頭脳に埋めこまれたレーダーは、その位置をはっきりとらえていた。あそこまで行けば、もう安全だ。あそこまで行けば……。

足が滑り、不意に体の自由を奪われた。

とっさに宙に延ばした手が、木の枝をつかみ、転落を免れた。くそっ、油断するな。これまで生き抜いてきたのに、こんな基本的なミスで命を失ったら、仲間に笑われるぞ。

彼女は負けず嫌いだった。笑われるのが死ぬほどいやだった。笑われないようにするために、陸上部で体を鍛練し、勉学に励み、一流といわれる大学に入った。

だが、猛勉強の反動が彼女を重度の五月病にした。わたしは大学に入ったけれど、果たしてこれでよかったのか。もっと違う生き方があるのではないか。

たまたまクラスにオルグに来た上級生が誘ったのが、ある学生運動の集会だった。地方出身の真面目な女子大生には何でもよかった。言葉の巧みな先輩が彼女の純白な思想のページに過激な思想の色を塗ったのだ。宗教系のサークルに行っていたら、彼女はやはり真っ白なページに胡散臭い神の教えを塗りこまれたにちがいない。

彼女にとっては、学生運動でも新興宗教でも何でもよかった。学業以外に真面目に打ちこめる何かが必要だったのだ。

たちまち彼女はそのセクトの重要なメンバーになった。

それからのことは思い出したくもない。虫けらのような意志薄弱な裏切り者や軟弱な反動分子たちを闇に葬っただけのことなのだ。これも組織防衛のためだった。

脳の中心部が鈍く疼いていた。たぶんそこに疾患があり、それが彼女の思想を過激にし、狂わせているにちがいない。

心臓の鼓動が、脳の痛みに呼応して激しくなる。それに比例して、彼女のうちにある怒りが発火点に向かって急上昇する。

「制裁！」

風雨の中で彼女は声高らかに叫んだ。彼女の咆哮が台風の怒号と重なり合った。自然の猛威が彼女の中に大量のエネルギーを注ぎこんだ。

「制裁」と叫ぶ時、彼女のまわりに目に見えないバリアができ、無敵の存在になれた。誰と戦っても負ける気がしなかった。

那珂川映子は立木を巧みにつかみながら、山の斜面を登っていく。一歩一歩着実に。

粘土層を抜けると、下生えのしっかりした斜面だ。

胸ポケットにはナイフが忍ばせてある。そのひんやりした感触は彼女に生命と力を与えた。

出会った奴は、皆殺しにしてやる。

社会に対する怒りは、裏切り者に、警察に、そして彼女の行動を邪魔する者に向けられていた。

やがて、彼女の脳に埋めこまれたレーダーは、大きな物体をその視野の中にとらえていた。

建物だ。森の中にひっそりと佇むもの。

そこが彼女の新しいアジトだった。

「フッ、やっと着いたか」

苔むした木の門柱を手で撫でる。文字の凹凸で、「緑山中学校」と書いてあるのが分かった。

緑山中学校——。

彼女の頬を砂粒のまじった強風が吹きつける。横殴りの大粒の雨が頬を叩きつける。

ひたすら痛く、ひたすら冷たかった。

そうした諸々のことが、彼女の眼前にあるものが夢ではないのを証明していた。

もう一度、指で文字をなぞる。

緑山中学校。

「間違いない。ここは緑山中学校なのだ」

誰かが語りかけてきた。

誰、誰なの？

「ようこそ、緑山中学校へ」

誰かが彼女の耳元に囁いていた。彼女は初めて恐怖を覚え、ふり向いた。猛り狂う風が咆哮しているだけで、背後には誰もいなかった。

校舎の周囲の木々が右へ左へ釣り竿のようにしなっている。引きちぎられた枝が宙を飛んでいる。彼女は身の危険を感じて、校舎へ進んでいった。

誰かが笑っている。罠だと思っても、ここにしか彼女の安住の場所はなかった。

笑うなら笑え。笑い返してやるから。

ちろちろと燃えていた消し炭に大量の新鮮な酸素が送られていく。腹の底で怒りの油が沸騰点に達し、怒りの炎がたちまち燃えさかった。

5――「マーダー、マーダー再び」 61

ユースケは祖母に教えてもらった般若心経を唱えようとしていた。心を冷静にしてお経を唱えれば必ずおまえの思うようになる。祖母はそう教えてくれた。

だが、般若心経はむずかしくて彼は全部覚えきれなかった。般若心経が不完全なら、とうてい効果は望めない。代わりに何かを唱えなくてはならなかった。この危機を脱するには、何か強力な武器で対抗しなければならないのだ。

最近彼が本で読んだ「耳なし芳一」の話は死にそうになるくらい恐かった。亡霊に打ち勝つには体中に般若心経を書くしかなかったが、耳だけ書き忘れてしまった話だ。

「マーダー、マーダー」

ユースケの口から自然な形で呪文が漏れてくる。小諸《こもろ》の映画館で見た外国の恐怖映画に確かそういうシーンがあったっけ。ここにいる二人と一緒に見にいって、しばらく「マーダー遊び」がはやったことがあったのだ。

そうだ、あの呪文だ。

ユースケは声を張り上げてその呪文を唱えた。

「マーダー、マーダー」

ユースケの奇矯な行動を観察していた満男が、突然立ち上がり、ユースケの背中を蹴りつけた。ユースケが蠟燭のすぐ近くまで転がっていった。

「ばかやろう。縁起でもない呪文を言うな」

蠟燭の炎は、突然の振動にもかかわらず、着実に燃えつづけていた。「そんな呪文を唱えたら、ろくでもねえものが甦っちゃうぞ」

「だって、悪霊退散のおまじないじゃないの？」

「ばかやろう、その反対だ」

満男は怒鳴りつける。「亡霊を呼び覚ます呪いだ」

「もう出てきちゃってるみたいだぜ」

弘明が他人事のようにしらっと言い、廊下のほうへ顔を向けた。

メゾソプラノの悲鳴が廊下に響きわたっている。それは風の音とともに魂を凍えさせるほどの不気味なメロディーを奏でていた。


………

6――「追いつめられた個室」 62

稲妻の閃光が女子トイレの中を一瞬真っ白に浮かび上がらせた時、口紅を真っ赤に塗りたくった女が私の前に仁王立ちしているのが見えた。

虚をつかれた私は、一歩後退して、個室の段差に足をとられた。体のバランスを失って、個室の中に尻もちをついた。

だが、そのことがかえって幸いした。私はすぐに差し錠を掛けて、ドアをロックした。

心臓が裏返り、またその反動で元にもどってしまったようだ。血液が奔流となって全身へ送られていく。胸の鼓動が、ブードゥー教のドラムのように息苦しいリズムを打っている。

いったん、女から身を隠したものの、よく考えてみれば、ここは密室で外部からも容易に入ってくることが可能な場所なのだ。私は檻の中に捕らわれたウサギも同然だった。ただ死を待つのみなのだ。どうしたら、この苦境から逃れられるか、パニックに陥った頭脳は答えを出してくれなかった。

ドアが叩かれた。執拗に何度も、何度も。

朽ちかけた薄い戸の向こうで、女の荒い吐息が聞こえた。吐息の中に笑いが含まれている。蹴れば、戸はすぐに破れてしまうのに、そうしないのは、女がこの状況を楽しんでいることを意味していた。追い詰められた私を嬲《なぶ》っているのだ。哀れなネズミを追い詰めたサディスティックな猫のように。

「窮鼠猫を嚙む」という諺を思い出すが、この状況は明らかに私に不利だった。逆襲しようとしても、私には武器となるものが何もないのだ。小型の懐中電灯くらいでは、狭い空間の中で戦うことも不可能なのだ。

さまざまな不安が脳裏をよぎり、私の戦意を喪失させていく。

嵐よ、この朽ちていく学校を吹き飛ばしてしまえ。

私は両手を合わせて、神に祈った。

「神よ、罰当たりの私を許したまえ。学級委員長をやっている陰で、満男たちとつるんでずいぶん悪いことをしました」

「制裁！」

個室の戸の向こうで、囁き声がした。低いが確かな力を持った声だ。風が猛り狂う中、空気を切り裂く鋭い音がした。

心臓がでんぐり返った。胸に発した恐怖が渦を巻き、一瞬にして私の体をがんじがらめにした。

「那珂川映子！」

狂った過激派の闘士が、ナイフを持って殺しにきたのだ。

百物語なんて、愚かなことをするから、那珂川映子を呼びこんでしまったのだ。恐るべし、百物語。こんな人里離れたところでやるべきではなかった。悪趣味がすぎたようだ。

私は死ぬしかなかった。私が死んだ後、もしこの手記が見つかることがあったら、この手記を両親にわたしてほしい。短い人生だった。親不孝者だった。

悔いは……。たくさんある。やり残したことが山のようにあった。

緑山……。「私」は死ぬのか……。

くすくすと笑い声がした。まるで妖精の笑い声みたいじゃないか。ほんと。

私は目を固くつむった。

主人公の「私」が死ぬなんて小説ではありえない。でもこれは現実……。

63

7――「謎の女」

彼女は個室に潜む生徒を知っていた。

抜群に頭がいいが、世をすねたようなところがある。要するにひねくれた秀才だ。あの生徒は何でもできた。運動も勉強もいたずらも。

そして、クラスメイトたちの心を引きつけ、もてあそんだ。本当のワルだ。陰の黒幕といってもいいだろう。

今からこの「秀才」にお仕置きをするのだ。あの生徒の心胆を寒からしめ、死ぬほどの恐怖を与えるのだ。

腹の底から自然にくすくす笑いが漏れてくる。

彼女は静かに戸を叩いた。

応答はなかった。相当に怯えているらしい。

それから、もう一度、もう一度、応答があるまで叩いた。少し力を込めると壊れてしまいそうな朽ちかけた戸だ。相手の骨を直接叩くように、彼女はこつこつと叩いた。

この言葉がどれだけ恐怖を呼ぶか彼女は知っている。逃亡する過激派が、この言葉を使って次々に仲間を殺していったのだ。一時は小さな子供でさえ「制裁」と言ったら黙りこむほどの効果があったし、「制裁ゲーム」と称して、いじめ合う遊びもあった。彼女は言葉が相手の心に沁みわたるのを待って、もう一度ささやきかけた。今度は低いが鋭い声にした。

「制裁！」

声は戸を貫通して、相手の鼓膜に直接届いた。戸の向こう側から息を飲む音が伝わってきた。相手の胸の鼓動が彼女に直《じか》に響いてくる。これぞ、恐怖の心音だ。彼女はにんまりした。

「那珂川映子！」

個室の中から叫び声が聞こえてきた。

8——「のぞく顔」 64

私は便器のそばにうずくまり、頭を抱えこんだ。

くすくす笑いが聞こえた。複数の女の声。いや、狭い個室に女の声が反響し、四方から聞こえているのだろう。

こんなところで那珂川映子に遭遇しようとは。

満男たちは、教室の中で何をやっているんだ。こんな時にのんびり百物語か。

大粒の脂汗が額からぽたりと便器の中に落ちていった。暗闇の中にいるものの、目は闇を透視できるほど鋭敏になっていた。

「悪霊よ、退散せよ」

私はお守りを固く握りしめ、戸に向かって腕を突き出した。悪霊に対して何が有効に働くのかわからないが、もう破れかぶれになっていた。あらゆる手段を講じてだめだったら、もう仕方がない。死ぬしかなかった。

「ええい、悪霊よ、去れ」

私は強く命令するように言った。そしてもう一度叫ぼうとした時、私は異変を感じた。人の気配がしなくなっているのだ。屋外の風の音も心もち小さくなっているような気がした。

ああ、助かったか。おまじないが効いたにちがいない。

ハハッ、ばかげた妄想にとりつかれたものよ。

私ともあろうものが、とんだ臆病風に吹かれたものだ。

笑いかけて天を仰いだ私は、個室のドアの上から私のほうをのぞきこんでいる女を見た。

私の喉から獣じみた声が漏れた。私は喉をかきむしりながら、その場にへたりこんだ。

9——（片岡雄三郎・特別授業講義録より抜粋⑦） 65

（ガラスを揺らす風の音がする中、ひっきりなしに擦るような足音がする。溜息の音、咳払いの音、痰を切る音。窓が開けられ、痰を吐き出す音）

ああ、すっかり寝こんでしまった。最近、疲れがたまっている。宿直室のベッドに横になると、なぜか睡魔に襲われるんだよ。ついつい寝こんでしまった。おっと、このドアの動きの悪いことよ。立て付けが悪いんだ。

（ドアを開ける音）

おっと風がひどいな。痰を吐いても、もどってきてしまうよ。

まったく、私も愚かだな。自分の痰を自分に掛けてたら世話ないよ。

ああ、こんなに遅い時間か。カンテラに火をつけよう。どうも外が騒がしいようだが、廊下に立たせた連中はどうしてるかな。反省しているようだったら、そろそろ放免してやろう。

（足音、戸を開ける音）

おっ、なんということだ。誰もいないじゃないか。

ああ、世も末だ。これは相当のお仕置きをしないとすまされないぞ。

（声が大きくなる。廊下に向かって呼びかける）

諸君、どこへ行った。すぐにもどってこい。いいか、今のうちに帰ってくれば、今度の不始末は不問に付してもいいぞ。

もし、すみやかにもどってこなければ、先生にも考えがある。いいか、どうするかというと……。

（しばらく沈黙がつづく）

きわめて重大な決断を下さねばならないだろう。先生の覚悟をここで公表するのはまだ早いが、かなり厳しい処罰を考えていると思ってくれていい。

いいか、諸君、私は今の教師のように甘くはないぞ。戦後組合の力が強くなって、生徒たちを甘やかす風潮があるが、そのために学校が荒廃していったことを忘れてはならない。私は体罰を容認する。規則を守らない生徒に対しては、容赦なく厳しい罰則を適用する。ここでは私の意志が掟なのだ。

愛の鞭と思ってほしい。

（川の流れる音がバックに流れる）

では、もう一度、諸君に告げる。おおっ、こんなことを言うと、二・二六事件のことを思い出すな。反乱兵に対してラジオで呼びかけた放送だ。

おっと、脱線してはいけない。

諸君に告げる。可及的すみやかに教室にもどってきなさい。帰還すればよし、命令に服従しない場合、教師として重大な決断をしなければならない。

（声のトーンが上がる）

諸君、目を覚ますのだ。頭を冷静にして、ことの是非を判断したまえ。

しょくーん。

（応答はない。しばらく沈黙がつづく。川の流れる音が激しい）

わかった。諸君の気持ちはよーくわかった。

だが、もう一回、チャンスを与えよう。いいか、今から時間を決める。その時間内に帰って来なかったら、私のほうからそっちへ出向く。

（しわぶきの音）

いいな？

よーし、わかった。

では、今から十五分だけ猶予を与えよう。それ以上は一秒たりとも絶対に待てないぞ。

さあ、時間がカウントされ始めた。

(竹刀を黒板に叩きつける音)

10――「第八十話が終わる」 66

「おまえの今の話、なかなか真に迫ってたぜ。役者だな、ユースケは」

弘明が素直に感想を述べた。

「なんか、僕さ、自分が自分でないみたいなんだ」

ユースケは頭を抱えこみ、全身を小刻みに震わせた。「ここにいると、頭が変になっちゃう感じなんだ。誰かがやれって僕に指図するから、僕は仕方なく話してる感じなんだよ」

「ユースケの話、鬼気迫るって感じだった」

弘明が珍しく人をほめた。「ちびりそうになったぜ」

「でもさ、秀才がもどってこないのに、なんでこんなくだらないゲーム、つづけるの?」

どんなにもほめられても、ユースケは不満そうだった。

「くだらないと思うか？」と弘明。

「うん、くだらないよ。やめたほうがいいよ。もうすぐ蠟燭も燃え尽きちゃうし」

八本目の蠟燭があと少しでなくなるところだった。ユースケの提案に蠟燭は不満を表明するように左右に振れた。

「やめてどうする？」

満男が言葉を挟んだ。

「どうするって言われても困るけど」

ユースケはこわごわ教室から漆黒の闇に包まれた廊下のほうを望んだ。風のいたずらか、女の悲鳴のような不気味な音がする。二階のほうからは、怒鳴りつけるような男の声が時々流れてくる。

誰も行ってみる勇気がなかった。すべてがくだらないゲームの進行に左右された実体のないものだとわかっていても、自分一人で確かめる度胸がないのだ。

ユースケの膀胱がまた悲鳴をあげ始めていた。トイレに行かないよう、持参してきた水筒にもほとんど口をつけていない。それにもかかわらず、定期的に尿意を催すのはどうしてなんだろう。

最後に小便をしてから三時間が経過している。時間は午前二時をまわっているのに、少しも眠くないどころか、意識はますます鋭敏になっていった。疲労だけが重く蓄積していく。それは満男や弘明たちにも言えた。

「秀才の様子を見にいかない？」

ユースケはついに我慢の限界に達し、もじもじと立ち上がる。「もう三十分もたってるんだよ」

「じゃあ、おまえが行ってこいよ」

弘明は冷たく言い放った。

「そんなあ」

「そんなに気になるなら、おまえが行けよ」

満男も弘明に加勢した。

「ちぇっ、わかったよ。行けばいいんだろう。どうして、僕はいつも損な役回りばかり……」

「さっさと行け。ばかやろう」

満男が座ったまま、ユースケの尻にまわし蹴りを加えた。ユースケは転びそうになりながら、結界から飛び出し、そのまま廊下へ消えていった。

11――「待ち伏せ」

67

「清、起きるのよ。清ってば」

耳元に囁く女の声で、浦田清はゆっくり覚醒していった。ずっしりとした疲労が全身を押し包み、いつの間にか眠りこんでしまったらしい。

「くそ野郎」

こんな時によくのうのうと寝ていられるな。あの女が来てたら、とっくに寝首をかかれていたぞ。このボケナスが。

彼は素早く起き上がり、闇に向かって低く身がまえた。

だが、彼のレーダーは何も感知しなかった。

警戒を呼びかける耳元の声も消えていたので、彼は緊張を解いた。

時刻は午前二時をすぎたばかりだ。ラジオのイヤホンを耳につけ、気象情報を聞いた。現在のところはまだN県の中心部を通過中で、速度をゆるめながら北上をつづけているらしい。台風が通過した後の風と雨による崖崩れや河川の増水に気をつけろと、男のアナウンサーは高いテンションの声で聴取者に呼びかけていた。清はイヤホンを抜き、小使い室の戸を少し開けてみた。

勢いよく風が吹きこみ、風にまじって細かく粉砕された落ち葉が戸の隙間から入りこんできた。風は少しゆるんでいるようだが、まだ雨が強く降っている。

清は額の汗を手で拭った。

「さてと、小便でもしてくるか」

廊下に出て、便所へ向かった。廊下を吹き抜ける風が悪魔の叫びに似た音を出し、雨が屋根をシンバルのように連打する。それに加えて、木々の葉擦れがバックコーラスとなって、不気味な音楽を作りだしていた。

三年の教室をのぞくと、その中央に蠟燭の火が消え入りそうになりながらも燃えていた。

そこで彼は足を止めた。人の気配はないが、彼の頭の中に内蔵されているレーダーが不審な物体を感知した。さっきの光点が近づいている。それは学校のほうへ接近するにつれ、だんだん大きくなってきた。警戒信号が点滅し、その間隔が短くなっていった。

彼は見えない母親に問いかけた。

——母さん、あいつか？

すぐに答えが返ってきた。

「そうだ、あいつだ。いよいよ対決の時が来たのだ」

——どうしたらいい？

「罠を仕掛けるのさ」

——どこへ？

「必ずあいつが来るところさ。真剣に考えろ」

──焦れったいな。早く言ってくれよ。

「考えるのが、清、おまえの仕事なんだ。よく考えれば、おのずと答えが見えてくるはずさ」

母親は囁かなくなった。おまえにすべて任せたと言っているのだ。清が運動会で一等賞をとった時、母さんはほめてくれたことがあったが、彼はあの時の誇らしさを思い出した。

それより前にトイレですっきりしたいところだった。

トイレで……。

──わかったよ。

そうだ、トイレだ。女子トイレだったら、必ずあいつはやって来る。それを俺は待ち伏せしていればいいのだ。生理的欲求を我慢できる人間なんていないからな。

清は女子トイレの戸を押して、中に入った。個室は全部で五つ。彼はその一番手前を選んだ。個室に入って、差し錠を掛ける。

とりあえず、己の生理的要求を満たしておく必要があった。それから、落ち着いて準備にかかればいい。

嵐の音をバックに、彼は便器の中の暗闇に向かって小便を放出しようとした。ズボンのチャックを開けて、膨張したペニスを握った時、便器の下の黒い空虚の中から冷気が吹き上げてきた。生暖かい尿のにおいとそれまでにした便の腐臭が合わさったにおいに、新たなにおいがまじっていた。

かつてここで学んだ蛆虫どもが排出した老廃物のにおいか、それとも、ろくでもない教師どもが放った糞の残滓か。

「こびりついた過去の滓《かす》か」

彼はふっと笑い、滓に向かって勢いよく放出した。滓は流してやるにかぎる。流れろ、流れてしまえ。

小便はぱらぱらと乾いた音を発した。おそらく、便器の下に入りこんだ枯れ葉にあたっているにちがいない。

小便を放出し、最後の一滴が便器の中に落下していった。それとともに、青臭い熱気が吹き上がってきた。むしりとられた青葉が発するにおいだ。

いや、ちょっと待てよ。いくつもの要素が混ざり合った不快なにおいの中に、異質なものが入りこんでいるのだ。

危険を嗅ぎ取る清の本能が、沸騰しかけた湯が放つ気泡のようにざわめき始めている。そうだ、これは雌犬のにおいだ。体から発する強烈なフェロモン、そして男を搦めとろうとする女郎蜘蛛のにおいだ。

彼の中の母親は、依然沈黙していた。おまえに任せたと言っているのだ。

「走れ、清」と励ましてほしかったが、いつまでも親に頼っていたら、マザコン男とあざ笑われるだろう。この浦田清さまが「マザコン少年の成れの果て」だと知られたら、人は彼を指差し、地面の上で笑い転げるにちがいない。

彼は歯を嚙み合わせ、強く擦った。きりきりと鋭い歯ぎしりの音が出る。苦い唾を口いっぱいに溜めて静かに便器に落とす。そして、個室の戸の反対側の板壁に体をつけて、耳をすました。

静かな擦るような足音がする。

警戒しているような足取りだ。その人物は何かに怯えているのか、時々立ち止まり、それからまた歩きだす。

ほう、怖がっているのか。おもしろい、こっちもからかってやろうじゃないか。

――気をつけろ。それが罠かもしれないぞ。奴の手なんだ。

ああ、わかってるさ。あいつのあそこから雌のにおいがしてるぜ。むせ返るような雌のにおいがさ。足を開くと、男が蟻のように群がってくるのを、あいつは知っている。自分が性悪の雌犬と知っているのだ。

「ほんと、油断のならない女さ」

彼は闇に同化し、沈黙の世界に深く埋没した。両頬に走る痙攣だけが唯一の音だ。その音にしても、彼には車のエンジン音のように大きく聞こえた。深呼吸して、気持ちを落ち着けると、それも消えた。

屋外の物音が、絶好の隠れ蓑になった。

………

12——「罠のにおい」 68

校舎の玄関は、木戸が閉められることもなく、開け放たれていた。

風が吹きこむに任せ、引きちぎられた葉が山となって積み重なっている。荒廃を印象づけるかつての学舎の廃墟だ。

緑山中学校——。

那珂川映子はフフッと鼻で笑った。

笑ってしまうぜ。緑山中学校とはな。まぎらわしいよ、まったく。

校舎に向かって、足を踏みだすたびに、雨に濡れた葉がちゃぷちゃぷと音をたてる。

ピチピチャップチャップ、ランランラン。

彼女は軽やかな足取りで歌を口ずさみながら、校舎へ近づいていった。二階建ての老朽化した木造の校舎。住人を失って、見捨てられたかつての中学校。当然だが、どこにも明かりはついていないし、人けも感じられなかった。

肝だめしには恰好の場所だよ、ほんとに。こんなばかげた台風の中、肝だめしをやっているガキどもがいたら、表彰状をあげたいくらいだ。

開かれた玄関は、彼女を誘っていた。まるで蟻地獄みたいに彼女に安息のベッドを提供してくれると呼びこんでいる。だが、いったんその中に入りこんだら、掌を返すように鋭い牙を剝くにちがいない。

いかにも安全な場所と見せかけて、その実、それが罠なのだ。

だが、危険であればあるほど、彼女は興奮した。自分の身を危険の中においてこそ、野性の血がたぎるのだ。腰のナイフの感触を確かめながら進む。危険の磁石が彼女を引きつけていた。鼻唄を歌いながらも、彼女は五感を研ぎ澄まし、いささかも警戒をゆるめていなかった。

玄関に近づくにつれ、彼女の歩みはゆっくりになっていく。玄関に達し、暗闇の中に顔を入れた。

その時、カラーンと甲高い鐘の音がした。彼女の到来を喜ぶように、また授業の開始を告げるように高らかに鐘は鳴った。ふと見ると、玄関のほうへ大きな鐘が転がってきり響いた。
た。風に吹かれて、鐘はくるくると楕円形の軌道を描く。そのたびに、明るい音色で鳴

那珂川映子は静かに息を吸いこんだ。

野獣のにおいがする。けだものの吐いた腐った息と排泄物のにおいが湿気の多い空気の中にまぎれこんでいる。あいつだ。あのけだものだ。

怒りと笑いが交互に彼女を襲ってくる。その間隔が短くなっていくとともに、二つの感情が交じり合う。そして、攪拌されていくうちに、途轍《とてつ》もないエネルギーと化していく。あいつをからかってやりたい気持ちと、殺してやりたい気持ちが相半ばしていた

彼女の下半身は、あいつのけだものじみたばかでかい下半身をほしがった。悔しかった。が、それは彼女の生理的な欲求だ。交わった後、あいつを殺したい。雌のカマキリが交尾した後、雄を食い殺すのと同じように。生まれてくるわが子のために栄養をつけるための本能とでもいうべき行為なのだ。

そう考えること自体、わたしもけだものなんだわ。いや、昆虫以下の存在か。

異様な状況下で、自分の放ったジョークが無性におかしかった。

両手で手を叩いて「最高っ！」と叫んでみたかった。

「おもしろかったずら。おねえちゃん」

彼女の一人芝居を田舎のおばあちゃんが見たなら、顔をくしゃくしゃにして握手を求

めにくるだろう。

「わたしの頭の中には漫才のネタがいっぱいあるんだよ、おばあちゃん」

「孫を連れてくればよかっただい」

「ああ、ほんと。連れてくればよかったのに。そしたら、肝だめしをさせて、ちびるほどの恐怖を味わわせてやるわ」

下駄箱の前を通り抜け、廊下の左右を見わたした。どこに隠れていようとも、けだものけだもののにおいは、便所のほうから漂ってきた。けだもののにおいは強烈だ。

逆に彼女の放つにおいも相手は察知しているかもしれない。

彼女はジーンズの中に右手を差しこみ、人差し指と中指で秘部を撫でた。服全体が濡れているにもかかわらず、そこだけが熱く火照っていた。男とまぐわいたかった。

彼女はうっと甘美な吐息をつきながら、指を出して、今度は肌に貼りついたシャツのボタンをはずし、乳首に触れた。固く突っ立っている。全身が発情期を迎えた雌のにおいで包まれていた。

濡れた指を暗闇の中に差し出し、熱い息を吹きかけた。

腹ぺこの雄犬が鼻をひくつかせ、股間を硬くしているにちがいない。

那珂川映子の腹の底からマグマのように熱い笑いがこみ上げてくる。

エネルギーが爆発し、すべてを破壊したい衝動に駆られた。

13――「ユースケの冒険」 69

ユースケは、おそるおそる男子トイレの戸を開けた。膀胱が破裂しそうに膨張している。もう限界だった。懐中電灯でトイレの中を照らしたが、秀才の姿はなかった。個室のほうはすべて開け放たれている。

台風はあと一時間ほどで完全に抜けてしまうだろう。

そうなれば、こんなばかげたイベントともおさらばだ。すでに九本目の蠟燭になり、残りの一本を含めてあと二本で百物語はいやでも終わってしまう。何もわざわざ台風の時を選ばなくてもよかったのにと思うが、そのことはもう考えないようにしよう。

あの結界というのもよくわからないが、奇妙なところだ。あの中にいると、自分が別人になったように怖い話を次々と作りだせるのだ。こんなことなら、小説家にでもなったほうがいいと思うが、あそこを出た途端、元の弱虫で想像力が貧困の自分にもどってしまう。

ユースケは小便器に向かって放出しながら、夢も希望もない自分自身に思いを馳せ、憂鬱になった。ああ、夏休みが終わったら、受験勉強か。

それを考えると、今のほうがずっとましに思える。

やれやれ、失われていく青春を楽しむか。こんなこと、今年じゃないとできないかもしれないものな。大渇水でダム底が干上がったり、何十年ぶりに台風が直撃するといった異常気象の中で、ダム底の廃校でのんびり百物語なんか、そうそうできることではないよな。

明日になれば家に帰れるわけだし、そんなにびくつくこともないのかもしれない。あと三時間ほどで夜が明ける。そうすれば、闇夜に蠢《うごめ》いていた悪霊どもも一斉に退散というわけだ。

見方を変えれば、この企画はなかなか楽しかった。秀才もきっとどこかで隠れて、僕たちを驚かそうとしているのかもしれないぞ。

「おい、秀才。隠れてるのはわかってるんだぞ」

答えはなかった。心もち、風の勢いが弱まっているように感じられた。「へん、なんだよ。ちっとも怖くないからな」

だが、男子トイレには誰もいなかった。

ならば、女子トイレをのぞいてみるか。

ユースケの中から臆病風が吹き飛ばされていた。

「台風のおかげだよ、きっと」

だが、彼が楽観的でいたのも、廊下に出て女子トイレをのぞいた時までだった。戸を押して、中に入った途端、彼はむせ返るような香水のにおいを嗅いだ。

14――「五つの個室」 70

「その香水ぷんぷんの女って、一体誰なんだ?」

進藤満男が最後まで言わずに話を終えたので、弘明は不満そうに鼻を鳴らした。「しり切れとんぼじゃ、つまらねえし、怖くも何ともねえよ」

「誰だと思う?」

満男はにやりとして逆に聞いてきた。

「那珂川映子じゃないのか」

「ブー、残念でした」

「じゃあ、誰なんだ」

「意外な人間さ」

「もったいぶらねえで早く言えよ」

弘明がせかしても、満男は曖昧に笑って太い首を左右に振るだけだった。実を言うと、満男自身も答えを知らなかったのだ。誰かに指図されるようにして話をしているにすぎなかった。彼は腹話術師の人形のほうだったのだ。そんな自分が気味が悪かった。

「それにしても、ユースケの奴、やけに遅いと思わないか?」

満男が目覚まし時計に目を落としながら言い、腰を浮かせ気味にした。

「どこへ行くんだ?」

「俺もちょっとトイレに行ってくる」

満男は残っている一本の蠟燭に九本目の蠟燭の火を移すと、そのまま持って立ち上がった。すでに二本の懐中電灯は、秀才とユースケが持っていってしまったのだ。手元にある明かりは九本目の蠟燭だけだったのだ。

「俺、見てくるよ。トイレにその答えがあるような気がするんだ」

満男はお守りを持っていなかったが、気にならなかった。太い蠟燭は着実に炎を上げ、廊下を吹きわたる風の影響を受けなかった。蠟燭を持っているかぎり、安全だという意識が強く働いていた。

ユースケが入った男子トイレには誰もいなかった。これは百物語の通りだった。女子トイレに入ったところで、ユースケは強烈な香水のにおいを嗅いだというが、本当だろうか。もし、本当なら……。

満男は女子トイレの戸を開けて、首を中へ突っこんだ。

本当だ。間違いない。香水のようなにおいが漂っている。しかも、けっこうどぎついにおいだ。俺が話したのは嘘っぱちじゃなくて、本物だったんだ。でも、どうしてあんな話を俺のような想像力の貧しい中学生が作りだせるんだろう。

「おかしいじゃないかよ、なあ?」

彼は誰に語りかけるでもなく声を出していた。

トイレの中は、しんと静まり返っていた。破れた窓から風が入りこんでいたが、蠟燭の炎は風の影響をいささかも受けず、炎を長く伸ばしていた。炎の先から黒い煤が立ちのぼり、グラデーションをかけたように暗くなって天井に消えていく。

人の気配はなかった。

ということは、香水のにおいは錯覚なのか。

全身の力を抜くと、不意に尿意を催した。満男は蠟燭を持ったまま、手近の個室の戸を開けようとした。ところが、戸は錠が掛かったように開かなかった。錠を掛けていなくても、立て付けが悪くなっているので、開けにくいのは仕方がない。もう一度引いてみたが、戸は頑強に動くことを拒んだ。

けっ、そっちがそのつもりならいいよ。隣に入ればいいんだからな。

だが、隣も同じだった。戸は固くて動かないのだ。その隣もその隣も同じだった。そして、最後に残った、窓に一番近い個室の戸を叩いた。

やはり同じだった。まるで、誰かが中に入っていて、いっせいに戸を閉めているように。

「何だよお、まったく」

男子便所に行くことにして、出口に向かった時、満男は戸が開かない理由を知った。あまりに他愛ない解答だった。幼稚園児でも、じっくり考えれば答えは引き出せるはずだ。「ばかやろう、おまえたちがやってるのはわかってるんだぞ」

姿を隠している秀才とユースケが、個室の中に潜んでいるのだ。満男はばかばかしくなって、個室の一つ一つの戸を叩くことにした。

一番目の戸をノックすると、すぐに応答があった。おずおずといった感じだ。これはユースケの奴だな。

二番目は、自信に裏打ちされたような叩き方だ。これは秀才だ。

もう他にはいないはずだったが、念のために満男は三番目の戸を叩いた。間髪を入れず、応答があった。

「う、嘘……。冗談だろう」

四番目と五番目の戸からも応答があった。五つの個室のすべてから応答があったのだ。

おいおい、そんなばかなことがあるか。この女子便所の中に五人の人間がいるということになるではないか。

蠟燭の炎はいささかもたじろがずにまっすぐ炎を延ばしているのに、満男の心は放射能を感知したガイガーカウンターの針のように激しく揺れ動いていた。

計測器がガーガーと雑音をだし、針が右へ左へ大きく振れ、そのまま切れてしまった。

蠟燭が彼の手から落ちて、床に転がった。それでも、蠟燭は着実に燃えつづけていた。

くすくす笑いが一つの個室から漏れる。それが一つ、また一つと増えていく。

五つの個室から一斉に笑い声が起こった。

満男は心臓をわしづかみにされるほどの恐怖を覚えた。床にへたりこむ寸前に見た光景は、個室の戸が同時に開くところだった。

「ようこそ、緑山中学校へ」

高低まちまちの五重唱が、おごそかにトイレに響きわたった。

15――「空白の部屋」 71

「おかしいな。あいつら、どうしちまったのかな」

三年の教室で、杉山弘明は一人蠟燭の火影を凝視していた。トイレで満男の身に何かが起こっているのは彼にもわかる。なぜなら、話の内容を承知しているからだ。

蠟燭の前で一人で百物語をつづける彼には理解できなかった。話をやめようと思っても、見えない力が彼の口を無理やり開かせるのだ。

もうやめてくれと声を大にして言いたかった。

「もういいよ」

彼のひょろ長い上半身が、壁に引き延ばされて映しだされている。炎は揺れていないのにもかかわらず、彼の影が痙攣するように揺れているのはその心の動揺を表しているからだ。

夜明けまであと三時間くらいだろう。すでに風の勢いが弱まってきていた。

ここにいるより、探しにいったほうがいいかもしれない。そのほうがまだ気がまぎれると思うからだ。

この蠟燭をどうしようかと思った。

最後の一本の蠟燭。最初は十本もあった太い蠟燭が百物語が進行していくとともに、一つなくなり、二つなくなりして、結局一本だけになってしまったのだ。最後の蠟燭はまだ四分の三ほど残っているが、これもなくなるのは時間の問題だった。

蠟燭と同じように、ここに来た四人組も秀才が消えたのを最初に、ユースケも満男も次々と消えていった。残るは弘明一人だけになっていた。

蠟燭はここに置いておいたほうがいいだろう。もし何かが起こった場合、逃げるのに邪魔だし、へたに何かに燃え移ってもまずい。外は雨で濡れているが、学校の内部はすっかり乾ききっているのだ。燃えだしたら、あっという間に燃え広がってしまうだろう。それに、ここに仲間がもどってきた時、蠟燭がなかったら、迷ってしまうはずだ。ここの暗闇は一度吸いこまれたら、二度と出られない宇宙空間のようなものだから。

弘明は蠟燭をそのままにして、結界を飛び越えた。お守りの類はもうどうでもよかった。

廊下は暗闇にすっかり飲みこまれていたが、壁にもたれてしばらくそのままじっとしていると、目が慣れてきた。彼はトイレを目指して、静かに廊下を進んでいった。

男子トイレの戸を開けて、中をのぞいた。雲が途切れて月が出てきたのだろう。割れた窓から月光が差しこんでいる。屋外の風の音がだいぶ弱まっているところを見ると、台風は完全に通りすぎたのかもしれなかった。

「おーい、誰かいるか」と声をかける。答えがもどってこないのは漠然とわかっていた。中へ入って、耳をすますが、人の気配はなかった。彼は念のため、すべての個室を開けて確かめた。

いない、誰もいない。

ということは、女子トイレのほうか。

そこしかありえなかった。奴らが消えたのはきっとそこだ。弘明は忍び足で女子トイレへ行き、静かに戸を開ける。

ここは男子トイレより明るかった。というのも、蠟燭が床に突き立ててあったからだ。満男が持っていったものだ。弘明は四方に目を配りながら、トイレに入った。五つある個室はどれも戸が閉まっていた。

彼は最初から戸を叩いてみることにした。

「おい、誰かいるか?」

戸を叩きながら声をかける。応答はなかった。「ここにはいない」

二番目の個室の戸を叩く。ここも応答はない。

「ここにもいない」

三番目も四番目も応答はなく、彼は自分で「ここにもいない」と繰り返した。

そして、最後の戸の前に来て、彼はノックしかけて、手を止めた。もしここにもいなかったら、どういうことになるのかと思ったのだ。

もし、ここにもいなかったら……。

みんなはどこへ消えてしまったのか。彼は楳図《うめず》かずおの『漂流教室』というマンガを思い出した。教室ごと生徒がタイムスリップしてしまう話だが、三人はあのマンガのようにトイレごと異次元へ転移してしまったのだろうか。

いや、よく考えればそれはないと断言できる。なぜなら、トイレはここにこのまま存在しているからだ。トイレを残して、あいつらだけがタイムスリップしたのか。ＳＦ映画じゃあるまいし、そんなことはありえない。

解答は五番目の個室の中にあるようだった。

早く戸を叩いてみろ。早く答えを見てみるんだ。

「ああ、わかってるさ」と唸りながら、弘明は右手を挙げた。答えを知るのが怖くもあった。もし答えがわかった時、どう対処すればいいのか。

そして、彼は五番目の戸を重々しく叩いたのだ。手にひんやりとした感触があった。

彼は二歩下がって、反応を待った。

だが、答えはなかった。そればかりか、個室の中に人の気配が感じられないのだ。焦った弘明は最初の戸から全部開けていった。五つの個室の中は、すべて空っぽだった。

「誰もいない」

女子トイレには誰もいなかった。弘明は呆然と立ち尽くした。

16――（片岡雄三郎・特別授業講義録より抜粋⑧）

（大声で）さて、諸君。遊びも終わりに近づいた。聞いてるかな。おーい、おまえたち。約束の十五分がもうすぐ終わるぞ。今のうちだぞ、今のうちに出てきなさい。さもなければ、私のほうからそっちへ出向くぞ。

（沈黙）

はい、あと三十秒。

（沈黙）

二十秒。

（沈黙）

はい、十秒。九、八、七、六、五、四。（ひときわ声が高くなり）三、二、一。はい、時間切れだ。十五分がすぎた。

よし、では楽しいお仕置きが待っているぞ。期待していてほしいな。

（竹刀を力任せに叩きつける音。机が蹴飛ばされ、転がっていく音。ガラスが割れる音）

ああ、世も末だ。こんな簡単なことができないなんて。私が若い頃は……。スパルタ教育、体罰はあたりまえだったのだ。少しくらい痣ができても、親は何も言わなかった。かえって息子や娘を厳しく指導したことに教師は感謝されたくらいだ。

いつぞや同窓会に呼ばれて、ある生徒にこう言われた。「これは先生に指導していただいた時の古傷です。荒れていた私を矯正し、進むべき道を教えてくださった先生に今では感謝しています。今、私は作田町で小さいながらも会社を持ち、町会議員にもなっているほどです。あの時、もし先生の貴重な教育を受けなかったら、私は与太者になっていたかもしれません」

その男は私の手を握り、涙を流した。私ももらい泣きしてしまったよ。教えた甲斐があったというものじゃないか。教育者をやっていて、一番嬉しいのはこういう時だな。教育者冥利につきるというわけだ。

（咳払い）

だが、今はそんなことも少なくなった。組合が悪い。組合の連中がろくでもない思想を生徒に吹きこんで……。

おのれ、おまえたち。

（戸が軋みながら開けられ、足音が教室から遠ざかっていく）

17 ――「いらっしゃい」 73

杉山弘明はトイレを出た。

廊下を青臭い不快なにおいのする湿った温風が吹き抜けている。彼は左右に注意を払いながら、教室へもどり始めた。

途中、階段のそばで足を止める。二階のほうで足音がしたように思ったからだ。踊り場のほうへ目を向けると、校長の肖像画が彼をにらみつけているのが見えた。二階のほうから差しこんでいるらしい月光に校長の顔は白々と輝いていた。口紅でいたずら書きされた口のまわりが黒みを帯びた赤色に染まり、咲き競う曼珠沙華《まんじゅしゃげ》のように毒々しい。今にも校長が絵の中から飛び出して、彼につかみかかろうとしているようにも見える。校長の目は狂気を孕み、らんらんと怒りの炎を燃やしている。

「おまえたち、けしからん。神聖なる学校を穢《けが》すような行為をしていいのか」

弘明は怒鳴りつけられたように感じ、思わず目を逸らした。

それから、また教室のほうへ目を向けた。何か違和感があった。不可思議なことがこの学校の中で人知れず進行しているような気がしてならなかった。

三年の教室から蠟燭の淡い光が漏れだしている。

着実な炎は、彼に安心感を与える。もう一度もどって、奴らが帰ってくるのを待つことにしよう。

帰ってくる？　どこから？

そりゃ、決まってるだろう。あの世からさ。

アハッ、冗談だよ。冗談に決まってるじゃないか。

くだらない冗談がからからと虚ろな響きをたてて、弘明の脳の中をベーゴマのように転がっている。冗談は横滑りして、彼の頭から去っていった。かわりにまた違和感が襲ってくる。

さあ、早くもどろう。教室にもどって、くだらないことはきれいさっぱり忘れてしまうおうぜ。

一歩一歩と足を踏みだすたびに、足取りが重くなっていく。何か変だ。彼の脳の中枢が警戒信号を送っていた。危ない、危険だ。教室に近づくな。深入りするな。逃げろと。

逃げろだと？

どこへ逃げろというんだ。この闇の中、まだ台風の余波がつづいているというのに。とにかくどこへでもいいから逃げろ。この学校が見えなくなるところまでだ。

現実には不可能だよ。俺には土地勘がないし、雨で道がぬかるんでいるから、外のほうがかえって危険さ。冷静な俺様としては、ここに残ることを選ぶ。うるせえから、黙りやがれ。

後悔するなよ。

「うるせえ！」

弘明の怒声が廊下を走り、谺のように反響してもどってきた。

彼は教室に向かって、また足を踏みだす。教室の中はずいぶん明るそうだった。にぎやかだし、華やかだった。蠟燭の炎が放つ魔力とでもいうのか。

すると、どっと笑い声が起きた。それも複数の口から放たれた笑い声だ。

「あ、あいつら、もどってきてるんだ」

畜生。ふざけやがって。

弘明は駆けだした。足音をたてることも気にならなかった。

教室に達し、入口から飛びこんだ。

着実な蠟燭の炎。複数の女が蠟燭を囲んでいた。髪をふり乱し、うつむいたまま笑っている女たち。

おまえら、一体誰なんだ。

弘明の気配に、女たちが一斉にふり返った。

年長の女が彼を手招きした。

「はい、こっちへいらっしゃい」

「ええと、これで九十九番目の話が終わったわね」

高倉千春は、残り少なくなった蠟燭を感慨深げに見た。「あと一つよ。あと一つで百になるわ。誰か我こそはと思う人はいないかしら。杉山君、そんなところにぼけっと突っ立ってないで、早くこっちへいらっしゃい」

蠟燭のそばに三人の生徒が座っていた。秀才、満男、ユースケと赤沢厚子、梓ゆきえだ。それに、今トイレから帰ってきた弘明が加わった。

生徒六人、そして引率の担任教師の高倉千春を加えた七人は、緑山中学校の旧校舎、三年教室にいた。

台風3号は本州中央部に荒々しい爪痕を残しながら通過したが、山地にぶつかって急速に勢いを弱めていた。それでも、まだ雨や強風を伴いながら、日本海方面を目指して北上していた。ラジオの気象情報は、間もなく新潟県に入ると告げている。

それにしても、よく嵐のさなか、無事にこの学校へ辿り着けたものだと千春は思う。倒木や崖崩れに道をふさがれ、迷いこんできたのがこの谷だ。廃校の位置と少し違っているような気がするが、道に迷ってぐるぐるまわっているうちに、方向感覚がなくなっていた。それでも、最終的に学校に避難できたのは幸運だった。千春と二人の女子生徒がパニックに陥らなかったのも、三人が励まし合っていたからだ。彼女たちの両親はおそらく心配しているだろうが、夜が明ければ、連絡する手だてはいくらでもあるので、千春自身はそれほど心配していなかった。

それにしても、こんな寂しいところで四人の悪童どもが百物語をやっていたのは驚きだった。よくもまあ、親をだましてこんなところまでやって来たものだ。

千春は、四人の教え子にお灸をすえてやろうと、ちょっとしたいたずらを試みたが、お灸をすえられた四人にしてみれば尋常な驚きではなかったようだ。

「さあ、みんな、こっちへいらっしゃい」

千春は放心状態の四人の生徒に呼びかけながら、赤沢厚子と梓ゆきえにいたずらっぽくウインクした。

「こんな機会もめったにないから、みんなで集まってお話ししましょう。夜明けまであと少しだと思うし」

19 ――「第百話」 75

「わたしが百番目の話をしようかしら」

高倉千春が話しだした時になって、男子生徒たちの動揺もようやく収まりかけていた。

蠟燭が残り少なくなる前に、千春は最後の話を何とかまとめてしまおうと思った。

「昔ね、緑山中学校に片岡雄三郎という先生がいたの。そうそう、階段の踊り場に肖像画が掛かってるから、みんなもわかると思うけど、教育熱心なあまり、教師としての道を逸脱して暴走するところがあったのね。熱血教師というと今どき流行《はや》らないけど、その人は異常だったみたい。わたしが緑山中に赴任した時、彼はその数年前に定年で辞めた後で、噂にだけは聞いていたわ。最後は校長先生だったのね」

「先生、その先生を知ってるんですか?」

赤沢厚子が両膝を抱え、目をきらきら輝かせながら聞いた。

「一度見たことがあるわ。わたしが青葉ヶ丘中学校の教師だった時にね」

千春は山向こうの青葉ヶ丘中学校で音楽教師をしていた時、郷土史家として学校を訪ねてきた片岡を見かけたことがある。職員室で校長と話していたのだが、ぎょろりとした目と太い眉が特徴的な六十代半ばくらいの男で、声高にせわしなく話すのが印象的だった。後で同僚に聞いたところによれば、緑山中学校の校長を定年で退いた後、N県から松井町へ引っ越してきて、郷土史や教育史の研究をしながら、悠々自適の生活を送っているという。子供はすでに独立し、妻と二人で暮らしているという噂だった。

「その人のことなら、わたしも聞いたことがあるわ」

梓ゆきえは、町会議員をしている父親から片岡雄三郎の噂を耳にしたことがあるという。何でも片岡を同窓会に招待したところ、酔っぱらった上、古臭い教育論を持ち出して出席した同窓生たちを辟易させたらしい。

「戦争中だったらいざ知らず、今では時代遅れよね」と千春。

「ねえ、先生。その人、本を書いてませんか?」

厚子が聞いた。

「ええ、書いてるわよ。自費出版だけど、何冊か本を出してるみたい」

「ふうん」

厚子は不審そうに首を傾げる。

「何かあったの?」

「ええ、図書室にその人の本があったんです。さっき図書室をのぞいてみたら、本棚に置いてあったんです。『緑山中学校の歩み』とか『教育論』みたいな本がいっぱい……」

「ほんと?」

千春は思わず聞き返す。こんな廃校の図書室に片岡雄三郎の本が残されているとはにわかに信じがたい。きっと赤沢厚子の見間違いではないだろうか。いくら彼女が怖いもの知らずの女の子とはいえ、一人でのぞいたというのも怪しいし。

厚子は千春の疑わしげな様子を見て、心外だというふうに口を尖らせる。

「本を抜き出して調べたから間違いないもの。だったら、先生、見てください」

「あなたの言うことを信じないわけじゃないけど……。わかったわ。みんなで調べてみましょう」

千春は六人の生徒を促して、全員で教室を出た。図書室はトイレの向こう側だ。千春がこの学校に到着してからすでに一時間がたっているが、図書室はまだのぞいていなかった。

風はだいぶ落ち着いていた。もう台風のことを心配する必要はないだろう。

千春と六人の生徒は、ぞろぞろと一列に連なって廊下を歩いた。風による校舎の軋み音や、笛のような鳴動はしなくなっているが、足元にかすかに唸るような地響きが感じられた。どこかで地滑りか崖崩れがあったのだろうか。低周波の空気のさざ波を彼女は肌で感じることができた。

千春の持つ懐中電灯の光がうっすらと明るい廊下を照らした。

「先生、その部屋です」と背後から厚子が声をかけた。その部屋の戸のわきに黒い札が打ちつけてあり、白く「図書室」と書いてあった。まるで最近になって書き直したかのように真新しい印象を受けた。

千春はまず戸を開き、顔だけを部屋に突っこんだ。湿った泥の放つ不快なにおいが充満していた。窓にはガラスが嵌まっているが、二箇所ほどガラスが割れて、風が吹きこんでいるのだ。

「先生、右の壁際」

千春は厚子が指すほうに光をあてた。確かに小さな本棚が一つ置いてあった。

「あれっ、ここに本、あったっけ」

満男が唸るように言った。「俺たちが見まわった時にはなかったような気がするんだけどな」

「進藤君、寝ぼけてたんじゃないの」

厚子が満男をからかった。「びくびくして、ろくに見てなかったのよ」

「ばかやろう」

満男が厚子のおかっぱ頭をつついた。

「なによ、痛いなあ。ねえ、先生、進藤のばかがあたしを……」

「あなたたち、いいかげんにしなさい」

千春は生徒たちをたしなめると、問題の本棚に懐中電灯の光を向けた。朽ち果てた木製の本棚に比較的新しい本が何冊か入れてあった。

『作田町史』『松井町史』といった分厚い郷土史資料の他に、『緑山中学校の歩み』『歪んだ戦後教育史』『私の教育論——私が子供たちを救う』『スパルタ教育私論』といった、いかにも自費出版で出したような薄っぺらな簡易綴じの本が並んでいるのだ。

著者名はすべて片岡雄三郎となっていた。

「何だよ、これ」

弘明が一冊抜き出して、ぱらぱらとめくったが、すぐに「つまんねえや」と言って、床に放り投げた。『スパルタ教育私論』の冒頭の部分が開き、作者の写真が現れた。写真の中の片岡雄三郎がとがめるように彼女たちをにらみつける。

「あ、こいつ、あの肖像画と同じ奴だ。気味が悪いぜ」

満男が本を踏みつけ、「この野郎、ふざけやがって」と言った。

「進藤君、本を粗末にしちゃだめよ」

ゆきえが注意すると、満男はふてくされて、本を廊下のほうへ蹴飛ばした。

「あなた、だめじゃない。拾ってらっしゃい」

千春が注意を与えると、弘明は「ふぁーい」とふざけて、部屋から出ていった。

それにしても、こんな本がどうしてこんな廃校に置いてあるのだろう。奥付を見てみると、どれもここ五年以内に出たものばかりだ。

千春は首筋にひんやりしたものを感じ、思わず手をうなじにあてた。産毛が逆立っていた。

何よ、これ。

76

20——「夜行獣」

廊下のほうで人の気配がした。

那珂川映子は女子トイレの戸にかけた手を素早く引いた。潤った体の中心部から、急速に熱が引いていく。股間に鋭いナイフを直にあてられたような冷たさが、足の合わせ目から深く体の深奥へ伝わっていった。瞬間的に冷酷な野性をとりもどした彼女は、攻撃モードに体をシフトした。

台風3号はすでにこの地を去り、間もなく日本海へ抜けようとしている。屋外の物音が低くなったことで、逆に自分の立てる音に注意を払わなくてはならなくなっていた。どこで物音がしたのだろう。彼女は五感をフル作動させて、物音の出どころを探った。

そうか、一階の教室だ。間違いない。開いた戸の隙間から淡い光が廊下のほうへ漏れ出しているのがはっきり見てとれた。彼女は歯を固く嚙み合わせ、強く擦った。そして、静かに教室へ向かって進んでいった。黒いパンツと黒のTシャツは、彼女の姿を闇に同化させ、埋没させることができる。シャツから伸びる両手も日に焼けているので、それほど目立たなかった。

仕留めてやる。

怒りを呪文にして唱え、己の士気を鼓舞した。鍛え上げた両肩の筋肉が小刻みに揺れている。痙攣が首筋から頬へ伝わっていく。彼女は両頬に拳をあてて、強く押しつけた。

よし、行け。

声にならない掛け声を己にぶつけ、彼女は夜行獣のような敏捷な動きで一気に教室まで達した。

人声と思えたのは、隙間風の音だった。教室のほぼ真ん中、太い蠟燭が男根のように床に直接突き立てられていた。間もなく燃え尽きそうな蠟燭は、最後の輝きを芯に託し、声なき断末魔の叫び声をあげている。

彼女は教室に誰もいないことを確認してから、中に入り、蠟燭の芯に手を突っこみ、指でひねりつぶした。炎はたやすく消えた。

暗闇が訪れるとともに、今度は月光が教室の中に差しこんできた。

奴はここへもどるのだろうか。

だったら、ここで待ち伏せしたほうがいいかもしれない。

再び彼女の体の芯が火照り始める。

さあ、いつでも来い。彼女は服を脱ぐと床に身を横たえて、男を待った。

闇の中に雌の分泌物のにおいが濃厚に漂っている。それは発情期を迎えたそれのように熱く、淫靡だった。雄を誘う爛れた女のにおいだ。俺をおびき寄せようとしているにちがいない。

浦田清は、フェイントをかけることにした。廊下側から襲うと見せて、窓側から忍びこむのだ。

どこから外へ出るかと考えた。玄関から外へ出る場合、教室のそばを通らなければならないので、これはパスだ。教室より手前であいつに勘づかれたらまずい。ということは……。

トイレの真向かいにある理科室あたりから外へ出るのが無難だろう。そうと決まれば、早く動きださなくてはなるまい。

廊下を足音もたてずに横切り、理科室の戸を開くと、土臭いにおいがぷんと鼻をついた。窓ガラスが割れ、温風が吹きこんでいる。窓際は雨で濡れ、水たまりができていた。

清は理科が嫌いだった。なぜ嫌いになったかといえば、あの教師から体罰を受けたからだ。片岡雄三郎はお仕置きをする時、まず廊下に正座させ、膝の上に科学百科事典を載せた。ただでさえ正座していれば痺れてくるが、重い本を載せれば、どうなるのか清だって知っている。足は血の気を失って真っ白になり、お仕置きから解放された時、間違いなく立ち上がることは不可能だ。

あれはお仕置きではなくて、拷問だった。百科事典が二冊ずつ。少しでも動けば容赦なく殴られる。片岡は拳骨の他に本を「凶器」に使った。

「清、本好きになれ。本には知識が詰まっている。知識の宝庫なんだ。盗め、知識を盗むんだ。おい、浦田、聞いてるのか」

その時の清は、三十分も正座させられ、ふらふらの状態だった。目も虚ろで、片岡の言うことがよく理解できなかったのだ。

「ばかやろう。制裁だ。これを食らえ」

片岡は分厚い本を清の頬に叩きつけた。清は失神し、廊下に倒れた。片岡はそれが気に入らなかったのか、バケツの水を清に浴びせかけたのだ。

「畜生」

思い出すたびに腹が立つ。あの教師に会ったら、ぶっ殺してやりたい。そう思った時だった。彼は誰かに監視されているような感覚をおぼえた。

「誰だ」

押し殺した声で言い、臨戦態勢をとりながら窓際へ後退した。闇に慣れた目が、その時、不審なものをとらえた。壁際に立った人体模型だった。監視されていると思ったのは錯覚だったようだ。

清は模型に近づいた。肌が粟立つような不快な感覚が彼の全身を押し包んだ。呼吸が荒くなり、脈拍が乱れた。

「清、まだそんなことをやってるのか。先生は情けなく思うぞ」

片岡雄三郎の罵声が清の鼓膜を突き破り、脳の中枢を直接襲った。清はたじろいで、よろめいた。だが、その声が幻聴だと知った時、人体模型の頭をつかんで、力任せに床に投げつけた。

「おのれ」

清は倒れた模型の頭を踏みつけた。踏んで踏んでちぎれてしまうくらい強く踏みつけた。半分人の顔で、半分内臓の化け物が恨めしげに清を見つめている。

「思い知ったか」

だが、ここで時間をとられるわけにもいかなかった。彼は怒りの矛先を女に向けるようにした。片岡に対する怒りをそのまま移行させるだけでよかったので、それほどむずかしくなかった。

彼は窓を開けて、そこから外へ飛び降りた。

校庭はぬかるんでいた。雨をたっぷり含んだ粘土質の土は、足をすっぽりと飲みこみ、容易に離さなかった。清は花壇の枠の煉瓦に乗り、頭を下げ腰を屈めながら三年の教室のほうへ移動していった。

それにしても、ひどい荒れようだ。大きな木が何本も校庭に倒れているし、むしり取られた葉が一面にばらまかれている。台風3号は巨人が歩いた後のように途轍もない傷痕を残し、去っていった。

22――（片岡雄三郎・特別授業講義録より抜粋⑨） 78

（階段を降りていく足音）

諸君、さあ、出てこい。今から私が降りていくぞ。首を洗って待っているがいい。だから、言っただろう。私の言うことを聞かないとどんなことになるのか。制裁してやる。この竹刀でめった打ちにしてくれるわ。

（竹刀をふりまわす空気音）

おおっ、この肖像画を見よ。ひどいものだ。よくも私を虚仮《こけ》にしてくれたものだな。だが、私を怒らせるとどういうことになるのか、諸君は知らないだろう。

それをこれからじっくり見せてやろうじゃないか。

この四時間目の授業も私は道徳にすることにした。昔、修身という科目があったのだが、今は残念ながらなくなってしまった。嘆かわしいことだ。規則は体で覚えさせなくてはならぬのだ。

（咳払い。足音）

23──「遭遇」 79

「あ、蠟燭が消えてるぜ」

弘明が廊下のほうで叫んでいた。「みんな、こっちへ来いよ」

高倉千春は、片岡雄三郎著の『緑山中学校の歩み』を手に持ちながら、廊下へ出た。

彼女のあとを五人の生徒がつづく。

弘明が三年の教室の中をのぞきこんでいた。

「どうしたの、杉山君」

と声をかけられて、彼は教室のほうを顎でしゃくった。

千春は小走りに駆けていった。確かに教室の中は真っ暗だった。懐中電灯を蠟燭に向けると、まだ煙が燻っていた。溶けた蠟のにおいが煙と混ざり合い、独特の甘ったるいにおいをあたりに漂わせている。

千春は教室に入ると、蠟燭の芯に指をつけた。消えて間がないらしく、まだ温もりが残っている。だが、消える理由が思いあたらなかった。蠟燭はまだ完全に溶けてなくなっているわけではないし、破れた窓からの風にしても、炎を消すほどの力はないのだ。

「先生、これで百の物語が終わったってことですよ」

それまでずっと沈黙を守っていた秀才が、勝ち誇ったように言った。利発そうな学級委員長の目が千春の目とぶつかった。クラスでは常に一、二位の成績を修めている生徒だが、何を考えているのかわからないところがあった。

「終わったらどうなるのかしら?」

千春は秀才の意見を聞いてみた。

「さあ、私にはわかりません」

老成した口ぶりはいやみに聞こえる。

臆したように黙りこんでいたユースケが、首を縮めて、こわごわと周囲を見まわした。

「先生、とんでもないことが起こりますよ」

秀才は眼鏡が汗ですべるのか、しきりに右手で位置をなおしている。

「どういうこと、辰巳君?」

「僕にはわかりません。でも、百番目の話が終わって、最後の蠟燭の火が消えた時、とっても怖いことが起こるんだって」

千春と六人の生徒は、三年の教室の中に入った。一人一人は弱いが群れれば強くなるシマウマのように、体を寄せ合って、周囲に目を配った。

ゴーゴーと唸るような地響きがしていた。それは時間を追うごとに強くなっているように思えた。風の音に隠れて気づかなかったのかもしれないが、風が小やみになってしまうと、その音が逆に際立ち始めていた。

「地滑りの前兆かしら」

千春は天井を見上げた。「それとも……」

その時、からんからんと大伽藍の鐘楼の鐘のような音がおごそかに鳴り響いた。それは台風の終わりを告げるように谷底に鳴りわたり、嫋々《じょうじょう》たる余韻を残して消えていった。

「諸君!」

鐘の音に変わって、朗々たる声が教室の中に轟いた。「諸君、こんなところにおったのか。とうとう見つけたぞ」

男の顔は闇の中に溶けこんで見えないが、その左手にあるカンテラが教室の中を明るくした。

男の右手には、竹刀が握られていた。

ばしりと竹刀が振られ、部屋の空気がビーンと鳴動した。耳鳴りのような響きが高倉千春の耳朶を打った。

「これから諸君の心根を鍛えなおしてやるぞ。覚悟しておれ」

男はカンテラを突き出して、一人一人の顔をじっくりと観察した。フッフッとその喉から怒りと笑いを含んだ声が漏れてきた。誰もが息を飲んで男を見た。六十代半ばくらいの男がまるで踊り場の肖像画からそのまま抜け出してきたかのように、鋭い視線でみんなを睨みつけた。

「私が片岡雄三郎である。諸君、ようこそ、緑山中学校へ」

片岡は太い眉をぴくりと動かすと、竹刀を床に思いきり叩きつけた。誰もが声を失っていた。

〔休み時間〕

1

彼女の体内には新しい生命が宿っていた。

あの夜、診療所の病室に忍びこんできた男によって強引に作られた命だ。彼女は男を激しく憎んでいたが、植えつけられた生命を憎むことはできなかった。相手が誰であろうとも、どんな経緯で作られたものであっても、彼女の子供であるのは間違いないのだから。

愛しいわが子よ。

おまえの名前は……。

「清！」

そう決めていた。何となく思いついた名前だ。清という名前がぴったり合うような気がした。なぜか、女が生まれるとは思っていなかった。この子は男なのだ。清という男の子なのだ。

お腹がだんだん大きくなるとともに、彼女の母親が心配しだした。

「おまえ、妊娠してるの？」

「誰の子なんだ？」

「診療所の誰かに手込めにされたんじゃないかい」

退院後、自宅療養していた彼女に両親はうるさく迫った。そして、周囲の誹謗中傷にさらされる前に、彼女の親は素早く手を打った。彼女を山向こうの松井町の親戚に預け、そこで子供を生ませたのだ。

彼女の思っていたように、男の子だった。平均より少し小さめだったが、頬はふっくらして彼女によく似ていた。

まだ目は開かないが、彼女が「清」と呼びかけると、赤ん坊は笑ったように思った。天使の微笑みだわ。わたしの子なのよ。清を一生大事にするわ。

赤ん坊は元気よく彼女のお乳を飲んだ。すぐにお腹がすくらしく、彼女は何度も起こされたが、苦にはならなかった。どんどん飲んで、早く大きくなるのよ。

だが、出産してから一週間後のある朝、彼女が目覚めた時、子供は消えていた。彼女の両親がまだ嫁入り前の娘に傷がつかないように、子供のいないどこかの夫婦に養子に出したのだという。

彼女は半狂乱になって、赤ん坊を探しまわったが、どこにも見つからなかった。傷心状態の彼女は生家にもどり、遠縁の家に嫁がされた。昔はそういうことが親の意向で平気でできた時代だったのだ。その時点でも彼女はまだ十八歳だった。

彼女が清を探しあてたのは、それから三年後。彼女の執念が実って、松井町のある家にいる清を見つけたのだ。

嬉しいことに、子供は清という名前だった。後で聞いた話だが、その家でもらってくれる条件として、男の子に「清」と名付けるということがあったらしい。彼女の母親が「清、清」と可愛がっている娘を憐《あわ》れんで、そう言いわたしたのだろう。親としての最低限の心遣いだったのだ。

彼女が庭先で遊ぶ男の子に「清」と呼びかけると、子供はきゃっきゃっと言って喜んだ。彼女はこっそり清を連れだしてあやしたりした。

小学校の運動会の時、彼女は嫁ぎ先から抜け出して、清の応援に駆けつけた。彼女が「清、頑張れ」「清、走れ」と叫ぶと、清は彼女に気づき、一生懸命走るのだった。

やがて彼女にも夫との間に子供ができて、清を見る機会は少なくなったが、松井町へ行った時は遠くから「清、頑張れ」と声援した。

清がぐれたのは、中学に入ってからだ。養父が死んで、養母の手に余るようになり、一時的に通った緑山中学校で片岡雄三郎という暴力教師からひどいいじめにあった頃だった。あの暴力教師の悪名は近隣の市町村に轟いていた。最後は緑山中学校の校長で定年を迎えたので、世間的には立派な教育者として認知されていたが、彼女にとっては性悪の憎き教師だったのだ。

清が片岡雄三郎に分厚い本で殴られて、鼓膜に傷をつけたことがあった。それが清の心に異常性を植えつけたのではないかと彼女は考えている。

清が東京へ出てからも、彼女は陰で息子を声援しつづけていた。

「走れ、清。走れ」

東京の方向に呼びかけると、「わかってるよ、母さん」と照れを含んだ声が返ってくるような気がした。母子の気持ちが通じていると感じる至福の時であった。

2

81

教室の中で女が浦田清に背を向けて静かに横たわっていた。まるで死んでいるように微動だにしなかった。

清のうちで燃えていたさっきまでの憎悪は何だったのかと一瞬思った。彼は平静な気持ちでこつこつとガラスを弾く。女を愛おしいと思う気持ちが高まってきた。

女の腰にかかる白い薄物を通して体のラインがはっきり見える。腹のうちにしまった憎悪が素直に劣情に移行し、激しいエネルギーを伴って表面にせり上がってくる。

あの女を貫きたいと思った。

再度こつこつと窓ガラスを指で弾いた。

女がゆっくり寝返りを打ち、彼のほうに顔を向けた。月光に照らされたその顔は、見覚えのある女のものだった。

「ここを開けてくれ」

――いやよ。いけないわ。

女は声を発しないが、口が言葉を形作った。彼の言葉も口の動きで女に伝わっているはずだった。

「頼むから、開けてくれないか。君が好きだ」

――わたしもあなたが好き。

「だったら、開けてくれよ」

――あなたが自分で入ってくるのよ。

「わかった。じゃあ、行くぜ」

彼は窓に手をかけたが、びくとも動かない。湿っているためか、それとも鍵が掛かっているためなのか。だったら、ガラスを割るまでだ。彼は拳をハンカチで包むと、錠の近くに打ちこんだ。ガラスはぎざぎざになったが、彼はかまわず手を差しこんで、ねじり錠をはずした。ガラス戸は簡単に開いた。

「さあ、入るぜ。ハニー」

彼は窓枠を乗り越えて、教室の中に入る。

女は向こう向きで寝ていた。恥ずかしいのかい、ベイビー。マイ・スイートハート。

男は女に掛かっていた薄物を剝ぎ、女をこちら向きにさせた。

那珂川映子は淫らな唇を突き出して、清を誘っていた。

「ひさしぶりだね、ハニー」

五．補習「最後の一人」

82

さて、諸君。時間を大分むだにしてしまった。最初にそのことを思い出してほしい。

私に対して、いたずらをした者がいた。それを私はとがめて、いたずらをした者に名乗り出るように言ったね。時間を決めて、諸君に訴えたが、誰も名乗り出なかったから、私は罰として廊下に座らせた。だが、諸君は私の目を盗んで一階へ逃げだしてしまった。

連帯責任を負うべきなのに、諸君はそれを放棄し、私を愚弄したのだ。この罪は重いぞ。

教師を侮辱した罰を諸君に科そうではないか。身をもって、私が被った屈辱を諸君たちにも味わってもらうぞ。いいか、覚悟しておれ。

（バシッと竹刀を振る音。悲鳴）

こらっ。そこのデブ。だらだら立ってるんじゃないぞ。もし、同じ過ちをおかしたら、容赦なく叩くからな。いいか、私は本気だ。おまえらの腐った性根を叩きなおしてやる。ほれ、おまえが最初に歩け。

名前は何と言う？　うん、聞こえないぞ。進藤満男か。

ようし、さっさと歩け。

次はそこのノッポ。名前は何だ？　杉山弘明か。

そこの天然パーマのチビ。辰巳裕介というのか。

それから、その眼鏡の秀才面は級長か。ようし。

おかっぱの女子。赤沢厚子というのか。

その細い目の女子は、梓ゆきえと言うんだな。ふうん、いいぞ。行けっ。

最後に女教師か。あんたがこいつらの担任だな。担任として、まとめることができないとは情けない。一緒に鍛えてやる。

（床を踏みならす音）

ようし、みんな、気をつけい！

四時間目がほとんどむだになったので、これから補習を始める。みんな、そのつもりでいろよ。

（鐘が鳴る。笑い声）

…………

（片岡雄三郎先生講義テープ 1・サイドAから）

1──「録音」

83

私たちは、片岡雄三郎の前で萎縮し、身動きもままならなかった。

逃げだそうにも片岡の全身には鬼気迫るものがあり、一分の隙もないのだ。満男が竹刀で叩かれたこともみんなの戦意を喪失させていた。

片岡はカンテラを黒板の近くの床に置くと、竹刀を水平にして切っ先をぴたりと高倉教師の顔に向け、我々七人を横一列に並ばせた。

「気をつけぃ」

足がそろっていないユースケの頬を、片岡は右手で平手打ちにした。ユースケはひいっと悲鳴をあげかけたが、片岡ににらみつけられて、慌てて姿勢をなおした。ユースケの顔は引きつって、全身が熱病に罹《かか》ったかのように痙攣している。

片岡は七人の後ろにまわり、一人一人の背中から顔をのぞきこんだ。突然、緊張に耐えられなくなった梓ゆきえが泣きじゃくりながら、その場にしゃがみこんだ。

「おいっ、女だからといって、容赦はしないぞ」

片岡の竹刀がTシャツを着たゆきえの背中をぴしゃりと打った。

「やめてください。女の子にあたるなんて、教育者にふさわしくないんじゃありませんか」

高倉教師がたまらず声をかけた。

「何ぃ、もう一度言ってみろ」

片岡は担任の前に立ち、竹刀の先で彼女の顎を持ち上げた。「だいたい、担任教師たるおまえがたるんどるから、生徒たちがだめなんだ」

「やめて」と言う担任の声は上擦っていた。

「いいや、やめんぞ。ようし、おまえから始めることにしよう。前へ出ろ」

担任は仕方なく前へ出た。生徒たちに危害が加わらないように自分を犠牲にするつもりなのかもしれなかった。いやはや、とんでもないことになった。百物語が終わる時、たいへんなことが起こるというが、これがその「たいへんなこと」だったのだ。

とんでもない結末だった。

台風一過の廃校の中で、私たちは頭の狂った元校長と対峙していた。逃げる方法は思いつかなかった。

元校長の足元で、カセットレコーダーがくるくる回転している。この男はなんと自分の声を録音しているのだ。電源のついていることを示す赤いランプが地獄の業火のように光っていた。

……………

2――「もう一人の女」 84

ゴーゴーという地鳴りのような唸りが彼女を覚醒させた。

ここはどこだろう。目を見開いても、彼女の目に入るのは暗黒の世界。光の差しこまない漆黒の闇だった。こんな暗いものを見るのは初めての経験だった。

起き上がろうとして、何か硬いものに激しく頭をぶつけた。どうやら狭い場所に閉じこめられているようだった。だが、額の痛みが彼女の意識を研ぎすまし、記憶を回復させた。

そう、ここは車のトランクの中だ。

彼女は両手を伸ばして、トランクのふたを押したが、びくともしない。二度、三度と試みても結果は同じだった。

とんでもないところに閉じこめられてしまった。このままいたら、酸素欠乏で死んでしまうだろう。それでなくても、日が昇ったら、暑さで脱水状態になってしまうにちがいない。

絶望感にとらわれて、泣きながら足で蹴った。するとどうだろう。ふたがパカリと開いたのだ。あまりに呆気ない結果に、彼女はしばらくそのままの窮屈な恰好で星を見ていた。

台風は過ぎ去っていた。

空は晴れわたり、満天の星が広大な渓谷を見下ろしている。さわやかな風が吹いているが、その中には青臭さと泥臭さが混在していた。

彼女は車から外へ出た。

目前に二階建ての校舎が建っていた。

緑山中学校――。

そうか。これが昔の校舎なのだ。彼女は中央の玄関へ向かって歩いていった。二階の左手の部屋に明かりが見え、そこから人の声が聞こえてきた。激しく叱責する男の声、それに女の泣き声がまじっているように思えた。

校舎の中で何かよくないことが起こっているなと、彼女は直感した。

それから、彼女の背後から水が激しく流れる音がした。地面を振動させる音の原因はそれかもしれなかった。水の起こす鳴動が山全体を内部から崩壊させようとしている。よくないこととは、校舎の中ではなく、その外で進行しているようだった。

彼女は校舎の中へ入っていった。

3 ――「鳴動」 85

「校長先生」

赤沢厚子がためらいがちに手を挙げた。

「何だ」

片岡雄三郎は、高倉千春から目を逸らし、厚子をにらみつける。彼の法律を破る者はたとえ女子供でも容赦はしない。「おまえから先にやってやろうか」

「あたし、トイレに行きたいんです」

厚子はもじもじと腰を動かした。

「我慢しろ。授業はまだ始まったばかりだぞ」

「でも……。漏れてしまいます」

「おい、たるんどるぞ」

片岡は千春に竹刀をつきつける。「おまえの教育がなっとらんのだ」

「でも、校長先生。か弱い女の子をいじめるのはどうかと思います。先生は弱いものいじめが好きなんですか？」

千春は片岡の痛いところを突いた。

「いや、私はそういうことを言っているんじゃないのだ。つまり、担任として……」

片岡は言葉を曖昧に濁した。「わかった。じゃあ、おまえ一人で行ってこい。もし逃げようだなんて考えたら、残った連中にどういう仕置きがあるのか、わかっているな」

厚子は「はい」と小声で言うと、小走りに教室を出ていった。片岡は廊下のほうにしばらく耳をすましていたが、足音が階下に消えるのを確認すると、残った六人を厳しい視線でにらみつけた。

「少し気勢を殺《そ》がれたな」

片岡は苦笑した。「あの子が帰ってくるまで、しばらく雑談でもしようか」

弘明がふっと吐息をつき、気をつけの姿勢をゆるめた。途端に片岡の竹刀が弘明の肩を打った。弘明が肩を押さえて、顔を歪めた。

「ばかもの。私は雑談をすると言っただけで、休めとは一言たりとも言ってないぞ。おまえらの性根は本当に腐っておるな」

片岡は嘆かわしいと言いながら、また六人のまわりを歩き始めた。眉間に刻まれたしわが彼の怒りと苦悩を表しているようだ。薄暗い明かりの中でも、片岡の異様に輝く目は見る者に恐怖心を植えつけた。

「はい、そこのチビ、ふらふらするな」

ユースケの腰にたちまち竹刀が打ちこまれる。ぴしりと乾いた音が教室に反響した。引きつった顔のユースケは、悲鳴をあげることすらできず、必死に痛みに耐えているようだった。泣き言を漏らせば、さらに攻撃を受けるのがわかっていたからだ。

相手が付け入る隙を見せないように、誰もが唇を噛みしめていた。だが、それも限界が近づいているように思えてならなかった。

地鳴りの音がさっきより大きくなっていた。

台風が猛威を奮う中、じっと耐え忍んでいた山々が苦痛の悲鳴をあげ始めたのかもしれなかった。

山が泣いていた。谷が泣いていた。そして、教師と生徒たちも泣きたい気分だった。

「先生、質問をしてよろしいですか？」

千春が片岡の顔色を窺いながらおずおずと言葉を挟んだ。

「何だ、言ってみろ」

「図書館の本は先生が入れたのですか？」

「ああ、そうだ。古い校舎が無傷のまま出てきたと知って、私の本や肖像画も運んできたんだ」

片岡は特別授業の講義をするため、数日前から宿直室に寝泊まりしながら、職員室と教室をきれいに掃除したという。生徒がいると想定して、講義をしていたが、疲労がたまって、夕方からさっきまで寝こんでいたのだ。

「夜中だというのに、外が騒がしいから、出てきてみたら、このザマだ」

片岡は野獣のように唸った。

「それにしても、あの生徒、遅いな」

片岡がつぶやいた時、廊下から女の悲鳴が聞こえてきた。山鳴りや地鳴りを消してしまうほどの壮絶な声だった。

4——「背中の手」 86

赤沢厚子は、女子トイレに入ろうとして、ふと人の気配を感じた。

でも、この学校にいるのは、片岡雄三郎を含めて八人のはずだ。

それとも……。彼女は恐るべきことに気づいた。まだこの話は終わっていないのではないか。そう、百物語は終わったが、また新たな百物語が始まったのではないか。

嘘。

そんなこと、考えたくない。

厚子の腹に生まれた恐怖の塊が、喉元までせり上がってきた。

その時、背後から誰かが彼女の背中を叩いた。

あまりにタイミングが悪すぎた。恐怖にかられた厚子は獣じみた悲鳴を張り上げた。


…………

5──「脱出」 87

廊下からの悲鳴に、片岡雄三郎は動きを止めた。

「待て、動くんじゃない」

片岡雄三郎は、竹刀を横に差し出し、動揺する六人を制した。「これは罠かもしれない。軽率に動いてはならんぞ」

「でも、校長先生」

千春が言葉を挟んだ。「あの子に何か起こったのかもしれません」

「そんなはずはない。ここには我々しかいないのだからな」

悲鳴はなおもつづいている。

「あれは狂言かもしれない。おまえたちを救いだすためのな」

片岡はにやりとした。

「ほんとに先生はそう思いますか？　あんな迫真の演技、プロの俳優だってできませんよ。もし万が一のことがあったら、校長先生、責任をとっていただけますか？」

千春は、片岡の教育者としての良心に響くように訴えた。

「うん、それは……」

責任をとるのかという言葉が、片岡の胸に重くのしかかったようだ。片岡はどうすべきか決断を迫られた。

「火事よ、火事」

その時、女子トイレのほうから発せられた女の声が片岡を決断させた。

「な、何。火事だと。よし、私が見てくる。おまえたちはそこに残っておれ」

竹刀を持った片岡が血相を変えて、教室から駆けだしていった。廊下をどたどたと走る音がし、片岡の怒号が聞こえた。

「高倉先生、逃げようよ。僕たちも焼け死んじゃうよ」

ユースケが、その場に凍りついたように立ちすくむ六人の呪縛を解いた。「みんな、あいつにやられるのと、火事で死ぬのとどっちがいい？」

「どっち も勘弁してほしいな」

満男が苦々しげに呻いた。「早く、ここから逃げてしまうおうぜ」

弘明が窓から校庭のほうをのぞいていた。

「おい、みんな。外がやばいことになってるぞ。水だよ。水があふれてる。逃げないとほんとにやばいぜ」

千春は窓辺に行って、校庭を見わたした。黒い海がひたひたと校庭に押し寄せていた。静かに着実に、音もたてず、水は迫っていた。彼女は背筋が凍りつくような恐怖を覚えた。

「そうね。早く逃げたほうがいいわね」

千春はそう言うと、率先して教室から出ようとした。五人の生徒もぞろぞろとあとを追った。階段を降りる時、最後尾の弘明が教室に放置されたカンテラに右足で蹴りを入れた。

「くたばれ、腐れ外道《げどう》が」

カンテラが倒れた拍子に、灯油が漏れ、床に敷いてあった新聞紙に染みわたった。火がたちまち新聞紙に燃え移った。

「杉山君、なんてことをするの！」

千春は叫んだ。火はなめるように床を広がっていく。

「逃げるのよ、みんな」

トイレからもどってきた片岡が、教室に燃え広がっている火に気づき、わめきだした。

「ああ、私の学校が……。おのれっ」

片岡は足で消そうとするが、火の勢いはもはや彼の手に負えるような状態ではなかった。水底に沈んでいたために腐食の激しかった木はからからに乾燥して紙のように燃えやすくなっていたのだ。火とともに濛々とした白煙が廊下へ流れだしており、煙に巻かれないうちに逃げなくてはならなかった。

狂乱状態の片岡を教室において、千春と生徒たちは玄関へ向かった。

赤沢厚子が玄関の下駄箱の前でうずくまって泣いていた。

「さあ、早くして。泣いてる場合じゃないわよ」

千春は厚子の腕を引いて立ち上がらせると、玄関のほうへ生徒たちを誘導した。「みんな、車に乗って逃げるわよ」

四人乗りの車だが、何とか七人全員を乗せなくてはならなかった。定員オーバーでも、無理やり詰めこむのだ。

「先生、たいへん。水がそこまで来てるわ」

梓ゆきえが校庭に広がっているどす黒い水溜まりを指差した。それはじわじわと校舎のほうへ迫りつつあった。豪雨で大量の水と土石流を集めた川が氾濫し、それが徐々に水位を上げているのだ。ここがもともとダム底であったと考えれば、水位はさらに上昇してくるのは目に見えている。

「みんな、早くして」

校舎をふり返ると、三年の教室がオレンジ色に染まり、煙が外にあふれ出している。千春は後部座席に四人、助手席に二人を乗せた。かなりきついが、運転ができないことはない。気持ちがはやり、キーがなかなか差しこめなかった。

「先生、落ち着けよ。俺たちはもう大丈夫だからさ」

弘明の言葉に、千春は気をとりなおした。大丈夫、大丈夫と自分に暗示をかける。もはや走るべき道は存在しなかった。水があるところを避けて上へと行かなくてはならないのだ。元々の道は水没してから泥が堆積したために消えているので、自分であたりをつけて運転しなくてはならなかった。

道は泥濘と化していた。一歩運転を誤れば、一気に下にすべり落ちる危険があった。それを回避するために、千春は注意深く運転した。夜明けまでにはまだ間がある。ヘッドライトの明かりだけで、勘を頼りにこの谷を脱出するしかないのだ。

バックミラーに緑山中学校の旧校舎が映った。その一瞬の隙に車のタイヤがぬかるみに足をとられ、車が横滑りした。

女生徒の悲鳴が車内で響く。幸いに、木の切り株か岩のような突起物に車体があたり、車は動きを止めた。運転席の外側にガリッと削られるような感触があった。

だが、タイヤが空回りして、先に進まない。男生徒が後ろから押そうと申し出たが、かえって危険なので、彼女は止めた。

最悪のドライブだった。車はもうあちこちに傷がつき、へこんでいるだろうが、今は七人の運命を左右する大事な道具だった。

「お願い、わたしたちを助けて」

千春は神に祈りつづけた。

悪戦苦闘の末、何とかぬかるみの道を抜けて、砂利道に入った。でこぼこの悪路だが、水没した部分から抜け出たことを意味していた。

「みんな、助かったわよ」

彼女は沈んでいた生徒たちの気分を盛り上げようと努めて明るく叫んだ。生徒の間からヒャッホーと歓声と拍手が上がった。

「ここまで来れば、もう大丈夫よ」

「危機一髪ってところだったな。水が出てきて、あのままいたら、俺たち、校舎とともに溺れ死んでたかもしれねえな」

満男が心底ホッとしたような声で言った。「先生、見直したぜ」

「校長は死んだだろうな」

弘明が憎々しげに毒づいた。

「あたりめえよ。焼け死ぬか溺れ死んじまっただろうよ」

満男は片岡雄三郎に竹刀で叩かれた肩を痛そうにさすった。「それにしても、赤沢が悲鳴をあげなかったら、俺たち、死んでたかもな」

「あたしが悲鳴をあげたのは、誰かがあたしの肩に手をあてたからなのよ」

「誰かって、誰なの？」

梓ゆきえが聞いた。「その時、わたしたち全員、教室にいたのよ」

「だから、誰かが後ろから来たんだってば」

厚子はその時の恐怖を思い出したのか、しくしく泣きだした。

「もういいじゃない。赤沢さんのおかげで助かったんだから」

千春はその話を強引に打ち切った。実をいえば、これからもまだ乗り越えなくてはならない障害があるのだ。特に嵐の後の被害だ。あれだけいちどきに大量の雨が降れば、川の増水以外にも崖崩れや地滑りがこれからも予想された。山麓にもどる道が分断されているとすれば、夜明けまで一時的に避難する場所が必要だった。

千春は今、山道を登っていること以外、自分たちの正確な居場所をつかんでいなかった。彼女の抱いている危惧を生徒たちに話して不安を煽ることは避けたかった。

彼女の車は中腹の道をぐるぐるまわっているうちに、完全に道を失い、文字通り五里霧中の間を右往左往していた。夜明けまであと二時間はあるだろう。山の中は平地よりさらに三十分、日の出が遅いと思っていたほうが間違いはない。

生徒たちが不安を感じる前に、何とか休息できる場所を確保しておきたかった。千春の疲労はピークに達していたが、不思議に眠気は感じなかった。彼女はヘッドライトの照らす前方に注意を集中した。

6——「ふりだしにもどる」 88

高倉千春と生徒たちが学校を脱出してから三十分がすぎた。さっきまで騒いでいた生徒たちも疲労困憊したのか、口数が少なくなっている。千春の傍らに座る赤沢厚子と梓ゆきえはこっくりこっくりと船を漕いでいた。後部座席の四人は起きているようだが、言葉を発することもなく、時々あくびの音が聞こえてくるだけだ。

倒木や崖崩れに分断された道は、まるで迷路のような状況だった。彼女は一つの駒となって、前方をふさぐ壁に出会うと方向を変え、また新たな道を模索するというゲームをつづけていた。エンドレステープのように繰り返し、またその繰り返しだ。

同じところを何度も通っているのかもしれなかった。見覚えのある大木が現れたり遠ざかっていったりするが、だからといって狭い道で自由自在に車の向きを変えることはむずかしかった。たとえ次の道が行き止まりであっても、彼女は不毛の選択のゲームをつづけなければならなかったのだ。

ところが、その道がある時ふっと変わった。迷路を抜けたかと思い、彼女は一瞬希望を抱いた。

車は集落のようなところに入っていった。旧緑山村の一つの集落なのかもしれない。そこの住民ももちろん今は山麓へ移転して誰も住んでいないはずだった。廃屋でもあれば、そこで休息できると思って、千春は適当な場所を物色し始めた。

それはすぐに見つかった。二階建ての大きな家に隣接する道へ出たのだ。村の名士の家かもしれない。その家の前には大きな庭があるが、車は裏庭からのほうが入りやすいようだった。

「みんな、着いたわよ。夜が明けるまでここで休憩しましょう」

千春が声をかけると、暗い車内からいっせいに歓声があがった。適当な場所に車を停めて、教師と生徒たちは車から降りた。

「明るくなったら、助けがくると思うから、それまでゆっくりしましょうね」

「ふぁーい」

満男があくびまじりに茶化し、拳を突き上げた。「よーし、みんな。俺についてこい」

千春が車に残ってキーを抜き車をロックしている間に、懐中電灯を持った満男が先頭になって、二階建ての家へ向かった。千春は念のために生徒の数をかぞえる。
一、二、三、四、五、六、七。
「七人、みんなそろってるわね」

全員無事でよかった。担任教師として、台風のさなかに生徒を引率して、もし事故にでもあったら、父母たちに顔向けができなくなるところだった。

「まずは一安心」と思って、足を踏みだした時、彼女は足をすくわれそうになった。地震ではない。ある事実に気づいて全身に震えが走ったのだ。嘘、そんなばかな。

一人多いのだ。

生徒は六人のはずだが、たった今数えた時は七人いた。きっと錯覚よ。彼女は目をこすってから、もう一度数えようとした。

だが、生徒たちの先頭の何人かはすでに建物の横を抜けて、表のほうへ行ってしまっていた。最後の三人が角を曲がった時、彼女は駆けだした。何かの間違いであってほしいと思った。

「何かの間違いで……」

全身から血の気が引いていた。生ぬるい微風を受けているのに、彼女は逆に額に冷たい汗をかいている。足元には落ち葉が敷きつめられていた。まだ青い葉が強風によって無理やり引き剝がされたので、青臭いにおいが一面にたちこめている。

だが、彼女を待っていたのは、それよりも恐ろしいことだった。

生徒たちが建物の玄関の前で、立ちすくんでいた。彼女は瞬間的に生徒の数が六人であると見てとって、自分の単なる勘違いであることに気づき、内心安堵していた。だが、それよりも、生徒たちの様子が奇妙だった。

「ねえ、みんな、どうしたの。そんなところに集まって」

千春は厚子とゆきえの肩に手を置いて、「さあ、中に入ろう」と言った。

「先生、これを見てくれよ」

満男が懐中電灯で玄関の表札を照らしだした。柱に打ちつけられた札には、「緑山中学校」と書かれていたのだ。

「先生、俺たち、元にもどっちまったよ」

その時、玄関の奥の闇の中から聞き覚えのある野太い声が聞こえてきた。

「諸君、ようこそ、緑山中学校へ」

片岡雄三郎の朗々とした声が轟き、その余韻がしばらく残った。恐怖が緑山中学校を押し包む暗闇の中から霧のように湧きだし、教師と生徒たちを震撼させた。

…………

7——「リフレイン」

89

諸君、ようこそ、緑山中学校へ。諸君は知っているかどうか知らないが、緑山中学校はもともと緑山の集落にあった。それがダム建設で水没することになり、一時的に中腹に移転したのだ。だが、過疎化などのさまざまな要因が重なり、結局はそこも廃校となり、最終的に作田町側の麓に移ったのだ。つまり、緑山中学校は旧校舎二つを合わせると、全部で三つあるのだ。その辺が混乱すると思うが、よく理解してほしい。

だが、現在もかつての緑山中学校の精神は、名前を残すことで脈々と受け継がれているのだ。これもすべて教職員たちの努力の賜物であり、彼らにはいくら感謝してもしきれるものではない。

さて、今回、緑山中学校の旧校舎で夏期の特別講義を行なうことになった。来たれ、諸君。短い時間だが、限られた時の中で、自然豊かな緑山の新鮮な空気を吸いながら、共に学ぼうではないか。

第一時間目は、社会の授業からだぞ。

（片岡雄三郎先生講義テープ　1・サイドAから）　90

8――「最後の戦い」

三年の教室では、壮絶なバトルが繰り広げられていた。

蠟燭が教室の中央で赤々と燃えており、床の上でもつれている一組の男女を照らしていた。汗で濡れた二人の肌は、赤く照り映えており、その淫靡に揺れる陰影が壁の上で野獣の踊りを繰り広げている。

二人の間に会話は存在しなかった。体を組み合わせて交わることが、言葉以上に二人の関係を象徴している。上になり、下になり、回転し、歓喜に体を震わせ、喘ぎ、咆哮する。二人にとって、自分たち以外に何者も存在しなかった。

何度か交わり、果てた後もまた新たな戦いが始まる。何度も何度も体を張った戦いがつづいた。

「諸君、ようこそ、緑山中学校へ」

だが、遠くからかすかに聞こえてきた声が、男の動きを止めさせた。遠い記憶を刺激する声だった。記憶の古傷が開き、爛《ただ》れた傷口から粘りけを帯びた膿が流れ、腐臭を放ち始めた。膿とリンパ液が熾烈な戦いを繰り広げ、やがて膿のほうが勝利を収めた。

「ようこそ、諸君。ようこそ……」

エンドレステープのように、おぞましい男の声が繰り返される。女と交わった時に溢れ出た汗が急速に冷却し、床にぽたりと垂れ落ちた。埃に包みこまれた丸い玉が、水銀の粒のようにころころと転がっていった。

彼は力を抜き、全体重を女に預ける。彼に組み敷かれた女が苦痛の呻き声を出した。あいつの声が、清の記憶の襞の中から溢れ出し、彼に散弾銃のように罵声を浴びせかけてくる。うむ、おのれ。

「清、いいかげんにしろ。清、なまけるな」

「おまえらに制裁を加える。食らえ。覚悟しろ！」

清は腰に力を溜め、女の中に己の精を一気に吐き出した。忌まわしい思い出を振り払うように。

「制裁！」

女は顔を苦痛に歪ませながらも、腰を上げて彼を受け入れ、「制裁」という言葉に歓喜し全身を痙攣させた。

女の汗で濡れた裸身が、蠟燭の光に蛇のようにぬめぬめと淫猥に光った。

彼女は男の言葉を力強く繰り返す。

「制裁!」と。

男のおぞましい記憶の傷口がぱかりと開き、過去の亡霊が蛆虫のように這い出してきた。何匹も何匹も途切れることなく。

「おい、清。そんなところで何をしている。けしからん。先生が鍛えなおしてやるから、しっかり受け止めろ」

言葉が清に浴びせかけられる。竹刀が鋭い空気音をたて、清の背中を打ったような気がした。

「やめろ!」と怒鳴りながら、清は女から体を抜いた。そして、荒い息を吐きながら、臨戦態勢をとった。

9――「体罰の記憶」 91

那珂川映子は、熱病に罹ったようにうち震えている。

「やめて。お願いだからぶたないで」

過去の記憶が、奔流のように彼女を苦しめていた。高校の時に所属した陸上部の顧問の教師に体罰を受けた記憶が甦る。部室で平手打ちにあったこと。

「女だからと思って、先生は容赦はしないぞ」

彼女としては、規則を破ったわけではない。あの教師に言い寄られたのを、肘鉄を食わせてやっただけなのだ。それをあの教師に根に持たれたのだ。生理で体調が悪くてまっすぐ立っていられなかったりすると、他の部員の面前で罵声が飛び、殴られる。教師は彼女の失敗を虎視眈々と狙っているとしか思えなかった。今も彼女の肩甲骨の下に拳骨で殴られた時の傷がかすかに残っている。冬の寒い日に、しくしくと痛み、その時の記憶を完全に消し去ることはできなかった。

あの教師のことを思い出すと、清と睦み合って流した汗が、たちまち冷や汗に変じた。いくら男勝りでナイフの名手であっても、あの教師の声を聞くと、途端に萎縮してしまうのだ。大型の闘犬が子犬だった頃、猫にいじめられた経験を覚えていて、体がいくら大きくなっても同じ猫に対して服従するといった例によく似ている。

彼女は胎児のように体を丸め、ただ震えているだけだった。攻撃能力を失った雌豹はただのヒステリー女だ。

「おい、黙りやがれ」

男が低い声で罵った。女王であることに慣れている彼女は、かえって高飛車に命令されることに弱かった。彼女はヒステリーを起こして、体を震わせながら泣き始めた。

「うるせえ、黙りやがれ。黙らないと、あいつが来るぞ」

那珂川映子の首に男の両手がかかるが、無抵抗の彼女にはどうすることもできなかった。

「静かにしろ、このアマ」

意識が薄れていく。このまま死んでしまうのだろうか。

10――「最後の蠟燭」　92

緑山中学校の一階の廊下は、重苦しい静寂の気を溜めこみ、不気味な緊張感が漂っていた。

どうして、またもどってきてしまうの？　高倉千春は何度も自問する。中学校を出て、山の斜面を登り、走れる道を通ってきたのに、また同じ名前の廃校に行ってしまう。緑山中学校がもう一つあるなんて、思いもしなかった。

この自然の迷路に作り手がいるとすれば、相当のひねくれ者だし、明晰な頭脳の持ち主だろう。

タイトルは「堂々めぐりゲーム」。

彼女たちがめぐりめぐって辿り着いた中腹の廃校にも、片岡雄三郎が先まわりして待っていたのだ。

だが、今さら逃げるわけにはいかなかった。七人で力を合わせて、あの頭の狂った元校長と戦わなくてはならないのだ。それはここにいる教師と生徒たちが暗黙のうちに決めた総意だった。

高倉千春は、前面に立って元校長と対決する役だ。相手の言い分を聞いてその気持ちを落ち着かせられればいいのだが、まずそうはならないだろう。

七人がかりで元校長を押さえつけ、その武器を奪うのが一番いい。千春が片岡の注意を引きつけている隙に、男子生徒が片岡の竹刀を奪いとり、全員で片岡を縛りあげる。かなりの危険を伴うが、この学校を避難場所にするためには、他に選択肢がなかった。

七人は集団で三年の教室へ向かっていた。

前後を男子生徒が固め、女子は中央で守られながら進む。

白い薄靄《うすもや》が廊下の床に沿って低く流れていた。高い湿度の空気が早朝の冷えこみによって霧になったのだろうか。ドライアイスでできた雲海を進んでいくような、不安定な気分で七人は進んでいった。

三年の教室——。

そこには、蠟燭が一本灯されていた。

床の上に若い全裸の女が一人死んだように横たわっており、形の整った乳房から乳首がつんと上を向いていた。なだらかな、しかし筋肉質の体が、足の先に向かって美しいラインを描いている。体の凹凸に蠟燭の光があたり、長い影を作りだしていた。足はやや開き気味になっており、七人からちょうどその中心が見える位置にあるが、修整されたポルノ写真のように墨で塗りつぶされていた。だが、その墨汁には粘りけのある艶があった。

男子生徒たちは声を失ったまま、裸体に目を釘付けにしていた。蠟燭の光に双子のようなホクロが浮かび上がった。

「さあ、みんな。ここから出て」

千春は横たわっている女に近づいていった。膝をついて、女の胸に手をあてる。静かだが、確かな脈動が感じられた。首筋に赤く鬱血したような跡があるところを見ると、何者かに首を絞められたのかもしれない。だが、殺されるまでに至っていない。

この女、目を閉じているが、どこかで見たような記憶がある。スポーツ選手のようにしなやかで筋肉質の体。髪をショートカットにし、どちらかといえば男みたいだが、張りのある乳房や腰の曲線は成熟した女のそれだ。千春は額に手をあて、記憶の糸を手繰《たぐ》った。

「那珂川映子だ」

背後でユースケが甲高い声で叫んだ。

そ、そうか。那珂川映子だ。荒岩山付近で消息を絶って以来、その生存も疑問視されていた過激派の女闘士。その本人がこの緑山中学校の旧校舎で全裸で横たわっているのだ。

「先生、危ない！」

背後から赤沢厚子の鋭い悲鳴が飛んできた。

教室の暗がりに黒いものが潜んでおり、それが千春に向かってすさまじい勢いで飛びかかってきたのだ。千春は危険の気配を察して逃げようとしたが、顔をそむけるのが精一杯だった。側頭部に何者かの強烈な攻撃を受けて、彼女はその場に昏倒した。

11――「絶体絶命」

93

「おまえら、生きて帰れると思うなよ」

浦田清は、意識を失って倒れている女教師の背中に足を乗せ、恐怖で立ちすくむ生徒たちを一喝した。清はジーパンにTシャツ一枚を着ていたが、全身びっしょりと濡れていた。今まで大雨に打たれていたように汗まみれで、汗が床に滴り落ちていた。

日本人離れした高い鼻が天狗のように突き出し、狂気に光る目が生徒たちをにらみつけ、その迫力が彼らの自由を奪っていた。

清は生徒たちに右手をつきつけた。その小指が欠けていた。

「ようし、一人一人中に入ってこい」

四十に近いらしいが、全身は筋肉質で精力が漲っている。その手には、太い枯れ枝が握られていた。それで一撃されたら、間違いなく命を落とすだろう。

六人の生徒は、操り人形のようにぎごちなく教室の中に入った。

「さあ、そこに正座しろ」

六人は蠟燭のまわりに車座に座らせられた。意識を失っている二人の女——高倉千春と那珂川映子は、そのまま身じろぎもせず床に横たわっていた。

「お願いですから、殺さないでください」

満男が頭を下げた。

「ばかやろう、おまえらは知りすぎた」

「黙ってます。絶対に警察に話しません」

満男が泣いていること自体、状況が最悪の局面にあることを示している。水没寸前の校舎から脱出し、逃げきったと思ったら、また緑山中学校の二度目の校舎に来て、一番会いたくない殺人鬼と遭遇してしまった。

蠟燭はあと少しで消えそうだった。人が動くわずかな空気の流れにも、蠟燭は神経質そうに炎を揺らしている。

「最後の一本か」

ユースケがつぶやいた。「これが消えたら、本当に僕たち、おしまいだ」

どこまでが現実なのか、その境目が判然としなかった。これは夢なのだ。夢でなければ、こんなに後から後から事件が起こるはずがない。最悪の事態の次に、それを上まわる最悪の事態が来る。どこまでが最悪なのか、これからも最悪が際限なくつづいていくのか。

ユースケは残り少なくなった蠟燭の炎を暗澹たる気持ちで見つめていた。夢だったらいいのにと、頰を強くつねった。「痛い」と思わず声が出る。ああ、これは現実だったのだ。

「おい、そこのちび、何をほざいてる」

目敏く見つけた浦田清は、ユースケの背中を足で蹴った。ユースケがわっと叫んで前に倒れた。それが、消えそうになっていた蠟燭に風を送る結果になった。蠟燭の炎があっけなく消え、教室の中が一瞬にして暗闇に包まれた。不安のざわめきが、消えた蠟燭の芯が放つ甘いにおいとともに、教室から拡散していった。

「おい、ばかやろう。早く火をつけるんだ」

清の怒声が飛ぶ。

「消えた。最後の蠟燭が消えた」

ユースケの場違いなボーイソプラノが響くのとタイミングを合わせたかのように、鐘が鳴った。深く、重く、長く、鐘が緑山中学校の旧校舎に響きわたり、三年の教室にいる者の胸にえぐるように深く突き刺さった。

「何かが起こるぞぉぉぉ……」

ユースケの声が老婆のようなしわがれ声になった。ばたんと誰かが倒れる音がした。

鐘が鳴った。また鳴った。始業を告げるとも、授業の終わりを告げるともとれる響きの音色だ。クレシェンドをかけるように、だんだん音は高く鳴っていく。

これが始業の鐘なら悪夢の始まりを告げるが、終業の鐘ならこれ以上の恐怖が最後に起きて物語が終息することを意味している。どちらがいいかと問われて、即答できる者はいないだろう。

何か異変が起こると、生徒たちは肌で感じていた。

何かが……。

鐘が大きく、ゆっくり振られた。そして、その余韻がしばらくつづき、完全に沈黙が下りた時、かちりと小さな硬質な音がした。

激しい咳払いの音がする。

「清、いいかげんにしろ。まだそんなことをやってるのか。先生は悲しいぞ」

片岡雄三郎の声だ。

「か、片岡」

浦田清の声がわなないている。「おのれ」

「先生は情けなく思うよ。おまえは、おまえは……」

洟をすする音。

「ちっくしょう。殺してやる」

「清、先生に歯向かう気か」

溜息の音。

きりきりと歯ぎしりの音がした。

「先生は、おまえのためを思って教育したつもりだ。それをおまえは……。恩を仇で返す気か。許さないぞ。私はおまえを制裁してやる」

一瞬の沈黙の後、腹にずっしり響く声が闇を切り裂いた。

「制裁！」

その声が発せられるとともに、足音が窓のほうへ向かった。ガラスががちゃんと割れて、誰かが窓から外へ飛び出す気配がした。

「清、こらっ、清！　待つんだ」

12――「走れ、清」

「清、逃げるんだ。清」

浦田清の耳の中で、母親が叫んでいた。

「できるだけ遠くへ逃げるんだ」

疾駆する彼のそばを母親が走っていた。

「清、行け、行くんだ」

「ああ、わかってるさ」

清は校舎の裏側にまわり、ゴミ焼却炉のそばに停めてあった車に飛び乗った。あの女教師の車だろう。運のいいことに、キーが差しっぱなしだった。


へへん、ばかやろう。

清はあいつらに見せつけるために、盗んだ車で校庭に出た。東の空がうっすらと明るくなっている。闇の中に朝のにおいがたちこめていた。

清は校庭の中を猛スピードでまわった。落ち葉が散り敷かれた地面は走りやすかった。急ブレーキをかけても、ほどほどの滑りで摩擦がかかって止まるし、エンジンの爆裂音を響かせて見るものに恐怖感を与える効果はあった。

「走れ、清。走れ」

母親が耳元で絶叫している。

「ああ、わかってるさ」

清は猛スピードと急ブレーキを交互にまじえて、己の存在を強くアピールした。

「清、いいかげんにしろぉぉぉぉ」

片岡雄三郎が清の耳の中で叫んでいる。

「ふん、追いつけるものなら、追いついてみろ。おまえには負けないぞ」

清はさらにスピードをあげて、カーレーサーのように校庭に沿って一周する。「ヒャッホー、片岡のばかやろう」

母親も言葉をかけなくなった。そうさ、俺は一人で何でもできるんだ。母さんの助けがなくても、やっていけるんだ。

車の外側を白い影が駆けている。母さんだ。無言の応援をしてくれているんだな。ありがとうよ。

「こらっ、清。いいかげんにしろ」

窓の外を片岡雄三郎が全力疾走していた。嘘だ。そんなばかな。

「制裁するぞ、制裁するぞ」

片岡は清に向かって呪文のように繰り返し叫んでいる。

どんなにスピードを上げても、片岡は並走していた。清は幻影をふり払うため、目をこすった。そして、さらにアクセルを踏んだ時、タイヤがぬかるんだところに差しかかった。車が遠心力で引っ張られるように、崖のほうへ横滑りしていった。

ああっと思った時、車は校門に急接近していた。ハンドルを左に切ったが、間に合わなかった。車は門を突き抜け、道なき斜面を滑り落ちていった。ブレーキもハンドルも車を制動できなくなっている。

巨大な立木が眼前に迫っていた。火星に激突する探査ロケットの映像のように、木にぶつかった瞬間、清の意識が白くなった。


……………

13

95

「緑山山中で生存者九人を救助」

『……台風3号によって緑山山中に取り残された中学生と引率の教師が二十六日、地元の捜索隊によって救助された。……救助されたのは、作田町立緑山中学校教諭高倉千春さん（二七）と男子生徒三人と女子生徒四人、さらに意識不明の女性一人の合計九人。教諭と生徒たち八人は比較的元気でいるが、大事をとって佐久市立病院に入院した。一方、意識不明の女性は……』

14

96

「意識不明の女性の身元判明」

『……二十六日、緑山山中から救出された九人のうち、意識不明だった女性の身元が指名手配中の過激派の活動家、那珂川映子（二八）と判明した。那珂川映子は何者かによって首を絞められており、同時に救出された八人が事情を知っているものとみているが……』

〔幕間〕

1

「清、走れ。清ぃぃぃぃぃ」

　緑山の山中に哀しげな女の声が響きわたる。甲高い声は、息が切れていくとともに、小さく、しわがれ、重い溜息とともに大気の中に消えていった。

　緑山にさわやかな秋風が吹きわたっていた。葉擦れの音がさわさわと耳に心地よいが、彼女の心には冬の木枯らしのような冷たい風が吹いていた。空気は感覚が麻痺するほど冷たく、肌がかさつくほど乾いている。

　群青色の湖面は、元の静けさをとりもどし、さざ波一つ立っていないほどだ。鳥がさえずり、獣たちも間もなく迎える冬のために、せっせと木の実を食べて体内に栄養を貯えている。

　湖面をとりまく山々は秋色に染まりつつあり、あの台風の被害を感じさせないほどだ

97

った。崖崩れや地滑りのあった場所を水が埋め尽くし、外に被害が見えないためだ。だが、ダムの内面の被害は想像を絶するものであり、彼女の内面に穿たれた傷も深く重い。

「清、もどってこい。清」

声は虚しく、対岸の山に達する。谺が反響を繰り返しながら、だんだん弱くなり、呼びかける声は消えていく。それと反比例して、彼女の哀しみは逆放物線を描くように大きくなっていった。

「清、清ってば」

帰ってらっしゃい。おまえが帰ってくるのを、わたしはいつまでも待ってるから。絶対に。

2 98

「一週間ぶりの生還——六十五歳の男性」

『……二十日、緑山へ行くと言って出かけたまま消息を絶っていた、G県松井町青葉ヶ丘の著述業片岡雄三郎さん(六五)が、二十七日午後、緑山山中で発見された。片岡さんは体の衰弱が激しく、足と手を骨折しているが、命に別状はなかった。

片岡さんの話によると、旧緑山中学を見に山に入ったが、道に迷ってしまったという。持ち合せていたチョコレートと水筒の水で飢えをしのぎ、体力を消耗しないように木陰に身を潜めていた。たまたま近くを通りかかったハイカーが、木の根元にうずくまるように倒れていた片岡さんを発見し、山麓まで背負って降りた。

なお、片岡さんは緑山中学校の元校長で、退職後は著述業をしており……』

3

女はベッドに横たわったまま、下腹部を襲うひどい痛みに呻いていた。

これまでの人生、いろいろなことがあったが、この痛みは初めて味わうものだった。殴られたり、傷つけられたり、彼女が受けた攻撃は、生半可なものではない。その百戦錬磨の彼女でさえ、陣痛は耐えがたかった。

学生運動に身を投じてから、声を出して泣いたことは数えるほどしかない。彼女は自分が冷酷非情だと思っている。泣くことはすなわち恥だという意識が強かった。

その彼女が今は呻き、わめき、足をばたつかせながら、激痛に苦しんでいる。犬のように何人も子供を生む女を今までは軽蔑していたものだが、あの連中がこの痛みを耐えてきたのかと思うと、不思議でならなかった。

雌犬どもに耐えられるのに、戦士たるこのわたしに耐えられないなんて、想像もしなかった。今、彼女は涙を流して、辺り憚らずに泣いていた。

「もうすぐよ。息《いき》んで、息むのよ」

中年の太った看護婦が、彼女に呼びかける。息むとは何だと思ったが、看護婦が実際にやってみせてくれた。はい、息を大きく吸って、吐いて。はい、吸って。

「産道が固いわね、あなた」

看護婦の指が彼女の膣の中を指で無遠慮にいじくりまわす。おいおい、動物じゃないんだから。

「赤ちゃんの頭が見えてるわよ。頭が……」

看護婦は彼女の素性など気にしていない。看護婦にとっては、革命家だろうが、犯罪者だろうが、一般庶民だろうが、皇族だろうが、孕んだ女はみんな同じなのだ。

「はい、息んで。はい、その調子。もうちょっとの辛抱よ」

気を失いそうだった。血の気が引いているのがはっきりわかっていた。それから、数時間。胎児の頭が出てきた。

血まみれの生暖かいものが、彼女の股の中から姿を現したのだ。

「男の子よ、あなた」

看護婦の顔は汗で光っていたが、さすがに嬉しそうだ。臍の緒のついたままの赤ん坊は空気を思いきり吸ってから泣き始めた。

「元気のいい子よ。ほら」

彼女の目から涙があふれ出した。ついに生んだのだ。

「き、よ、し」

思わず、口から名前が迸るように出た。

「え、何か言った？」

看護婦が聞き返す。

「清。そう、この子に清って名前をつけてほしいの。お願いだから」

「ええ、わかったわ。そう伝えておく」

看護婦は請け合ってくれた。「よしよし、清ちゃん」と抱いていく看護婦の後ろ姿を見ているうちに、彼女の意識はなくなった。

子供の名前は清。父親の名前も清……。

あたしの名前は那珂川映子。そして、ここは警察病院。

4

浦田清は、ハンドルを握りしめながら、フロントガラスの向こう側に目を据えていた。悔やしさに口は歪み、歯は固く嚙みしめられている。彼の視線の先にあるのは、底知れぬ暗闇。暗闇の先には、無限の恐怖があった。

……………

100

話題のミステリ

たまご猫
皆川博子
夢とうつつの狭間に待ちうける不条理を描きだす、妖しくも美しい十篇の恐怖のかたち。

探偵はバーにいる
東　直己
札幌ススキノの便利屋探偵が巻込まれたデートクラブ殺人。北の街の軽快ハードボイルド

バーにかかってきた電話
東　直己
死んだはずの女から依頼の電話が？　札幌の街を酔いどれ探偵が行く、シリーズ第二弾。

向こう端にすわった男
東　直己
札幌の結婚詐欺事件とその意外な顛末を描く「調子のいい奴」など五篇を収録した短篇集

消えた少年
東　直己
友だちの映画少年、翔一を探して、〈俺〉はススキノの街を走る！　シリーズ長篇第三弾

話題作

ヘイ、タクシー
イッセー尾形＋森田雄三
都市生活者の不思議な生態を、共感を込めて活写する。イッセー尾形のひとり芝居傑作選

小説ワンダフルライフ
是枝裕和
人生の最高の思い出を探す死者たちの7日間を、優しさと心温まる眼差しで描いた感動作

清水義範の作文教室
清水義範
文章にはうるさい人気作家が、小学生の作文を添削指導した一年間の記録。保護者必読！

私の選んだ文庫ベスト3
丸谷才一編
一口に文庫本といっても、その内容は多岐に渡る。各界の著名人が選んだベスト3を紹介

煮たり焼いたり炒めたり
宮脇孝雄
ジョイスの小説に登場する鮭のステーキなど名料理人が伝授する国際色豊かな50のレシピ

日本ＳＦの話題作

ＯＫＡＧＥ
梶尾真治

ある日突然、子供たちが家族の前から姿を消しはじめた……。梶尾真治入魂の傑作ホラー

東京開化えれきのからくり
草上　仁

時は架空の明治維新。文明開化にゆれる東京を舞台に、軽快な語り口がさえる奇想活劇！

雨の檻
菅　浩江

雨の風景しか映し出さない宇宙船の部屋に閉じこめられた少女の運命は――全七篇収録。

邪神帝国
朝松　健

ナチスドイツの勢力拡大の蔭に潜む大いなる闇の力とは⁉　恐怖の魔術的連作七篇を収録

王の眠る丘
牧野　修

村を滅ぼした神皇を倒せ！　少年の成長と戦いを、瑞々しい筆致で描く異世界ロマネスク

大原まり子作品

銀河ネットワークで歌を歌ったクジラ

宇宙サーカス団、今回の最大の呼びものは言葉を喋る宇宙クジラだった——全六篇収録。

ハイブリッド・チャイルド

軍を脱走し変形をくりかえしながら逃亡する宇宙戦闘用生体機械を描く幻想的ハードSF

吸血鬼エフェメラ

22世紀初頭、ひそやかに生き続けてきた吸血鬼への一大殺戮に対する彼らの最終手段は？

タイム・リーパー

時間跳躍能力を持つ銀行員をめぐって、時空を超える凄絶な戦いが繰り広げられてゆく！

戦争を演じた神々たち［全］

日本SF大賞受賞作とその続篇を再編成して贈る、今世紀、最も美しい創造と破壊の神話

神林長平作品

戦闘妖精・雪風

未知の異星体に対峙する電子偵察機〈雪風〉と深井零中尉の孤独な戦い――星雲賞受賞作

あなたの魂に安らぎあれ

火星を支配するアンドロイド社会で囁かれる終末予言とは⁉　記念すべきデビュー長篇。

狐と踊れ

未来社会の奇妙な人間模様を描いたＳＦコンテスト入選作ほか六篇を収録する第一作品集

言葉使い師

言語活動が禁止された無言世界を描く表題作ほか、神林ＳＦの原点ともいえる六篇を収録

七胴落とし

大人になることはテレパシーの喪失を意味した――子供たちの焦燥と不安を描く青春ＳＦ

ハヤカワ文庫

著者略歴　1951年，埼玉県に生まれる。早稲田大学卒業。編集者を経て，1988年，『五つの棺』でデビュー。1994年発表の『沈黙の教室』で，日本推理作家協会賞長篇賞を受賞。代表作に，『倒錯のロンド』『異人たちの館』『冤罪者』『沈黙者』など。

HM=Hayakawa Mystery
SF=Science Fiction
JA=Japanese Author
NV=Novel
NF=Nonfiction
FT=Fantasy

暗闇《くらやみ》の教室《きょうしつ》

I　百物語の夜

〈JA684〉

二〇〇一年十二月十日　印刷
二〇〇一年十二月十五日　発行
（定価はカバーに表示してあります）

著者　折《おり》原《はら》一《いち》
発行者　早川浩
印刷者　平子元久
発行所　株式会社　早川書房
郵便番号　一〇一-〇〇四六
東京都千代田区神田多町二ノ二
電話　〇三-三二五二-三一一一（大代表）
振替　〇〇一六〇-三-四七七九九
http://www.hayakawa-online.co.jp

乱丁・落丁本は小社制作部宛お送り下さい。
送料小社負担にてお取りかえいたします。

印刷・中央精版印刷株式会社　製本・株式会社川島製本所

ISBN4-15-030684-2　C0193